KB179404

손끝에 우는 여자

청동거울 신작소설

# 손끝에 우는 여자

2003년 6월 29일 1판 1쇄 인쇄 / 2003년 7월 4일 1판 1쇄 발행

지은이 정수화실 / 펴낸이 임은주
펴낸곳 도서출판 청동거울 / 출판등록 1998년 5월 14일 제13-532호
주소 (137-070) 서울 서초구 서초동 1360-28 익산빌딩 203호 / 전화 02)584-9886~7
팩스 02)584-9882 / 전자우편 cheong21@freechal.com

편집장 조태림 / 편집 조은정 / 북디자인 김세희 하은애 / 영업관리 정재훈

값 8,000원

ISBN 89-5749-002-7

청동거울 신작소설

정 수 화 실 장 편 소 설

# 손끝에 우는 여자

청동거울

## 새로운 길 앞에 선 내 삶의 열매들을 바라보며

계절은 붉게 타오르고 산 중턱에는 태양이 걸려 있었다.

마음의 창문을 열고 먼 산을 바라보니 한없는 서글픔들이 주렁주렁 매달려 있었다. 나를 기다리며 내 마음을 끌고 있었다. 아니, 나의 손을 마구 잡아당기고 있었다.

나는 조심스레 손을 내밀어 유독 새빨간 열매 하나를 훔쳐냈다.

그 순간……, 어쩌면 이 열매는 주인을 잘못 만났다는 낭패감에 떨고 있을지 모른다는 생각이 집요하게 밀고 들어왔다. 좀더 월등한 작가의 손에 주어졌더라면 비록 하찮은 열매일지라도 보석처럼 찬란하게 빛날 수 있지 않았을까? 이런 불길한 생각들이 뇌리를 스치고 지나갔다.

나는 맥없이 열매를 내려다보았다. 그리고는 절로 한숨이 나왔다.

"어쩌나……."

그러나 열매는 방긋이 웃으면서 도리어 이렇게 말하는 거였다.

"저는 주인님을 너무도 잘 만났어요. 이렇게 터질 것만 같은 제 빨간 심정을 그대로 표현해 줄 수 있는 그런 순수한 주인님이 정말로 필요했어요. 너무 비약지도, 너무 초라하지도 않게, 그리고 또 빈곤하지도 않는 순박함과 솔직함으로 알차게 그려 줄 수 있는 그러한 주인님을 말이에요."

나는 그 말에 한참을 멍하니 서 있어야만 했다.

'그래, 어차피 내 손으로 따고 만 이 열매! 이 열매가 원하는 대로 성심성의껏 충실히 엮어 보리라.'

이 글은 그렇게 해서 시작하게 되었다. 일 년 이 년이 지나고 자꾸 세월만 보내면서도, 그저 수정하고 또 수정만 거듭할 뿐 쉽사리 펴낼 수가 없었다.

그러나 이제는 내가 함부로 따 버린 그 열매를 그냥 이대로 썩어 가게 할 수는 없었다. 만족스럽지 못해 핀잔을 듣는다 해도 세상에 내놓아 제 갈 길을 가게 하는 것이 나의 책무이기 때문이다. 이런 이유를 핑계삼아 얻은 용기에 힘입어 이 책을 펴내기로 결심을 하게 되었다.

아무쪼록 부족한 글이지만, 나름대로는 심신을 다하여 만든 작가로서 작은 바람이 있다면, 그냥 접어 두지만 말고 끝까지 읽어 주길 바랄 뿐이다. 가깝지만 먼 나라에 살면서 고국을 그리워하는 어린 작가에게 힘찬 격려와 냉정한 질책으로 평가해 준다면 더없이 큰 힘이 될 것이다.

끝으로 이 책을 펴내면서 내 삶의 순간순간을 더욱 사랑하고 아끼며 열심히 살아야겠다는 때늦은 반성과 함께 새로운 각오가 가슴속 저 깊은 곳에서 솟구쳐 오름을 솔직히 고백할 수밖에 없다. 그것이 바로 더욱 성숙되고 진솔한 글쓰기를 위한 길이리라. 욕심을 버리고 내 삶의 이야기를 소중하게 엮어 나갈 것을 독자 앞에 굳게 약속드린다.

2003년 7월
정수화실

# 차례

# 손끝에 우는 여자

# 홀씨

       햇살이 물씬거리는 캠퍼스의 봄은 코알라의 품 속처럼 포근한 정들이 한데 어울려 싱그러운 젊음의 향기를 한껏 뿜어 내고 있었다. 개나리 같은 입들로 무슨 열변을 그리도 토해내려는지 때묻지 않은 순백의 정열이 녹푸른 잔디 위 여기저기에 나뒹굴며 평화로운 청춘의 한마당을 그려내고 있었다.

  "아영아!"

  파룻파룻 솟아오르고 있는 어린 잔디 위에 앉아서 잡지를 들여다보고 있던 아영은 깜짝 놀란 듯이 얼굴을 치켜들었다. 친구인 신애가 큰 소리로 자신의 이름을 부르며 뛰어오고 있었다.

  "응, 신애야. 어서 와."

  아영은 읽고 있던 미국 잡지를 내려놓으며, 헐레벌떡 뛰어오는 신애를 반갑게 맞아 주었다. 아영은 영문과 졸업반이었다.

  "아유, 숨차라. 헉헉!"

  신애는 가슴을 통통 치며 숨을 헐떡이고 있었다.

"왜 그렇게 숨이 차도록 뛰어오는 거야. 천천히 오지 않고."

두 사람은 둘도 없는 죽마고우였다. 초등학교에서부터 고등학교까지 같은 학교에서 함께 공부했다. 그것만으로는 모자랐던지 이젠 대학교마저 전공은 다르지만 같은 명문 S대 사 학년이었다.

"아영아, 오늘 철민 형 연락 되니?"

신애는 생글생글 웃어 가며 말했다.

"응, 강의 끝나고 보기로 했어. 왜, 신애야?"

노철민은 같은 학교 대학원에 다니고 있었고, 아영이의 선배이자 결혼까지 약속한 사이기도 했다.

"영화 보러 가자. 어제 오빠한테서 '원 사이드 원' 티켓을 네 장이나 얻었거든. 어때, 좋지?"

신애는 당연히 '좋은 건이지?' 하는 말투였다.

"어머! 그랬니? 그렇지 않아도 같이 보러 가자고 하려던 참이었는데, 잘됐네."

아영은 매우 기뻐했다.

"좋았어, 그러면 나 먼저 갈게. 이따가 진호 씨와 함께 갈 테니까 아테네 커피 숍에서 여섯 시 반에 만나자. 알았지?"

신애는 용건만 간단히 말하고는 금세 일어섰다.

"그래, 신애야. 이따 보자."

아영은 그녀가 애인을 만나기 위해 쏜살같이 캠퍼스를 빠져 나가는 뒷모습을 지켜 보고 있다가 '피식' 하고 작은 미소를 지어 보였다. 그러고는 다시 잡지 속으로 시선을 돌리며 묵묵히 철민을 기다렸다.

심아영. 그녀는 무엇을 그리도 갈구하고 있는 것인지 언제나 애수에 젖어 있는 눈동자를 갖고 있었다. 살아 숨쉬고 있는 인형 같은 작은 얼굴에 오뚝한 콧날과 깨물고 싶을 정도로 도톰한 빠알간 입술, 그나마 입술 색깔이 살아 있어 조금은 생기가 있어 보이지만, 한편으로는 속눈썹이 길게 늘어져 있어 사슴처럼 가련해 보이는 이미지의 여자였다. 작지도 그리 크지도 않은 적당한 키에다 몸매는 나무랄 데 없는 스타일로서 서구적이면서도 동양적인 아주 애매한 미인이었다.

그녀는 어려서 어머니를 잃었다. 아버지와 언니 그리고 남동생, 그렇게 네 식구가 함께 살았었다. 그나마 남동생마저 몇 년 전에 난치병으로 세상을 떠나 피붙이라고는 아버지와 언니뿐이었다. 아버지는 갖고 있던 재산을 모두 털어 동생의 병을 고치려 했지만 애석하게도 동생을 구할 수는 없었다. 실의에 빠진 아버지를 위로하며 살고 있는 그녀로선 대학을 다닌다는 것조차 힘겹기만 했다.

반면에 서클 활동을 하다가 만나게 된 그녀의 애인인 노철민은 생활이 풍족하고 배경도 좋은 집안에서 태어난 부잣집 아들이었다. 그는 귀염성이 있는 얼굴이었지만 비만형에 가까운 살찐 돼지였다. 다행히 키가 큰 탓에 그다지 밉지는 않아 보였다. 그는 워낙 공부를 좋아하는 터라 공부벌레란 별명이 붙어 있었다. 이젠 대학원까지 진학해서 토목을 전공하고 있는 아주 빠질 데 없이 자랑할 만한 청년이기도 했다. 그런데 그녀를 사귀면서 무당벌레로 전락하려는 건지 학업을 중단해서라도 결혼을 하겠다고 고집해서 부모님을 난처하게 만들었다. 그러나 그의 부모 역시도 만만치 않았다. 그는 부모님의 완고함을 꺾을 수 없었다. 하는 수 없이 꼬리를 내리고 그녀가 졸업할 때까지 묵묵히 기다려야만 하는 가여운 귀뚜라미 신세로 전락해 버린 것이다. 그의 부모님은 남자이건 여자이건 간에 끝맺음을 잘해야 한다는 생각을 고집스럽게 지키며 지금까지 살아온 분들이다 보니 그 누구도 감히 그 완고함을 대적할 수가 없었다.

"아영아, 많이 기다렸니?"

철민이 숨을 헐떡이며 달려왔다.

"아니에요. 리포트를 작성할 게 있어서 시간 가는 줄도 몰랐어요."

아영은 잡지와 노트를 주섬주섬 챙기고는 일어섰다.

"지금 몇 시쯤 됐어요?"

그녀는 어젯밤에 잠을 설치다가 늦잠을 자는 바람에 아침 등교길을 서둘다가 그만 시계를 잊고 나왔다.

"응? 다섯 시 십오 분."

"어머! 벌써 시간이 그렇게 되었어요? 빨리 가지 않으면 늦겠네."

그녀는 철민의 팔을 끌어당기면서 말했다.

"어, 어딜……?"

철민은 엉거주춤 끌려 가며 물었다.

"신애하고 만나기로 했단 말이에요. '원 사이드 원' 보러 가기로 했다구요."

아영은 생글거리면서 말했다.

"뭐, 원 사이드 원? 그럼 빨리 가야지."

철민은 그녀의 손을 잡고는 서둘러 뛰었다.

영화관은 어두웠다. 조금 늦은 탓에 좌석을 찾기가 어려웠지만 플래시를 비춰 주는 안내양이 있어 다른 사람들에게 피해를 덜 줄 수 있었다.

관객은 만원이었다. 영화는 미국인 아이스 하키 선수의 이야기였다. 요즈음 젊은이들에게 인기를 끌고 있는 영화이기도 했다.

가난한 집에서 태어난 하키 선수가 주인공이었다. 어느 날 엄청난 행운이 찾아든 그는 매스컴까지 타게 되어 유명해지게 된다. 그러나 그 행운 속에는 검은 흑막이 드리워져 있었다. 그는 그 흑막을 파헤치다가 모종의 사건에 휘말리게 되는데, 이때 한 일본 여인이 등장한다. 그 여인은 포근함과 따뜻한 격려로 그를 다독거려 가며 모든 사건을 뒤에서 코치해 준다. 그러나 그는 끝내 복잡한 사건을 이겨내지 못하고 그만 자살을 시도하고 만다. 하지만 그의 자살은 미수로 끝나게 된다. 이 사실을 알게 된 매스컴이 정신없이 보도를 해대자, 그의 자살 소동에 대해 의문을 품기 시작한 경찰이 수사를 하게 된다. 결국 모든 흑막이 벗겨지면서 그는 비로소 자유를 되찾게 되었다. 하지만 그는 모든 부귀 영화도 버려 둔 채 소박한 일본 여인을 따라 도쿄행 비행기에 오르는 것으로 영화는 막을 내렸다.

아영은 개운한 것 같으면서도 무언가 씁쓸함이 남겨지는 그런 영화라고 생각했다. 왠지 여주인공의 이미지만이 뚜렷하게 기억에 남을 뿐이었다. 집에 돌아와서도 줄곧 영화 속의 여주인공을 떨쳐 버릴 수가 없었다. 여주인공이 그녀의 뇌리 속을 어지럽게 휘젓고 있었다.

그녀는 여주인공의 소박한 성격이 자신과 비슷하다고 느꼈고 어쩌면 약혼자인 철민 역시 자신을 만나기 위해 그 어떤 것을 버렸을지도 모른다는 생각이 들었다. 그런 생각 때문인지, 아니면 내용과는 달리 뒤에 남는 느낌이 너무도 애절해서였는지 분명치는 않지만 그녀는 한동안 가슴이 저렸다. 아무튼 아영은 그 여주인공을 떨쳐 버리지 못하고 잠을 설치다 스르르 눈을 감았다.


날은 하루하루 덧없이 흘러만 갔다.

여름이 가고 또 가을도 지나면서 추운 겨울과 함께 사각모들의 졸업식은 어김없이 찾아왔다. 물론 아영 역시 졸업식에 참석해야 했다. 하지만 마음은 그리 가볍지 않았다. 아버지가 몸져 누웠기 때문에 그녀는 기쁨보다는 간병을 해야 하는 무거운 기분으로 졸업식을 맞게 된 것이다.

몇 달 전까지만 해도 아무렇지 않았던 아버지가 갑자기 감기로 누우면서 그녀의 심신을 아프게 하고 있었다. 더군다나 아버지는 딸의 졸업식보다도 결혼하는 모습을 생전에 꼭 보고 싶다고 원하고 있어 아영의 가슴을 더욱 애타게 하고 있었다. 그러나 이러한 그녀의 근심 가득한 심정은 알 바 아니라는 듯 졸업식은 예정대로 진행되어 성황리에 끝났다. 검은색 가운과 사각모를 쓴 졸업생들은 가슴 가득 꽃다발을 한아름씩 안고 저마다의 추억을 되새기는 듯 이쪽저쪽에서 '찰칵, 찰칵' 카메라의 셔터를 눌러대고 있었다.

화창한 날씨와 함께 졸업식은 그렇게 막을 내렸다. 벽에 걸린 달력이 한 장 더 뜯겨져 나갔다. 그해 유난히도 추웠던 겨울을 떨쳐 버리고 상큼한 봄을 맞이하기에 여념이 없는 춘삼월이 찾아온 것이다.

이제 선뜻 찾아든 봄기운이 완연해지자, 마치 저마다의 철조망 안에 갇혀 살았던 추운 겨울 속의 감옥을 탈주라도 하려는 듯 거리는 사람들로 붐비고 있었다. 아직은 쌀쌀한 기운이 나돌고 있어 봄을 읽기에는 이른 시기였지만 사람들은 벌써부터 봄을 그리워했던 탓인지 너도나도 나들이를 나온 것이었다. 그렇다 보니 어떤 사람은 날씨가 따뜻할 줄 알았는지 옷을 너무 얇게 입고 나와서는 겨드랑이에 두 손을 끼고는 등을 구부리고 다니기도 했다. 또 어떤 사람은 삼월에 물독이 얼어 터진다는 상식을 잘 알고 있어서인지 겨울옷 그대로 입고 나와 웃옷을 팔에다 걸치고 다니기도 했다. 아무튼 거리의 사람들은 가지각색이었다.

이렇듯 봄볕이 쏟아지는 삼월은 철민과 아영에게는 더욱 남다르게 느껴졌다. 이제 곧 삼월의 끝자락 뒤로 사월이 살며시 노크를 해올 것이기 때문이다. 사월은 그들이 손꼽아 기다려 온 소망을 이루어 줄 축복의 달이 될 것이다. 그것은 결혼식! 바로 결혼식이었다.

"아영아, 옷장을 사려면 안방 사이즈를 알아야 하는데 재 왔니?"

"응, 석 자 장이면 충분해."

아영과 신애는 많은 사람들로 붐비는 틈바구니에 끼여 혼수 준비에 여념이 없었다.

16

"이제 장도 샀으니 대충 끝난 셈이지?"

친구의 신혼 살림을 위하여 정성을 다하는 신애였다.

"응. 신애야, 고마워. 그 동안 무척 힘들었지?"

아영은 자신의 엄마 노릇을 다해 준 그녀가 너무도 고마웠기에 눈시울을 적셨다.

"기집애, 너하고 내가 뭐 남남이니? 너는 내 결혼식 때 이렇게 안 해줄 거야?"

신애는 그녀를 끌어안으며 어깨를 다독거려 주었다.

드디어 결혼식 날이 되었다. 화창한 날씨가 방긋이 웃으며 축하객들을 반갑게 맞이해 주는 싱그러운 아침이었다.

아영은 신부 단장으로 여념이 없었고, 철민 역시 신랑 단장에 정성을 다하고 있었다. 두 사람의 결혼식은 많은 이들의 축복 속에 순조롭게 거행되었다. 얼었던 땅도 내리쬐는 따스한 햇살에 몸을 이기지 못해 고개를 들고는 숨겨 놓았던 물들을 토해내며 그들과 기쁨을 나누려 호물거리는 듯했다. 양가 부모, 친지 들을 모셔 놓고 이루어진 결혼식은 화려하지도 초라하지도 않았다. 식을 마친 두 사람은 제주도행 비행기에 몸을 실었다.

4박 5일간의 신혼 여행을 마치고 돌아온 두 사람의 달콤한 새살림은 맑은 차임벨과 함께 마차의 두 바퀴를 굴리기 시작했다. 언제까지나 마차의 생명이 다하는 그날까지 굴리고 또 굴려 볼 생각으로 서로의 손가락을 걸었다. 하지만 이들은 새살림을 차렸어도 따로 떨어져 나와 살 수는 없었다. 한 집안의 장남이며, 또 맏며느리로서 부모님을 모셔야 하는 입장이었기 때문이다. 한 지붕 밑에서 어른들을 모셔야 하는 신혼 살림인 것이었다.

이 두 사람의 신혼방은 커다란 창문으로 햇살이 따뜻하게 들어오는 꽤 넓은 방이었다. 또 신애하고 발이 닳도록 돌아다니면서 장만한 살림들이어서 그런지 상큼한 우정의 냄새가 신혼 여행에서 돌아온 그들을 맞이하는 듯했다.

"사랑해……."

두 사람은 서로가 이제서야 묶여진 것이라고 믿었는지 긴 안도의 숨을 내몰아 쉬고는 사랑의 여장을 풀어 가며 짙은 애정의 키스를 나누었다.

결혼 생활 일 년이 지나 아영은 딸을 낳았다. 그리고 또 일 년의 시간이 흘러 두 살박이 딸을 옆에 끼고는 가장인 철민 역시도 대학원을 졸업했다.

"귀여운 나의 공주님께서 아빠의 졸업을 축하하러 여기까지 오셨네요. 으음…… 귀여운 것. 하련아, 까꿍."

황금색 선이 그어진 가운을 입은 그는 딸의 볼에다 뽀뽀까지 해 가며 행복해 했다.

철민은 졸업을 하자마자 바로 교수님의 추천을 받아 내로라 하는 H그룹에 입사를 하게 되었다. 그러고는 채 일 년도 지나지 않아 과장으로 진급하는 영광을 차지하기도 했다. 어린 나이에 생각지도 않았던 일이었다. 자신에게 주어진 일이라면 무엇이건 최선을 다하는 그의 성실함이 이루어 놓은 결과였다. 물론 남편으로서, 그리고 아빠로서도 흠잡을 데 없는 사람이었다.

딸 하련이가 세 살이 되던 어느 날이었다.

하련이의 외할아버지, 그러니까 아영의 아버지가 세상을 떠났다. 아영은 아버지가 그토록 학수고대하던 결혼식을 보게 해 드린 것이 그나마 다행이라 생각하니 조금이나마 위로가 되었다. 하지만 허전하고 쓸쓸함은 이루 말할 수가 없었다. 아영에겐 가까운 친척도 없었다. 있다면 그저 인사 정도나 하고 지내는 이웃보다도 먼 친척이 있을 뿐이었다. 장례식은 언니인 재영, 그리고 아버지의 친구들과 시집 식구들이 참석한 가운데서 조촐하게 치러졌다.

그녀의 언니인 재영은 9년 전에 고등학교를 졸업하자마자 동급생과 결혼을 해서 아들 하나와 큰딸, 그리고 하련이와 동갑내기인 둘째 딸을 두고 있었다. 언니는 형부가 능력이 없다며 불만을 털어놓기가 일쑤였고 반면에 형부는 이렇다 할 대꾸 한마디 하지 않는 무언남이었다. 아니, 형부 자신도 능력이 없다고 스스로가 인정을 하는 듯했다. 그러다 보니 언니의 생활이 많이 어려웠다. 그녀는 그것이 늘 마음에 걸렸다.

아영과 재영. 두 자매는 성격이 너무도 판이하게 달랐다. 아영은 항상 양보심을 먼저 보였고, 또 인정이 많아 눈물을 곧잘 흘릴 정도로 온순하기 짝이 없는 성격이었다. 그 탓에 부친은 늘 걱정을 하며 그녀를 키웠다. 그와 반면에 재영은 남달리 욕심이 많고 절대로 남에게 져서도 안 되는 성격이었다. 언제나 자신의 영리를 위해서라면 물불을 가리지 않는 기질인지라 그 또한 부친의 걱정거리 중 하나였다.

아영에게 아버지는 언제나 자신의 편에 서서 좋은 말씀으로 위로를 해주시던 자상하고 정겨운 분이었다. 그런 아버지를 잃었으니 그녀의 가슴은 미어지고 찢어질 정도로 많이 아팠다. 세상에 태어나, 물론 시대를 잘못 만난 탓도 있었겠지만 맛있는 음식은커녕 있는 음식도 제대로 못 드시고 돌아가신 아버지……. 아니, 옷가지라도 좋은 옷 한 벌 못 입어 보고 돌아가신 아버지의 사진 앞에서 몇 날 며칠 무릎을 꿇고 앉아 눈물을 쏟아내며 그리워해야 했다. 그런데 그 슬픔이 채 가시기도 전에 이것은 또 웬 조화인가. 엎친 데 덮친 격이라고 그만 그녀에게 청천벽력 같은 일이 터지고 말았다.

때르르릉, 때르르릉 — .

"여보세요? 네, 맞는데요. 뭐…… 뭐라구요?"

그녀의 귓전을 울리는 목소리는 남편의 교통사고를 전하고 있었다.

이게 무슨 아닌 밤중에 날벼락 같은 소리인가? 오늘 회식이 있어서 좀 늦을 것이니 기다리지 말고 먼저 식사를 하라고 했던 사람이 교통사고라니. 아영은 믿기지가 않았다. 아니, 믿을 수가 없었다. 그러나 그것은 현실이었다.

그녀는 소리쳤다. 소리치며 몸부림을 쳤다. 누구의 옷자락이라도 잡고 통곡을 하고 싶었다. 그러나 집안에는 어린 딸 이외엔 아무도 없었다. 때맞춰 시부모님은 시골에 사는 친척 결혼식에 참석하기 위해 며칠 묵고 오겠다며 집을 비운 터였다.

그녀는 손이 떨리고 다리가 후들거려 서 있을 수도 없었다. 아니, 어떻게 해야 좋을지 엄두가 나질 않아 갈피를 잡지 못하고 울고만 있었다.

밖은 어두웠다. 그러나 서둘러야만 했다. 그녀는 딸을 등에 업고 택시를 잡아 타고는 병원으로 달렸다.

하얀 가운을 입은 사람들이 정신없이 왔다 갔다 하는 모습만이 한눈에 들어왔다. 어떻게 찾아들었는지도 모르게 어느새 자신은 남편 앞에 서 있었다. 남편은 응급실에서 다시 수술실로 전전해 가며 목숨을 구걸하고 있었다. 그녀는 핏기를 잃어버린 얼굴로 가슴을 졸이며 인내의 시간을 견뎌내야만 했다. 그녀는 크리스천도 아니었건만 저절로 두 손을 모아 하느님을 찾았다.

'하느님, 전능하신 하느님…… 그이를 살려 주세요.'

하지만 그녀의 간절한 기도는 허공을 맴돌다 헛되이 사라질 뿐이었다. 몇 시간이나 손에 땀을 쥐며 넋 빠진 사람처럼 기다린 그녀 앞에서 담당 의사는 가망이 없다며 고개를 저었다.

"선생님! 안 돼요. 살려 주세요, 제발 살려 주세요. 어떻게 좀 해보세요. 이럴 수는 없어요. 선생님, 제발 흐흐흑. 선생님…… <u>으흐흐흐흑</u>."

그녀는 어린아이를 등에 업은 채 정신나간 사람처럼 의사에게 애걸

하며 매달려 울었다. 그녀의 모습을 바라보고 있던 이들은 가여운 마음에 혀를 차며 함께 안타까워했다.

"의사로서 최선을 다했습니다만, 뇌출혈로……. 죄송합니다, 뭐라고 드릴 말씀이 없습니다."

의사는 그저 송구스러울 따름이라는 표현을 했을지 모르겠지만 그렇듯 간단히 내뱉는 말이 그녀에겐 독약과 같은 사형 선고나 다름없었다. 마침내 아영은 털썩 주저앉아 넋을 잃었다.

"안 돼요…… 선생님…… 정말 이렇게 끝낼 수는 없어요…… 어떻게 좀 해주세요…… 어떻게 좀…… 해봐요…… 제발…… 제…… 에…… 발……."

그녀는 등을 돌리고 사라지는 의사를 바라보며 기운 없이 혼자말처럼 중얼거렸다.

하얀 시트로 덮여 있는 남편의 시신을 넋이 나간 듯 바라보고 있던 그녀는 느닷없이 시신 앞으로 달려가 하얀 시트를 들추고는 소리 높여 통곡하기 시작했다.

"여보, 하련 아빠 눈 좀 떠 봐요. 우리 하련이는 어떡하라구 이렇게 눈을 감고 있는 거예요. 이럴 순 없어요. 정말 이럴 순…… 없다구요. 여보…… 우린 아직도 못 한 게 많잖아요……. 나, 당신한테 할 말도 다 못 했고…… 또, 사랑도 많이 못 했어요……. 그리고…… 그리고…… 미움도 다 못 했어요…… 흐흐흑…… 어서 눈을 좀 떠 봐요. 여보, 여보……!"

눈에 보이는 것들은 온통 하얗게 뒤덮인 것뿐이었다. 텅 빈 병실엔 그녀의 애절한 통곡 소리만이 메아리칠 뿐 그 어떤 것도 살아 있지 않았다. 얼음같이 차갑고 싸늘한 공기만이 침묵을 지키고 있을 뿐 아무것도 없는 백지 같은 허공이었다.

밖에는 굵은 비가 내리고 있었다. 그래도 하느님께선 양심이라도 있어 슬퍼하고 있었던지 굵디굵은 빗줄기를 뿌려 주고 있었다. 무엇이든 끊어 버릴 듯이 성난 장대비를 하염없이 쏟아 붓고 있었다.

동료들의 말에 의하면 회식을 마치고 나서 모두가 2차를 가자고 했지만 남편은 집에 일찍 들어가야 한다면서 미안하다는 말과 함께 먼저 나갔다고 한다. 그리고 사고 당시 목격자의 말에 의하면 뺑소니 차는 검은 승용차였으나 날이 어두워서 차량 번호는 확인할 수 없었다고 했다. 그러나 로얄 멤버 승용차인 것만큼은 확실하다는 정보였다. 하지만 그 정도의 정보만으로 뺑소니 차를 찾는다는 게 너무도 어려운 일이었다.

아영은 울었다. 사람이 죽은 것만 해도 억울한데 뺑소니라니…….산 넘어 산이라더니 아버지의 장례를 마친 지 일 년도 채 지나지 않아 또 한 번의 장례를, 그것도 남편의 장례를 치루어야만 한다는 사실을 그녀로선 용납할 수가 없었다. 아영은 너무도 억울했다. 밤새 안녕이라더니, 이럴 수도 있는 것이구나. 정말 이럴 수도 있는 것이야. 어떻게 하루 아침에 이런 엄청난 변화가 생길 수 있단 말인가? 그녀는 도대체 뭐가 뭔지 알 수가 없어 고개를 설레설레 저었다. 남편의 일거수 일투족이 뇌리에서 떠나질 않고 남편의 체취가 아직도 구석구석 남겨져 있는데, 어떻게 어두운 땅 속에다 홀로 묻을 수 있단 말인가? 그녀는 커다란 바윗돌로 가슴을 억누르는 것 같아 숨도 제대로 쉴 수가 없어 답답한 가슴을 치며 울고 또 울었다. 그 누가 말했었나? 집안에 상을 치르는 일이 생기면 그후 일 년 동안은 식구들의 건강에 유의해야 한다고 말이다. 아영은 그 말을 되새기면서 장례를 치러야 했다.

남편을 잃어버린 그녀에게 삶이란 구역질이 날 정도로 모든 것들에 대해 의욕을 잃어 가는 지루한 나날일 뿐이었다. 온 세상이 그저 아무 의미 없는 허상으로만 느껴졌고 머릿속엔 온통 남편의 얼굴로 가득했다. 남편이 자신을 부르고 있는 듯한 착각마저 일으킬 정도였다. 게다가 시집 식구들의 따가운 눈총을 견뎌내야 하는 게 그녀를 더욱 힘들게 했다. 하루를 십 년같이 살아야만 했다. 그러나 그녀는 남편의 체취가 남아 있다는 것에 의지하면서 인내하고 또 인내하며 살아갔다.

그렇게 살아온 지도 삼 년이 지나, 아빠 없이 자라 온 하련이가 여섯 살이 되던 어느 날이었다. 시어머니는 조용히 그녀를 불러 앉혔다.

"내, 너를 보자고 한 것은 다름이 아니고 그 동안 꾹 참고 견뎌내려 했다만 도저히 더 이상은 견딜 자신이 없어 이렇게 불렀다."

그 동안 아영은 시어머니의 따가운 눈총과 차가운 말투가 서러웠던 적이 한두 번이 아니었다. 그럴 때면 화장실로 들어가 문을 꼭 잠그고 행여 울음소리가 밖으로 새어 나갈까 봐 수돗물을 크게 틀어 놓고 울기도 많이 울면서 보낸 지난날이었다. 시어머니 역시 가시 방석에 앉아 있었던 세월이었는지 이렇듯 불러 세운 것이었다.

아영은 정말 오랜만에 시어머니와 얼굴을 마주 대하고 앉아 있으려니 마냥 서먹하기만 했다.

"다름이 아니라 이제 그만 살림을 따로 나가거라. 내, 너를 볼 때마다 애비의 얼굴이 맴돌아 살아갈 수가 없구나. 이거 내 딴에는 장만한다고 한 것이니 받아 넣거라."

시어머니는 차갑게 잘라 말했다.

"어머니……."

그녀는 눈시울을 적시며 머리를 숙였다.

"하련이를 두고 가라는 말은 하지 않겠다만 너의 뜻에 따르겠다."

시어머니는 입술을 떨고 있었고 눈가에는 눈물이 고여 있었다. 아마도 말은 냉정하게 잘라 버렸을지 모르겠지만 속으로는 내심 울고 있는 것이라고 그녀는 생각했다.

"어머니…… 하련이는 제가 키우겠어요. 하지만 어머니……."

"아무 소리 말아라. 어디를 가더라도 몸 건강하고 하련이를 잘 키우기 바란다."

　고부간의 얼음 같은 짤막한 대화였다.


　　　　그녀는 그렇게 해서 시댁을 떠나 올 수밖에 없었
다. 독립 생활로 접어든 지도 어느새 일 년이란 세월이 훌쩍 흘러가 버
렸다. 이제 일곱 살이 된 하련이가 남들과 같이 유치원에도 입학했고
경제적 여유도 조금씩 생기기 시작했다. 그 동안 번뇌와 고난 속을 헤
집고 다니면서도 삶을 포기하지 않고 견뎌낸 덕분이었다. 조그마한 화
장품 가게였지만 단골 손님들이 늘기 시작하면서 어느덧 고정적인 수
입을 얻게 된 것이다.

　그녀는 더욱 힘을 내서 일을 했다. 눈물을 삼키며 돌진하고 또 돌진
하듯이 말이다. 그렇게 하지 않으면 두 식구가 험한 세상을 헤쳐 나가
기 힘들 것이기 때문이었다. 용기를 잃지 말고 열심히 살아야 한다고
거듭 다짐을 했다. 하나밖에 없는 친구 신애마저도 남편을 따라 인도
네시아로 떠나 버려 어디 가서 하소연 하나 할 데 없는 외로운 그녀였
다. 괴로움을 혼자 삭이면서 굳게 자신을 보듬어 일으켜 살아야 했다.

　그러던 어느 날이었다. 단골로 드나들던 손님으로부터 중매가 들어
왔다.

　"하련 엄마, 왜 그 젊은 나이에 혼자 살려고 해? 내 전에도 말한 적
있었지만 재혼하는 게 어때? 자고로 여자 팔자 뒤웅박 팔자라고, 누가
알아? 백마를 타고 오는 왕자님일지 말이야. 모든 건 하련 엄마 마음먹
기에 달린 거라구. 어때? 좋은 사람이 있는데 내, 중매 한 번 서 볼거
나?"

　뚱뚱한 몸을 엉거주춤 을러멘 듯한 걸음으로 어기적거리며 걸어다녀
조금 우습기는 하지만 누가 보아도 마냥 마음씨가 좋아 보이는 단골

24

아주머니의 일방적인 말이었다.

"어디 좋은 사람이라도 있어요?"

아영은 그냥 무심히 지나가는 말로 물었다. 그러나 아주머니로서는 귀가 번쩍 뜨이는 모양이었다.

"하련 엄마, 생각 있어?"

이게 웬일이냐며 손뼉을 쳐대는 그녀의 반색에 지나가는 고양이가 놀라 달아날 정도였다.

"……."

아영은 그녀의 말에 선뜻 대답을 하지 못했다.

"아, 글쎄, 이게 웬일이야. 그러게 되든 안 되든 열 번은 찍어 봐야 한다니깐, 호호호호."

그녀는 덩치답지 않게 간드러지는 듯한 웃음을 연이어 웃어 제꼈다. 아영은 그녀에게 따끈한 커피 한 잔을 내주었다.

"하련 엄마, 기억할는지 몰라. 전에 내가 데리고 왔었던 캐나다 사람 말야."

그녀는 살이 통통하게 올라 있는 두 손으로 커피 잔을 감아쥐고는 시키지도 않은 이야기를 혼자 신이 나서 풀어 놓기 시작했다.

"캐나다 사람이라니요?"

아영은 느닷없는 캐나다 사람 이야기에 놀라 눈을 동그랗게 뜨고는 물었다.

"으응, 그래, 그래. 그 캐나다 사람. 자, 내가 자초지종을 설명할게, 하련 엄마. 그러니깐 내 친구가 캐나다에 살고 있거든. 그런데 그 친구 주변 사람들이 한국을 알고 싶다고 해서 그 친구가 몇 명을 관광차 데리고 온 적이 있었지. 그때 처음 만난 사람이긴 하지만……. 그러니까 그 사람들 중에 독신이 있다면서 중매를 서라고 하길래 농담으로 그러자고 내뱉었는데 그만……. 말하자면, 그 독신이 순진하게도 내 말을 정말로 받아들였던 거야. 꼭 중매를 부탁한다고 며칠을 졸졸 따라다니다시피 하더니 결국은 나한테 화장품을 선물하겠다고 굳이 우기지 않았겠어. 그래, 하는 수 없이 여기로 데려왔었지. 그런데 하련 엄마, 여기서부터 문제가 터진 거라구."

두서없이 늘어놓는 그녀의 다음 말이 아영을 궁금하게 만들고 있었다.

"글쎄, 하련 엄마에게 첫눈에 반해 버렸다는 거 아니겠어."

"……!"

순간 아영의 머릿속에서 떵 하는 이상한 울림이 스쳐 지나갔다.

"그래서 실은…… 하련 엄마 이야기를 조금 비쳤지 뭐야. 그랬더니 더욱더 보채지 않겠어. 어때, 한번 생각해 보는 게……."

그녀는 아영의 머릿속이 갑자기 복잡해져 있다는 것을 알아채지 못한 채 그저 자신의 입장만을 열심히 떠들어대고 있었다.

아영은 잠시였지만 깊은 생각에 빠졌다. 그 동안 자신 역시도 외로움에 떨며 살아온 것도 사실이긴 하지만 딸 하련이 때문에 재혼이란 것을 생각 안 해본 것은 아니었다. 하지만 너무도 갑작스럽게 나온 중매 이야기이다 보니 그녀는 쉽게 대답을 할 수가 없었다.

그녀의 나이, 이제 서른하나. 정말이지 홀로 시들 수 없는 나이였다. 아니, 아무리 혼자 발버둥쳐 봐도 그녀는 역시 여자일 따름이었다. 그렇다고 나약하다고 느끼지는 않았다. 할 수 있는 일이라면 무엇이든지 해낼 자신 또한 없지 않았다. 그러나 딸에게만큼은 늘 미안한 마음이었던 그녀였다. 풍족하게 해주지도 못하면서 아빠의 따뜻함도 못 느끼게 한다는 것이 그녀로선 죄를 짓는 듯 너무도 가슴이 아팠다. 다른 아이들이 아빠의 손을 잡고 걸어다니는 모습을 바라볼 때마다 자신이 재혼을 한다면 친아빠는 아니지만 남들처럼 딸에게 아빠의 맛을 안겨 줄 수 있으련만 하면서 속울음을 울었던 그녀였다.

"이름은 제임스라고 하는데 재산이 꽤 많은 사람이래. 이건 확실한 사실이야. 내 친구가 보장한다고 했거든. 일이 잘 성사되거든 나 몰라라 하지나 말라구, 하련 엄마."

그녀는 계속해서 제임스라는 캐나다 사람에 대한 이야기를 늘어놓았다. 아영의 머릿속은 점점 복잡해지기만 했다. 아니, 지나온 세월보다 못한 삶은 더 없으리라는 생각에 한번 만나 봐야겠다는 충동이 일기까지 했다.

"하련 엄마, 외국 사람이면 어때? 조건만 맞으면 말이야."

그녀는 아영의 표정을 살피면서 동의를 얻어내려고 무진 애를 썼다.

"……"

그러나 아영의 굳게 다문 입술은 좀처럼 열릴 줄을 몰랐다.

"하련 엄마, 잘 생각해 보고 연락해 줘. 여기 전화번호 놓고 갈 테니……."

그녀는 아영의 동정을 살펴 가며 쭈뼛쭈뼛 소파에서 무겁게 엉덩이를 떼어냈다.

아영은 왠지 일이 손에 잡히지 않았다. 그 여자가 아직도 곁에서 재혼 이야기를 떠들어대고 있는 것만 같을 정도로 아영의 머릿속은 한 가지 생각으로 어지러웠다.

'재혼……'

'제임스……'

지금까지 음으로 양으로 무언의 눈총을 받아 가며 살아오지 않았던가? 남편이 있다는 사실과 남편 없이 혼자 산다는 것의 차이점을 절실하게 느끼며 살아오지 않았던가? 정말이지 세상은 너무도 차갑다는 것을 뼈저리게 느끼며 살아오지 않았던가 말이다. 이젠 자신보다도 딸을 위해서 무언가 선택해야 한다는 생각뿐이었다.

아영은 서글퍼지기 시작했다. 눈시울이 뜨거워지면서 눈물이 고이기 시작했다. 문득 그녀는 남편을 떠올렸다. 하련 아빠가 이해해 줄까? 그녀는 씁쓸한 미소를 입가에 머금고는 가게 문을 닫았다.

그녀는 꼬박 삼 일을 고민했다. 그러나 이제는 결정을 내려야만 했다. 아주머니의 성화도 문제였지만 자신 역시도 흑과 백을 가리려면 하루 빨리 주사위를 던져야 했기에 수화기를 들고 다이얼을 돌렸다.

"여보세요. 안녕하셨어요? 여기 꼬야 화장품이에요."

"아이구, 하련 엄마? 그렇지 않아도 오늘 찾아가 볼까 했었어, 연락이 없길래."

"죄송합니다."

"어때, 생각 좀 해봤어? 아니, 만나 보기로 결정한 거지?"

아영 쪽에서 전화를 걸어서였을까? 상대는 그녀의 생각을 넘겨짚고 있는 듯했다. 아무려면 어떨까. 그녀는 자신의 자존심을 내세우기보다는 솔직한 심정을 털어놓아야겠다는 생각으로 입을 열었다.

"네…… . 일단 만나 보는 것이…… ."

아영이 뒷말을 흐리긴 했지만 자신의 의사는 바로 전달되었을 것이다.

"그래, 하련 엄마. 잘 생각했어. 혼자 어떻게 살아. 그럼 내 바로 연락을 넣을 테니 그런 줄 알아."

그녀는 숨쉴 틈도 주지 않고 말을 이어 나갔다. 행여라도 아영의 마음이 돌아서기라도 할까 봐 조바심이라도 난 걸까? 아니면 마치 일이 성사라도 된 듯이 여기는 걸까? 그녀는 금방이라도 캐나다로 연락을 취할 태세였다.

"아주머니, 아주 결정한 것은 아니에요. 일단은 만나 봐야 서로를 알 것 같아서…… ."

아영은 한발 물러선 자세를 취했다.

"아, 글쎄 만나 보나마나야. 이 중매는 확실하다니까. 하여간 알았어요. 내, 빠른 시일내로 꼬야에 들를게. 하련 엄마, 그럼 끊어."

아주머니는 자신의 일이 아니라서 그런 건지 너무도 가볍게 생각하는 것 같았다. 그녀로서는 조금 섭섭한 생각이 들었다. 앞으로 어찌될건가 하는 불안감이 몰려들기도 했다. 하지만 그것도 잠시일 뿐 아영은 가게문을 밀고 들어오는 손님을 맞아야 했다. 딴 생각이 들어올 틈을 주지 않으려는 듯 하루 종일 분주히 몸을 놀리며 일을 했다.

아영은 여느 때보다 가게 문을 조금 일찍 닫고 집으로 돌아가는 도중에 빵 가게에 들렀다.

"아주머니, 슈크림 빵 좀 주세요."

집에서 기다리는 딸에게 줄 빵이었다.

"몇 개나 드릴까요?"

언제나 변함없는 얼굴로 대해 주는 주인 아주머니의 인자한 말투였다.

"다섯 개만 주세요."

"오늘은 일곱 개가 아니네요."

주인 아주머니는 빙긋이 웃으면서 봉투에 조심스럽게 담아 넣었다.

아영은 늘 일곱 개를 샀다. 두 개는 그녀의 몫이었고, 다섯 개는 딸의 몫이었다. 딸아이는 아빠를 닮아서인지 슈크림 빵을 무척이나 좋아했다.

"오늘은 제가 배가 부르네요."

그녀는 살짝 미소를 지어 보이고는 가게를 벗어나 종종걸음으로 아파트 단지 안으로 들어섰다. 엘리베이터를 타고 십이 층에서 내려 또각또각 걸어가 1205호 앞에 멈추었다.

딩동, 딩동.

"누구세요?"

안에서 맑은 어린아이 목소리가 깜찍하게 울려 나왔다.

"엄마예요."

"와……. 엄마구나. 오늘은 빨리 오셨네."

유치원에 다니면서 곧잘 존댓말을 쓰는 하련이는 꽤나 예민한 편이었다.

"자, 이거 받아. 하련아."

그녀는 빵 봉투를 딸에게 건네 주었다.

"슈크림이지, 엄마?"

딸아이는 봉투만 봐도 안다는 듯이 말했다.

"응. 어서 손 씻고 와야지."

"네."

그녀는 하련이가 정말 예뻤다. 눈에 넣어도 안 아플 정도로 너무도 가슴 뭉클하게 예쁘기만 했다. 그녀는 그런 딸을 바라보면서 저 아이를 위해서라도 재혼을 해야겠다고 마음을 굳히고 있었다. 여자가 혼자 벌어서 자식을 얼마나 훌륭하게 키울 수 있겠는가?

사실 언제부터인지는 몰라도 그녀는 자신이 나약해지고 있는 건 아닌가 하는 생각을 했다. 그래서 그런지 매사에 자신이 없었다. 누군가가 이끌어 주지 않으면 그대로 주저앉아 버릴 것만 같았다. 그래서는 안 된다고 자신에게 채찍질하며 이제껏 버텨 왔지만 날이 가면 갈수록 자신을 잃어버리는 것만 같은 느낌을 지워 버릴 수 없었다. 경제적 능력이란 아무나 갖고 태어나는 것이 아니라고 절실하게 느끼고 있었다.

그녀는 다시금 서글픔이 밀려왔다. 하련 아빠……. 당신만 살아 있었어도 이런 시련은 없었을 텐데……. 그녀의 눈물은 밤하늘 은하수를 타고 멀리 흘러갔다.


때르르릉……. 아침부터 전화벨이 요란하게 울

렸다.

"여보세요."

아영이의 목소리는 아직 잠에 취해 있었다. 일요일 아침은 그녀에겐 유일하게 늦잠을 즐길 수 있는 여유로운 시간이었다.

"하련 엄마, 아직도 자는 거야?"

중매 아주머니의 호들갑스러운 전화였다.

"아니에요. 이제 막 일어나려고 하던 참이었어요."

아영은 스스럼없이 거짓말을 했다.

"다름이 아니고 오늘 저녁에 시간을 꼭 내야 할 것 같아서 말이야."

"무슨 일이라도?"

아영은 의아해 하며 물었다.

"어제 새벽에 캐나다에서 연락이 왔어. 비행기에 오르면서 전화하는 거라며 오늘 저녁에 만날 수 있도록 해달라고 했는데 잠결에 받은 전화라서 내가 그만 깜박했지 뭐야. 하련 엄마, 어떻게 오늘 시간 괜찮겠어?"

역시나 무딘 사람의 매너라는 생각이 들었다.

"예…… 알았어요. 당연히 시간을 내야죠. 저녁에 한 번 더 전화를 주시겠어요?"

"응, 그래. 하련 엄마, 그럼 이따가……."

아영은 수화기를 조용히 내려놓았다. 그리고는 자고 있는 딸의 얼굴을 말없이 들여다보았다. 가여운 녀석……. 그녀의 입술은 울음을 깨무는 듯 파르르 떨고 있었다.

때르르릉.

저녁때가 되자 영락없이 전화벨이 울렸다. 아영은 있는 그대로를 보여주는 것이 좋을 듯해서 예의에 벗어나지 않는 한에서 옷을 챙겨 입었다. 워커힐 커피숍에서 만나기로 했다면서 아주머니는 택시를 타고 아파트 정문 앞으로 오겠다고 했다. 그녀는 곧 채비를 갖추고 정문 앞으로 나갔다.

택시 한 대가 그녀 앞에 멈추어 섰다. 그녀는 조심스럽게 뒷좌석에 몸을 얹었다. 그러자 택시는 쏜살같이 워커힐 쪽으로 달렸다.

"하련 엄마, 자칫하면 늦을 뻔했어."

그녀는 러시아워에 걸린 도로가 혼잡했기 때문인지 약간 신경질적으로 말했다.

커피 숍은 만원이었다. 조금 안쪽으로 들어가 있는 코너 쪽 테이블에서 몸을 일으켜 손을 흔들며 서 있는, 키가 훤칠하게 큰 서양 사람이 한눈에 들어왔다. 아영은 그 사람이 바로 제임스라는 것을 금방 알아차릴 수 있었다. 아주머니도 금방 알아본 모양이다.

"아, 저기 있네."

그녀에게 눈짓으로 알려 주었다.

"좀 늦었습니다. 아니, 이 말이 아니지. 제임스, 아엠 쏘리 러시아워."

아주머니는 손짓 발짓을 해가며 열심히 알아들을 수 있도록 설명을 하려 애를 썼다. 아영은 그런 그녀가 우습기도 했지만 한편으론 자신이 예상했던 것보다는 의외로 예의가 바른 편이라는 생각을 했다.

"오우, 그렇지 않습니다. 너무도 정확하십니다. 이렇게 오시느라 수고하셨습니다. 프리즈."

그는 그녀의 설명을 알아차렸는지 정확하게 답변을 하면서 앉으라는 몸짓을 해보였다.

"인사해요. 하련 엄마. 뭐라고 말을 하는데 알아들을 수가 없네. 전에는 친구가 통역을 해줘서 편했는데…… 이것 참 곤란하구면. 하여간 인사는 해야지. 이쪽은 하련 엄마라고 해요."

그녀는 아영의 이름을 알 턱이 없자 이렇게 소개를 하고 있었다.

32

"하우 두 유 두, 마이 네임 이즈 심아영."

아영은 간단한 영어로 자기 소개를 하였다.

"하우 두 유 두, 마이 네임 이즈 캐냐 제임스."

두 사람은 밝은 미소를 교환하며 인사를 나누었다. 옆에 서 있던 아주머니는 입을 딱 벌리고는 두 사람을 번갈아 바라보며 놀라워하고 있었다.

"아니, 하련 엄마. 언제 그렇게 영어는 배워 놨수? 아주 빠다가 굴러가네."

아주머니는 궁금한 건 참지 못하는 성격답게 그 자리에서 바로 궁금증을 풀려고 했다.

"조금 배웠어요."

아영은 겸손을 떨었다.

"조금? 휴…… 그래도 다행이네. 걱정했는데 말이야."

그녀는 '그러면 그렇지. 이름 정도나 말할 줄 아는 실력이겠지' 하는 표정이었다.

세 사람은 커피를 마시고 워커힐 호텔 바로 옆 건물에 자리한 가야금 식당으로 자리를 옮겼다. 하얀 식탁보가 씌워져 있는 테이블마다 크고 작은 유리잔들이 반짝이며 즐비하게 놓여져 있었다.

아영은 자신이 마치 레오나르도 다빈치의 최후의 만찬 속으로 초대된 것만 같아 어리둥절해 하며 두리번거렸다. 서성거리는 사람들이 꽤 많았다. 눈여겨보니 그건 하얀 와이셔츠에 새까만 양복을 차려 입고 검은 나비 넥타이를 맨 웨이터들이었다. 하얀 천을 팔에 걸치고 손바닥 위에는 쟁반을 받쳐 들고는 분주히 움직이고 있었다.

그들은 한 웨이터가 안내해 주는 곳에 나란히 앉았고, 주문한 코스 요리는 끊이지 않고 계속 이어져 나왔다. 그녀로서는 세상에 태어나서 처음 먹어 보는 요리였다. 문득 하련이가 떠올랐다. 아직은 어리기 때문에 많이 먹지는 못하지만 이렇듯 맛있는 요리를 한번 먹여 봤으면 하는 생각이 순간 가슴을 아프게 했다. 아영은 또다시 돈 앞에서는 모든 것이 쉽게 해결된다는 것을 새삼 느끼면서 앞에 놓여진 음식들을 조금씩 입에 넣었다.

빰빠라밤 빰빰빰 빰빠라밤.

갑자기 팡파르가 울려 퍼져 나왔다.

아영은 깜짝 놀라 눈을 동그랗게 뜨고는 주위를 두리번거렸다. 실내의 조명들이 하나둘씩 꺼지면서 검은 막이 오르자 조용한 가락이 퍼져 나왔다. 앞가르마를 가지런히 갈라 쪽을 지어 옥비녀를 끼우고는 무지개 색깔을 엷게 복합시킨 은은한 한복으로 곱게 단장하고 앉은 여인네의 가냘픈 손놀림에서 흘러나오고 있는 열두 줄 가야금 소리였다.

아영은 너무나도 곱다고 느꼈다. 저렇듯 인형 같은 모습이 진정 사람이라니……. 그녀는 입을 벌린 채 정신을 온통 빼앗기고 있었다.

"하련 엄마, 지금 타고 있는 저 악기가 뭔지 알아?"

아주머니가 자신만이 알고 있다는 듯 여유 만만한 표정으로 물었다.

"가야금?"

그러나 아영은 대답을 잘못했다는 걸 순간적으로 직감할 수 있었다. 그건 악기 이름이 틀려서가 아니라 그냥 모른다고 했어야 옳았다. 그래야 아주머니가 우쭐거리며 좋아했을 텐데……. 아니나다를까 그녀의 얼굴에 실망스러운 그림자가 얼핏 내비치는 걸 느꼈다. 사실 가야금 정도는 누구나 알 텐데, 그녀는 그렇게 생각하지 않았던 모양이다.

"그럼 지금 연주하는 이 곡이 무엇인지는 아나?"

아주머니는 입술을 묘하게 삐죽거리며 다시 물었다.

"그건 잘 모르겠는데……."

아영은 정말로 몰랐으나 설마 아주머니가 알려고? 하는 의심 또한 없지 않았다.

"모르지? 하련 엄마. 으흠, 이 곡은 말이야. 산조라는 거야. 가야금 산조. 알았수?"

아주머니는 아영이 모르는 걸 자신이 안다는 것에 대단한 자부심이 라도 느끼는 듯했다.

"아, 그래요. 산조, 가야금 산조……. 참 듣기 좋네요."

아영은 생각했다. 그녀를 무시해서가 아니라 사실 이렇듯 그녀에게 서도 배울 점이 있을 줄은 예상도 못 했었다. 아니, 그녀가 첫 질문을 해왔을 때 가야금을 친다고 하지 않고 가야금을 탄다고 말을 했을 때 부터 아영은 매우 놀랐었다.

아영은 아주머니가 고마웠다. 우선 곡목을 알게 해주어서 흐르는 음 율 속으로 깊게 매혹될 수가 있었고, 또한 지식을 불어넣어 주어서 더 욱더 고마웠다. 그렇듯 한참을 빠져 들고 있으려니 가야금을 연주하는 쪽의 무대가 서서히 막을 내리고 정면 쪽에 있는 막이 또다시 오르면 서 궁중무가 화려하게 펼쳐졌다. 화관무, 부채춤, 선녀춤, 달놀이, 사 물놀이 등등……. 웅장하게 펼쳐진 무대는 그녀를 당혹시킬 정도로 매 료시키고는 막을 내렸다.

황홀한 무대였다는 감탄을 애써 식히며 잠시 휴식을 취하고 있으려 니 다시 2부가 시작되었다. 그러나 그 무대는 그녀의 눈을 경직시키고 말았다. 그것은 우리의 가락이 아닌 벌거벗은 프랑스 무용단이 우루루 몰려나와 젖가슴을 흔들어대며 춤을 추었기 때문이었다. 번쩍거리는 의상과 함께 펼쳐진 무대는 기술면보다는 누드로 각광을 받으려는 듯 한 느낌을 주고 있어 불쾌하기도 했다. 그러나 눈을 떼지 못할 정도로 푹 빠져 구경을 하고 있는 주위 사람들 틈에 섞여 지켜 보다 보니 그들 의 몸매만큼은 같은 여자로서도 홀릴 정도로 아름답다는 생각이 들었 다.

"우와, 저것이 무엇이간디. 시방 저들이 참말로 여자들인감?"

아주머니는 너무도 놀라웠던지 그 동안 쓰지 않던 전라도 사투리를 마구 뱉어내고 있었다. 아영은 자신도 얼굴이 마비되어 오는 듯한 느낌이 들 정도였기에 당연히 그녀 역시 그러했을 것이라고 생각했다. 170센티미터 이상의 키들에 쭉 뻗은 다리를 허옇게 드러내 놓고는 풍만한 가슴을 흔들고 있는 무용단. 간단히 말하자면 비키니 수영복에서 가슴 부분만을 도려낸 이미지였다.

아영은 관객들에게 부끄러움에 낯을 붉히게 하는 무대였지만 시간이 흐르면서 그것도 예술이라고 긍정하기에 이르고 말았다. 물론 순간의 황홀함으로 끝날 뿐 진국의 맛은 없지만 말이다. 한국 무용은 감추고 또 감추고 있어서인지 보면 볼수록 맛이 있고 이모저모 여운이 길게 남는다. 반면에 저들의 무용은 그저 크고 작은 가슴만이 머릿속에 맴돌고 있어 절대적으로 비교가 될 수 없다고 냉정한 판단을 할 수밖에 없었다.

제임스가 와인 잔을 권해 왔다.

"아영 씨, 재미있습니까?"

제임스는 자신의 잔을 그녀의 잔에 살짝 부딪히면서 부드러운 목소리로 말을 건네 왔다.

"네, 재미있어요."

그녀는 조금 멋쩍어하면서 나지막한 목소리로 대답했다.

"이거 하나 드세요."

제임스는 디저트로 올라와 있는 메론 한 쪽을 찍어 권하는 친절까지 유감없이 발휘하고 있었다.

"감사합니다."

그녀는 메론을 받아들면서 제임스에게 미소를 살짝 던졌다. 그리고는 시선을 다시 무대 위로 던졌다. 그러나 머릿속은 온통 제임스에 대한 생각으로 가득해졌다. 본래 자상한 성격인지 아니면 처음 만난 여자이기에 예의상 베풀고 있는 호의인지 아직은 도통 알 길이 없었다. 하지만 그의 배려가 그녀의 마음을 조금씩 흔들기 시작한 것만은 사실이었다.

아영은 오랫동안 혼자 살아온 탓인지 작은 표현에도 감정이 솟구쳐 올랐다. 더군다나 그녀는 사회 경험이 적다 보니 상대의 행동을 어떻게 받아들여야 하는지를 잘 모르는 게 불안하기만 했다.

제임스는 마흔 살이었지만 외모는 나이에 비해 훨씬 깔끔한 이미지를 갖고 있었다. 매력이 넘쳐 흐르는 미남형이었다. 물론 그녀가 좋아하는 타입이기도 하지만 어느 누구라도 호감을 느낄 만한 그런 이미지였다.

아영은 문득 알 수 없다는 생각이 들었다. 저렇듯 갖출 것을 다 갖춘 사람인데 왜 하필이면 나 같은 여자를 만나려고 하는 것일까? 그녀는 순간 이런저런 의아심이 꼬리를 물고 일어났지만 일단은 그냥 마음속에 묻어 두기로 했다. 좀더 서로에 대해 이해를 하게 되면 자연히 알게 되겠지 하는 생각에서였다.

무대는 막을 내렸다. 많은 관중들이 하나둘씩 홀을 빠져 나갔다. 아주머니는 택시를 타고 가버렸고, 남은 두 사람은 좀더 대화를 나누기 위해 스카이 라운지로 자리를 옮겼다.

클래식 음률이 잔잔하게 흐르고 있는 라운지의 분위기는 그녀의 심금을 살며시 노크하고 지나갔다. 남편을 잃고 난 후 감정을 불러일으킬 그 어떠한 것이 있었다 해도 전혀 무감각하기만 한 그녀였다. 그 동안 마음의 여유나 감동은 모두 잊고 살아온 듯했다. 그래도 지금 이 순간 감미로운 음률 하나가 조금이나마 감정의 울림을 불러일으키고 있는 걸 보니, 자신이 아직은 죽지 않은 나무라는 생각에 그저 감개무량하기만 했다.

창 너머로 내려다보이는 깨알 같은 불빛들이 하늘에 수놓아 있는 별

처럼 느껴졌다. 아영은 자신도 모르게 '와, 너무 아름답다'라고 경탄을
쏟아낼 뻔했지만 다시 자신을 추스르고는 야경의 매력에 한껏 빠져 들
었다.

"주문하시겠습니까?"

소곤거리듯 조용히 물어 오는 웨이터의 목소리에 아영은 시선을 제
임스에게로 돌렸다. 제임스는 들어 보지도 못했던 싱가폴 윌링과 핑크
레이디라는 와인을, 그리고 안주로는 캐비아 비스킷을 주문했다. 아영
은 그저 두 손을 무릎 위에 올려놓고는 다소곳이 입을 다물고 있었다.

조금 후 제임스는 웨이터가 얌전히 놓고 간 와인 잔을 들어 보이며
건배를 요청해 왔다. 그녀는 핑크 빛에 물들어 있는 와인 잔을 들어 제
임스에게 눈빛을 건네며 '쨍' 하고 살짝 부딪혔다. 그 소리는 밤의 무
드로 사로잡힌 주위에 청명하게 퍼져 나갔다.

창 밖에는 검은 막이 드리워져 있었고 그래서인지 라운지의 분위기
는 서로의 가슴을 사로잡기에 너무도 적합했다. 두 사람은 눈빛을 맞
대고 하나둘씩 서로의 인연을 다듬어 나가기 시작했다.

"아영 씨! 이렇게 만나 뵙게 되어 정말 반갑습니다."

드디어 제임스가 어색한 침묵을 깨뜨리며 말문을 열었다.

"저도 반갑습니다."

아영은 느닷없이 던져 오는 제임스의 말인지라 당황하듯 간단하게
답변했다.

"저…… 아영 씨를 처음 보았을 때 말입니다…… 눈이 제일 마음에
들었습니다……. 정말이지 그 해맑은 눈 속엔 마치 명화가 그려져 있
는 듯한…… 아니, 무언가 깊은 사연이 있는 듯한……."

제임스는 센치한 표정과 함께 눈을 내리깔고는 속삭이기라도 하는
듯이 나지막한 목소리로 말했다.

"명화?"

그녀는 무슨 뜻인지 이해가 안 된다는 듯이 고개를 갸웃하며 되물었다.

"그래요, 명화요. 보고 또 보고 있어도 싫증은커녕 더욱더 새롭게만 느껴지는 명화 말입니다. 당신의 눈 속엔 무척이나 깊이가 있는 듯…… 그 무엇인가를 갈구하고 있는 듯…… 아니, 그 누군가를 깊이 생각하는 듯하기도 하고……. 물론 지금도 그렇지만, 사실 처음 뵙고 나서 캐나다로 돌아간 후 줄곧 풀리지 않는 의문처럼 제 머릿속에서 떠나질 않더군요. 유명한 명화들이 왜 대대로 보존되어 전해지고 있는지 알아요? 그건 살아 숨쉬고 있는 듯하면서도 무언가가 숨겨져 있는 듯 보이는데 그 신비가 풀리질 않기 때문에 사람들이 보고 또 보고 하는 것 아니겠습니까? 바로 아영 씨의 눈 속에 감추어진 그 신비스런 명화가 나의 마음을 동요시켰다고나 할까요?"

제임스가 길게 늘어놓는 유창한 말은 그녀를 매료시키고 있었다.

"……"

그녀는 몸둘 바를 몰랐다. 이렇듯 감미로운 표현을 바로 눈앞에서 받아 보기란 아마도 이 세상에 태어나 처음인 듯해서 얼굴을 붉히며 당황하고 말았다.

제임스의 말솜씨는 보통이 아니었다. 그녀는 자신이 왜 자꾸만 이끌려 가고 있는지 알 수는 없었지만 그가 좋은 것만은 부인할 수 없는 사실임을 어렴풋이 느끼고 있었다. 자신을 뚫어지게 바라보고 있는 그의 눈과 마주치게 되면 가슴 밑바닥에서부터 퍼져 오르는 짜릿한 전율이 온몸을 휘감아 돌았다. 그것뿐만이 아니었다. 자신이 생각해도 믿을 수 없을 정도로 사춘기 소녀처럼 자꾸만 부끄러움이 앞서고 그저 그에게 호감만을 사고 싶은 마음뿐이었다.

내가 왜 이럴까? 오늘 처음 만난 사람인데 이토록 빠른 감정을 내보일 수 있단 말인가? 제대로 자존심 한번 세울 수 있는 시간조차 갖지 못한 채 이래도 된단 말인가? 그녀는 자신이 너무도 밉고 이해할 수가 없었다. 그 동안 그렇게도 외로웠었나? 그 동안 누군가를 이토록 그리워했었나? 누군가의 사랑을 갈구하고 있었나? 왜 이다지도 쉽게 마음의 문이 열리는 것인가. 그녀는 그런 자신이 싫었다. 이러지 말자고, 정말 이렇게 가벼워서는 안 된다고 자신을 마구 채찍질하기에 여념이 없었다.

"아영 씨!"

그녀가 골똘히 생각에 빠져 있을 즈음 제임스가 건배를 하자며 잔을 들어 보였다.

"네? 아, 예……."

놀란 토끼 눈을 한 그녀는 얼른 제임스를 따라 잔을 들어올렸다.

"자, 우리의 만남을 다시 한번 축하하는 뜻에서, 건배!"

두 사람은 아까보다 조금 힘있게 잔을 부딪쳤다. 제임스는 캐비아가 듬뿍 올려져 있는 비스킷을 그녀에게 권했다.

그래……. 힘들게 살지 말자. 지금까지 너무도 힘들지 않았던가? 이제 딸을 위해서라도 고집하지 말고 마음을 열어 보자. 이 사람만 좋다고 한다면 캐나다로 간들 어떻겠는가? 그녀의 눈에는 소리 없이 엷은 눈물이 고이고 있었다. 시계의 초침과 함께 밤이 무르익어 가듯 제임스에 대한 생각은 더 굳어져만 갔다. 하지만 아직은 아무것도 결정을 내린 것은 없었다. 단지 그에게 서서히 기울어 가는 자신의 마음을 그냥 모른 척 내버려 둘 뿐이었다.

그들은 밤이 제법 깊어져서야 라운지를 나섰다. 거리에는 즐비하게 늘어선 택시들이 손님을 기다리고 있었다. 그녀는 즐거웠다고 인사를 하고는 택시에 올랐다. 순간 제임스는 길도 잘 모르면서 기사도 정신을 발휘하려는 듯 느닷없이 차에 올라타는 거였다. 놀란 눈으로 그를 쳐다보다 말을 못 하고 그만 웃음이 터져 나와 '피식' 웃고 말았다. 그도 덩달아 웃어댔다.

아영은 그의 뜻을 순순히 받아들였다. 그의 배웅을 허락하기로 했다. 아영은 아파트 앞에 도착하자, 자신은 내리고 그 택시를 그대로 호텔로 돌려 보냈다. 돌아가는 제임스의 뒷모습을 한참이나 멀거니 바라보다가 들어왔다.

그녀는 침대에 누워서도 머릿속이 온통 전깃줄이 마구 뒤엉킨 듯 복잡하게 엮어져 가고 있었다. 낯선 남자 앞에서 자신이 취했던 태도가 불편하기만 했다. 아영은 하련 아빠를 떠올렸다. 아쉬움만 남기고 간 남편의 빈자리에는 커다란 공허와 더불어 허전함만이 남아 있었다. 그녀는 자신의 초라함을 다시 한 번 느끼면서 남편의 사진을 들여다보며 미안함으로 몸서리치고 있었다.

'하련 아빠! 미안해요. 사실 당신이 남기고 간 빈자리엔 너무도 큰 공허와 아쉬움만이 가득했어요. 그 빈 가슴을 일로 메꾸기에는…… 미안해요…… 나, 많이 외로웠었나 봐요. 아니…… 변명이 구차하지요? 하련 아빠…… 어떻게 해야 옳은 건가요? 이젠 결정을 해야만 해요. 하련 아빠…… 정말 미안해요. 이젠·저를 놓아 주어야 할 때가 온 것 같아요. 아니, 몸은 비록 떠나가 있을지언정 당신을 잊는다는 것은 절대 아니에요. 마음속에 살아 있는 당신은 언제나 내 곁에 머물러 있을 테니까 말이에요.'

아영은 남편의 사진 앞에 앉아 눈이 부어 오를 정도로 밤을 지새우면서 속울음을 울었다.


보름이란 시간은 눈 깜짝할 사이에 지나갔다.

두 사람은 하루를 열흘같이 알뜰하게 보내자며 짧은 시간에 열의를 다했다. 또 처음 만난 부녀 사이의 서먹함을 조금이나마 지워 볼까 해서 하루에 한 번씩은 딸과 만날 수 있게 했다. 아영은 그러면서 제임스를 하루하루 지켜 보았다. 물론 그 동안 많은 시간은 아니었지만 어느 정도는 서로가 친근하게 느끼기에 충분하다고 믿었다.

이제 내일이면 제임스는 국경을 넘어가야만 한다. 그 안타까움에 떨어야 하는 그녀였지만 그 동안 다정다감하고 자상했던 추억들을 머릿속에 새기면서 이별의 악수를 나누었다.

"아영 씨…… 떠나고 싶지 않군요. 어쩔 수 없이 가야 하지만 정말 가고 싶지가 않네요. 하루 빨리 서류를 준비해서 비자를 받도록 최선을 다해 줘요. 사랑해요."

캐나다는 비자 없이도 출입을 허용하는 나라였지만 결혼 후 체류에 필요한 서류를 구비하기에는 시간이 좀 필요했다.

"네, 알았어요. 염려 말아요. 모든 일을 제쳐 놓고서라도 서두를 테니 너무 조바심 갖지 말고 몸조심하세요."

두 사람의 대화는 어느새 파란 풋사과에서 빨갛게 익어 버린 색깔로 변해 있었다. 그는 못내 아쉬운 듯 몇 번이나 뒤를 돌아보며 탑승구 쪽으로 걸어갔다. 아영은 그의 뒷모습이 사라질 때까지 바라보다가 발길을 돌렸다.

그녀는 밖으로 나와 천천히 걸었다. 잠시 후 하늘 높이 날아오르는 비행기가 보였다. 아마도 그가 탄 비행기일 것이다. 처음엔 커다란 공룡이 하늘로 날아오르는 듯 웅장하게 보이더니만 어느새 가냘픈 학처럼 작아지고 순식간에 기러기의 모습으로 바뀌어 아예 구름 속으로 자취를 감추어 버렸다.

아영은 그렇듯 꺼져 가는 비행기의 모습이 사라질 때까지 하늘을 우러러보며 그 자리에 붙박인 듯 서 있었다. 그를 떠나 보낸 허전함이 이윽고 홀로 서 있다는 고독감으로 다가와 그림자처럼 따라 붙었다. 그녀는 비록 짧은 시간이었지만 이토록 가슴을 설레게 하는 싱그러운 젊음을 느끼게 해준 제임스에게 진심으로 감사하고 있었다.

그녀는 걸었다. 그저 마냥 걷고 싶었다. 공항을 빠져 나와 복잡한 거리를 피해 한적한 길을 골라 걸었다. 그런데 그녀는 무언가 빠진 게 있는 것처럼 마음이 개운치 않다는 걸 느꼈다. 저도 모르게 제임스에 대한 자신의 감정을 되살려내고는 되씹어 보는 것이었다. 너무 순간적으로 일어난 감정은 아닐까? 너무도 급작스레 다가온 달콤함에 눈이 먼 것은 아니었을까? 그녀의 머릿속은 다시 또 복잡해지기 시작했다. 물론 캐나다로 출국하려면 빠른 시일에 비자를 받아야 했지만 그것이 급선무는 아니라고 그녀는 생각하고 있었다.

먼저 해야 할 일이 있었다. 그저 맥없이 중매 아주머니의 말만 듣고 결혼을 허락할 수는 없었다. 실패는 성공의 어머니라고 하지 않았던가? 비록 첫 결혼은 실패로 끝나고 말았지만, 두 번 다시 실패를 거듭하지 않으려면 더욱 조심해야 할 것이다. 그런데도 자신은 무엇 하나 제대로 알아보지도 않은 채 이십대처럼 그저 서두르고만 있는 게 아닌가 말이다.

신중을 기해야 할 것이다. 그녀는 이런 생각을 하다 보니 속이 타기 시작했다. 캐나다로 이민간 선배에게 부탁을 해야겠다고 생각을 하며 후끈 달아오른 아스팔트 위를 한없이 걸었다.

올 여름은 유난히도 더웠다. 여름 한나절의 뜨거운 햇살에 달아오른 열기는 저물어 가는 저녁 노을에도 아랑곳하지 않은 채 식을 줄을 몰랐다. 딸을 데리고 바캉스 한번 다녀오지 못한 채 지내고 있는 여름! 아니, 바캉스는 고사하고 그래도 해마다 수영장만큼은 데리고 갔었는데…….

그녀는 집으로 돌아와 딸을 포근히 안고는 화장대 위에 놓여져 있는 남편의 사진을 바라보았다. 볼을 타고 흘러내리는 눈물 방울이 그녀의 손등 위로 뚝뚝 떨어져 내렸다.

"하련 아빠! 미안해요. 정말 미안해요. 언젠가 꿈에서 당신을 만났을 때 당신은 이렇게 말했었지요. 하련 엄마, 고집 피우지 말고 하련이를 위해서라도 재혼하라고 말이에요. 그때 나는 절대로 재혼하지 않겠다고 말했고요. 그런데 지금 나는…… 그 말에 책임도 지지 못하고 있으니 어쩌지요? 하련 아빠, 정말 미안해요. 하지만…… 당신이 살아 돌아온 것이라고 생각하면서 열심히 살아 볼게요. 흐흐흑……."

그녀는 베갯머리에 엎어져 한없이 흐느껴 울었다.


세월은 소리 없이 여름을 버리고 어느덧 가을을 맞이했다.

아영은 그 동안 선배에게 부탁을 해서 제임스에 대해 많은 것을 알아냈다. 물론 중매 아주머니의 말대로 재산이 꽤 많은 사람이었다. 또 열다섯 살짜리 아들이 있긴 하지만, 현재 같이 살고 있지 않다는 것도 사실이었다. 그리고 부인과의 사별 역시도 거짓은 아니었다. 그러나 새로운 사실을 알게 된 것은 제임스가 바람둥이로 소문이 나 있다는 것이었다.

그러나 그녀는 그 정도의 궤도에 올라 있는 사람으로서, 게다가 핸섬한 용모까지 갖춘 그 사람이 바람을 피우지 않았을 것이라고는 생각지 않았다. 오히려 여성들 쪽에서 그를 따를 것이라고 생각했다. 하지만 그러한 생각을 하고 있으면서도 그를 선택하는 이유는, 자신은 애인이 아닌 부인으로 선택된 것이었기에 개의치 않겠다는 신념이었다. 물론 인내로 그를 지킬 수 있을 것이라 믿었기에 가능했다.

그녀가 자신의 뒷조사를 하고 있는 줄도 모르는 제임스는 심야를 가리지 않고 국제전화를 걸어댔다. 그의 전화는 그녀의 허탈한 공간을 매일 밤 가득 메꾸어 주고 있었다. 그녀는 마음의 결정을 대충 내린 상태였다. 이런 정도의 열성이라면 그 사람의 아내가 된다 해도 손해가 없지 않겠냐는 결론이 그녀의 눈을 가리고 있었다. 밤마다 울려 주는 제임스의 달콤한 전화는 어느덧 부부의 억양으로 변해져 있었고 그저 두 사람의 만남만을 기원하며 애태우기에 바쁜 하루하루였다.

그녀는 서둘러 서류를 보냈다. 그리고 곧 비자를 받았다. 참으로 오랜만에 콧노래를 흥얼거리며 떠날 준비에 여념이 없었다.

이제 모녀는 한국을 떠나야 했다. 친척이라고는 통틀어 언니밖에 없는 그녀인지라 공항엔 언니네 식구만이 배웅을 나왔다. 그녀는 언니와 눈물 어린 작별을 하고는 비행기에 올랐다.

긴 여행이었다. 제임스의 고향은 밴쿠버였지만 지금은 토론토에서 살고 있었다. 그들은 토론토 피어슨 공항에서 만나기로 약속했다. 그녀는 구름 위를 날아가는 비행기에서 창 밖을 내다보다가 잠시 눈을 감고 제임스의 말을 떠올렸다.

그의 회사는 아버지로부터 물려받은 유명한 분유 회사였다.

제임스는 어렸을 때 우유를 너무도 싫어해서 우유만 봐도 십 리만큼 도망을 치곤 할 정도였다. 그의 부모님은 그런 그에게 어떻게 해서든 우유를 먹여 볼 심산으로 애를 썼지만 아무 소용이 없었다. 그러자 그의 부친은 아이들이 맛있게 우유를 마시게 할 수 있는 좋은 방법이 없을까? 하고 궁리한 끝에 가공 우유를 만들어내게 되었다고 했다.

그는 부친이 돌아가시자 어린 나이에 중역의 길을 걸어야 했다. 그러나 그 길은 그다지 쉽지만은 않았다고 했다. 그는 회사에서 신임을 잃지 않으려고 많은 노력을 했으며, 그들과 함께 일하면서 회사를 가꾸고 일구어 놓았다. 지금은 경영자로서 손색이 없다는 호평을 받아 가며 그 자리를 지켜 나가고 있다고 했다.

그의 본처는 미스 캐나다 출신이었는데 백혈병으로 인해 사별했고, 하나밖에 없는 아들은 제임스의 어머니가 맡아 기르고 있다고 했다. 그는 혼자 밴쿠버에 살고 있었고, 재혼을 하더라도 아들은 어머니가 계속 맡아 기를 거라고 했다. 이는 아영의 불편함을 최대한으로 적게 해주겠다는 배려였다. 그리고 한마디 덧붙이는 말로 아들의 성격이 좀 괴팍해서 어느 여자라도 그 아이를 받아들일 수 없을 거라며 피식 웃기도 했다.

그녀는 이런저런 생각으로 피곤이 몰려오기 시작했다. 저녁에 오른 비행기라서 그렇기도 하겠지만 그녀는 자꾸 잠이 쏟아져 내렸다. 하련이는 긴 여행에 힘이 드는지 쌕쌕거리며 깊은 잠에 취해 있었다. 그녀도 눈을 좀 붙이기 위해 몸을 가로로 눕혔다. 다행히 옆자리가 비어 있어서 두 다리를 뻗을 수 있는 공간을 얻어낼 수가 있었다.

그렇게 조금 잠이 들었나 싶었는데 갑자기 우웅 하는 소리에 소스라치게 놀라 깨면서 가슴이 철렁하고 내려앉았다. 요즈음 비행기 사고가 잦아서였던지 그녀 역시도 약간의 불안함이 없지 않았다. 게다가 멀쩡한 육지를 놔두고 하늘로 솟아올라 이 높은 곳에서 잠을 청해야 한다는 사실이 그녀로선 이해가 되지 않기도 했다. 게다가 낯선 캐나다에서 어떻게 살아야 할까 하는 강박감이 그녀를 더욱 불안하게 해서 잠도 이룰 수 없었다.


세월은 어느새 이 년이 흘러갔다. 움츠렸던 몸을 채 펴기도 전에 봄이 문턱에 올라 있었다. 두 모녀는 어느덧 캐나다에서의 생활에 젖어 있었고, 어느 정도는 일상 생활에 필요한 의사 소통도 가능해졌다. 물론 그것은 남편의 따뜻한 배려가 있었기에 낯선 타국이었지만 가능할 수 있었다고 그녀는 감사하고 있었다.

그런데 그러던 어느 날의 일이었다. 초등학교 삼 학년이 된 하련이를 데리고 스쿨버스를 기다리고 있을 때였다. 한 여인이 다가와 다짜고짜 "제임스, 당신 남편이 또 바람이 났어" 하고 가 버리는 것이었다. 아영은 너무도 느닷없이 내뱉어 버리고 가 버리는 캐나다 여인의 말에 어리둥절할 수밖에 없었다. 하련이가 자신의 얼굴을 올려다보며 "엄마! 저 아줌마가 하는 말이 무슨 말이야?" 하는 소리를 듣고 나서야 그녀는 겨우 정신을 가다듬을 수 있었다. 이제 하련이도 어느 정도 귀가 뚫려 있었기 때문에 쉬운 일상 용어는 제법 알아들을 수가 있었다.

아영은 줄곧 그 낯선 여인의 말에 신경이 거슬렸다. 그녀는 그 여인을 잘 모르고 있었지만 분명한 건 그 여인이 자신을 알고 있었다는 것이었다. 더더욱 이름까지 알고 있다는 것은 주변 인물일 것이다. 그런데 그 여인이 왜 그런 말을 자신에게 한 것인지 의아심을 갖지 않을 수가 없었다. 그러나 그녀는 그 여인이 그런 말을 해준 것에 감사를 해야 할지, 아니면 모르는 것이 약이라고 그 여인을 원망을 해야 할지 막연하기만 할 뿐 판단이 서질 않았다.

그녀는 생각했다. 그가 사업을 하는 사람인 만큼 여자들 문제가 없지 않을 것이라고 관대하게 이해하며 재혼을 하지 않았던가? 아니, 어쩌면 가볍게 스쳐 가는 사업상의 외도를 두고 그 여인이 그렇게 말한 것이라고 그녀는 자신을 안심시켰다.

그렇게 그날도 지나고 그 다음날도 그냥 지나갔다. 그녀는 말 한마디 꺼내지 못한 채 그저 남편의 눈치만을 살펴보며 살았다. 그렇게 어언 일 년하고도 육 개월이 지났다. 그러나 그 낯모를 여인이 그저 지나치면서 던진 말은 사실로 드러났다. 가정만은 소홀히 하지 않는 한도라면 벙어리로 살아가리라고 다짐을 하며 버티었건만 남편은 너무도 많이 달라져 가고 있었다. 그녀가 확고하게 가벼운 외도가 아니라고 느끼게 된 것은 낯모를 여인의 말 때문이 아니라 자신이나 딸을 대하는 태도가 너무도 차가워져 버렸다는 사실에서였다.

남편은 여름철 무더위가 계속되는 불볕 더위인데도 바캉스는커녕 바쁘다는 핑계로 요리조리 피해 가며 집을 빠져 나가기에 바빴다. 특히 없었던 출장이 잦아지고 있었다. 아니, 이전에는 아무리 바쁜 일이 있다 하더라도 하련이를 위해서라면 어디라도 데려가 주었던 그였건만 이젠 좀처럼 그런 모습을 기대할 수 없었다. 잠자리에서의 애정 역시도 싸늘히 식어 있다는 것만 봐도 남편의 외도를 의심할 수밖에 없었다. 그러나 그녀는 참아야 한다고, 그래서 남편의 마음이 돌아올 때까지 기다려야 한다고 스스로 마음을 다졌다. 그녀는 가슴이 터질 정도로 괴로운 마음이었지만 그가 되돌아올 그날을 기다렸다. 그러나 그건 그녀의 바람일 뿐이었다.

그 동안 남편은 아무도 모르게 다른 여자와 살림을 차려 두고 있었던 것이다. 결국은 가볍게 끝낼 수 있는 외도가 아니라 이미 한계를 벗어나 위험 경계선을 넘나들고 있다는 것을 인정해야만 했다.

그녀는 서글펐다. 그리고 맥이 풀렸다. 그러나 처음부터 알고 시작한 재혼이라 그런지 그다지 괴로움은 없었다. 그저 운명의 길이 너무도 얄궂어 가슴속에 서글픔만이 일어날 뿐이었다.

밖에는 쌀쌀한 바람을 동반한 처절한 빗줄기가 투덕거리며 창문을 노크해 왔다. 그녀는 창가에 서서 물끄러미 밖을 내다보았다. 안간힘을 다해 버티고 있는, 그리 많지도 않은 낙엽들의 마지막 발버둥을 무참히 짓밟아 버리고 마는 냉정한 빗줄기를 원망하면서, 아니 가혹하다는 생각을 하면서 제임스를 떠올려 보았다. 이젠 그에 대해 아무런 감정도 일어나지 않았다. 한마디로 무정이라고나 해야 할까.

그녀는 코웃음을 쳤다. 처음부터 그 사람이 바람둥이란 사실을 알고 재혼을 원했던 자신이기에 그 누구를 원망할 자격도 없었다. 하지만 자신이 무엇을 잘못했나? 이것만은 돌이켜 생각해 봐야 할 문제인 것 같았다. 그러나 그녀는 아무리 생각을 해봐도 그저 열심히 살아 보려고 노력한 죄밖에는 없는 것 같았다. 그런데 왜 남편을 떠나 버리게 하고 만 것일까? 그토록 자신에게 매력이 없었던 것일까? 아니면 선천적으로 바람기를 타고난 것일까? 그녀는 못 먹는 맥주를 마셔 가며 텅 빈 거실을 혼자 지키고 앉아 있다가 그대로 소파에 엎어져 잠이 들어 버렸다.

하루 이틀, 또 열흘이 지났지만 상황이 나아질 기미는 전혀 보이질 않았다. 어두운 분위기는 계속 이어져 가기만 했다. 그렇다고 해서 그녀 쪽에서 먼저 이혼을 청할 수도 없었다. 아영은 남편의 행동을 지켜보며 그저 입을 틀어막고 있어야 했다. 물론 남편이 입을 열어 봤자 뻔한 결론뿐이란 걸 그녀는 너무도 잘 알고 있었지만 말이다.

잠도 잘 오지 않았다. 그녀는 뜬눈으로 날을 지새우는 게 일상이 되고 말았다. 그렇게 하루하루를 막연히 버틴다는 것은 지옥과 다를 게 없다고 그녀를 흔들고 있었다. 그래, 이제는 모든 게 끝난 거야. 그의 마음을 돌려 보려고 애를 써봤지만 대화는커녕 시선도 주지 않는 사람에게 그 무엇을 기대할 수 있단 말인가? 떠나자. 다 정리하고 한국으로 돌아가자.

며칠 후 그녀는 한국행 비행기에 몸을 실었다. 물론 캐나다에서의 일을 다 정리한 건 아니었다. 제임스와의 관계를 정리하는 데는 많은 시일이 필요했다. 그녀로선 지난 삶을 정리하는 일도 중요했지만 앞으로 살아갈 터전을 준비하는 게 더 시급했다. 이후 그녀는 새로이 안착할 곳을 찾기 위해, 한편으로는 묵은 과거를 털어내기 위해 캐나다와 한국을 자주 드나들게 되었다.

# 흑과 백 사이

아영은 하련이를 한국으로 전학시켰다. 그렇게 하는 것이 딸아이를 위해서도 바람직할 것이라는 판단이 섰기 때문에 제임스의 동의 없이 혼자서 결정을 한 것이었다. 원만치 못한 가정 불화를 티없이 맑은 어린 눈동자 안에 심어 주고 싶지 않았기에 한시라도 미룰 수 없었다. 그래서 하련이를 언니에게 맡겨 두고서 자신이 자주 한국에 들어와 보살펴 주기로 한 것이다.

"안녕하십니까? 저는 여러분을 안전하게 모시고 갈 기장 안기섭입니다……."

아영은 캐나다로 돌아가기 위해 비행기에 탑승해 있었다. FM 라디오에서나 흘러나오는 DJ의 목소리를 능가하는 기장의 목소리가 구수하게 들려 올 무렵이었다. 옆 좌석에 앉아 있던 한 남자가 말을 건네 왔다.

"이거 하나 드셔 보시겠습니까?"

예쁘장하게 생긴 미남형의 젊은 남자가 깨강정 몇 개를 펼쳐 놓고는 그녀에게 권해 왔다.

"……."

아영은 말없이 그 남자를 힐끔 쳐다보고는 그저 작은 미소만을 던지고는 다시 창 밖으로 시선을 돌렸다.

"하나 드셔 보세요. 스테미너 식품이니까요."

그는 사람의 몸에 깨가 좋다며 다시 한 번 권했다.

"풋! 그럼, 하나만 먹을게요."

그녀는 그의 말이 재미있어서 마지못해 깨강정 하나를 들어 보였다.

"커피 드시겠습니까?"

때마침 스튜어디스가 승객들에게 순서대로 커피를 따라 주고 있었다.

"예, 두 잔 주십시오."

그는 그녀의 커피까지 주문하고 있었다.

"커피가 아주 제때에 와 주었습니다. 그렇죠?"

그는 깨강정을 먹는 데 아주 적격이라며 흐뭇한 미소를 지어 보였다.

"기다리고 있다는 것을 알았나 봐요, 후후훗."

그녀 역시 농담조로 말을 받았다.

"그런가 봐요, 하하하. 저기…… 그렇게 밝게 웃으시니깐 참 보기도 좋고 어쩐지 내 마음까지 확 뚫리는 것 같네요."

그는 커다랗게 웃고 나서 커피 한 모금을 마시고는 약간 망설이는 듯하다가 그렇게 말을 꺼냈다.

"……."

그녀는 그 말에는 대꾸를 하지 못했지만 신경이 쓰였다. 아무 관계도 없는 사람이 왜 자신의 모습을 보고는 가슴이 답답했을까?

"저…… 임택림이라고 합니다. 이렇게 옆에 앉아서 가는 것도 인연이라면 인연인데 통성명이라도……."

그는 자신을 밝히면서 단도직입적으로 낯선 여자의 이름을 물어 왔다.

"저는 심아영이라고 해요. 그리고 열세 살짜리 딸아이를 둔 주부이

고요."

그녀는 상대가 묻지도 않은 대답까지 더해 확실하게 밝히고 있었다.

"어, 신분까지 밝히시다니…… 이거 제가 한 발 늦었는데요."

그는 머쓱한 표정을 지으며 머리를 긁적거렸다.

"저는 미국에서 태어난 2세이지만, 가족이 캐나다로 이민을 가서 현재는 캐나다에서 살고 있습니다. 그리고 아직은 서른두 살 먹은 노총각이기도 하구요. 이렇게 아름다운 미인의 옆자리에 앉게 되서 영광스러게 생각합니다. 잘 부탁드립니다."

그는 조금 멋쩍어하면서도 군대식으로 딱딱 잘라 약간 높은 톤으로 말을 했다.

"어머나! 다들 듣겠어요."

아영은 얼굴이 화끈거리며 달아오르는 듯했다.

"들으면 어때요. 우리가 뭐 한두 살 먹은 어린아이들입니까? 서로의 뜻이 통한다는 데에 의의가 있는 것이지요. 저는 아랑곳하지 않습니다. 맡겨 주십시오."

"무얼요?"

그녀는 일부러 핀잔을 주는 듯한 말투로 물었다. 그가 혼자서 일방적으로 결론을 내고 말을 했지만 그 행동이 밉지 않았기 때문이었다.

"하하하하, 이 무례함을 용서 바랍니다. 하지만 정말로 첫눈에 반했습니다."

그는 개방적인 미국 생활에 젖어 있어서 그런지 자유분방한 성격이었다. 그녀에 대한 느낌을 노골적으로 당당히 표현했다.

"……"

그녀의 머릿속에 무언가가 띵 하고 종을 치듯 울리고 지나갔다. 이건 또 무슨 소리인가? 나이가 들어 잔주름이 환히 드러나 보이는 나를 보고 젊디젊은 청년이 반했다니 그녀는 솔직히 어이가 없었다.

52

"옆에 앉자마자 줄곧 지켜 보았습니다. 애수에 젖어 있는 듯한 연약한 모습이 너무도 인상이 깊었고요. 용서하세요."

그는 진지했다.

"임택림 씨라고 하셨죠?"

"네, 그렇습니다."

"교포 2세라면서 한국말을 너무도 잘하시네요."

그녀는 왠지 그가 싫지 않았다. 오히려 그에게서 포근함을 느끼고 있었다.

반면에 택림은 자신의 이름을 기억하고 불러 주는 그녀에게 순간 엷은 연민의 정 같은 것을 느끼고 있었다.

'이런 느낌은 처음이야. 이렇게 설레이고, 눈길을 다른 데로 돌릴 수도 없을 만큼 빨려 들어가고 있으니……'

그의 가슴속엔 뜨거운 불씨가 아우성치고 있었다.

"부모님이 한국어 야간 학교에 다니게 했거든요."

"네, 그랬었군요. 말을 너무도 예쁘게 배운 것 같아서……"

두 사람의 대화 속에는 무언가 따뜻함이 깃들여 있었다. 만난 지 불과 몇 시간밖에 되지 않았건만 무엇인가가 번개처럼 빠르게 통과하면서 서로를 교감하게 하고 있었다. 마치 오래 전에 만났던 사이처럼 끈끈한 감정 또한 물결치고 있었다.

이윽고 비행기는 둔중한 몸을 활주로에 내려 착륙했다. 두 사람은 당연하다는 듯이 커피 숍을 찾아 들어갔다. 그들은 커피를 마시며 마치 오래 떨어져 있던 연인이 다시 만나기라도 한듯 정담을 나누었다. 그리고 서로의 전화번호를 나누어 갖는 것도 잊지 않았다. 그들은 조건 없는 다음을 기약하고 있었던 것이다.

그후 며칠이 지나자 아영의 전화벨이 바쁘게 울어대기 시작했다. 그 강력한 소리는 방망이질이라도 하는 듯이 그녀의 가슴을 쿵쿵 울리며 지나갔다. 그녀는 택림의 전화라는 걸 직감했다. 몇 번의 통화 끝에 결국 그녀는 그와의 만남을 허락하기에 이르렀다.

그후 두 사람은 자주 만났다. 그녀에게 있어서 택림은 아버지 같은 존재였다. 나이는 어렸지만 마음 편안하게 모든 고민을 솔직히 털어놓을 수 있는 상대였고, 또 용기를 북돋아 주며 위로해 주는 사람이었다. 나중엔 오히려 그녀 쪽에서 만나기를 원하게 되었다.

그녀는 택림에게 지금까지의 모든 생활을 고백했다. 아직 서류상으로 이혼은 하지 못했지만 남편은 이미 딴살림을 차린 상태라는 것도 말해 주었다. 그래서 하는 수 없이 딸을 한국으로 전학시켜 언니에게 맡겨 놓았는데, 아이를 보러 갔다 오는 길에 택림을 만나게 된 것이라는 것까지도 전부 털어놓았다.

택림은 진지하게 받아들이고 그녀의 현실을 공감해 주었다. 그녀는 그런 그가 한없이 고마웠다. 아영은 택림으로 인해 삶이란 그토록 나쁘기만 한 것이 아니라는 걸 느끼게 되었다. 그 덕에 맥없는 일 년을 그럭저럭 더 버틸 수 있었다.

그런 어느 날 제임스의 입에서 드디어 나올 것이 터져 나오고 말았다.

"이렇게 산다는 것은 무의미한 일이오. 우리 헤어지는 것이 좋을 듯하오."

제임스는 그 동안 굳은 결심이라도 한 듯이 단숨에 단도직입적으로 말했다. 아영은 그의 말이 너무도 노골적이고 냉정해서 입술이 부르르 떨리기조차 했다. 그녀는 드디어 올 것이 오고야 말았구나 하는 생각뿐이었다. 지금까지 참고 참았던 것은 그래도 혹시 남편의 마음이 돌아오지나 않을까 하는 조그마한 기대감 때문이었다. 그러나 그의 말은 그 동안 가슴아픈 인내로 쌓아 놓은 벽을 한순간에 와르르 무너뜨리고 말았다. 하지만 그녀는 왜 그에게서 버림을 받아야만 하는지 알고 싶었다. 어차피 헤어지는 마당에 들을 필요가 있을까마는 미련이 남아서

일까? 지나간 시간에 대한 아쉬움 때문일까? 그녀는 참다못해 그만 질문을 던지고 말았다.

"그렇게도 제가 싫어졌나요?"

"……"

남편은 아무 대답도 하지 못했다.

"그렇게도 기다렸었건만 돌아올 마음이 그토록 들지 않던가요?"

그녀는 자존심이 상했지만 마지막으로 남편의 마음을 돌이킬 수만 있다면 최선을 다해 보리라는 마음으로 내뱉고 있었다.

"사고 방식이 너무 달라 나도 힘들었소. 하련이를 아무 상의 없이 한국으로 보낸 것도 그렇고, 또 그렇게 한국을 그리워하는 사람이니 헤어져 주는 것이 옳을 듯해서 결심한 거요."

아영은 어이가 없었다. 하련이를 한국으로 보내 놓고, 일 년 동안 밥 먹듯이 한국을 들락거리자 잘됐다고 생각했는지 남편은 그걸 핑계로 삼았다.

"한국이요? 하련이요? 참 우습네요. 아니, 너무도 생각해 줘서 눈물이 날 정도로 고맙네요. 하련이를 한국으로 보낸 이유는 당신이 신경 쓰지 않게 하기 위해서예요. 그러다 보니 여러 가지 문제로 한국을 다녀와야 했어요. 그건 내가 말을 안 해도 당신이 너무도 잘 아는 일이잖아요? 그래요, 두말하면 잔소리겠죠. 당신 말대로 해드릴게요."

그녀는 자신이 무슨 말을 하고 있는지조차 모를 정도로 이성을 잃은 사람처럼 마구 떠들고 있었다. 그렇지 않은가? 저렇듯 냉정하게 잘라 말하고 있는 남편에게 무어라 용서를 빌며 돌아오라고 목을 매겠는가? 이미 깨져 버린 유리 조각을 다시 붙인다고 그 온전함이 얼마나 지속되겠는가?

아영은 남편의 뜻에 동의를 하자고 마음먹으면서도 볼은 쉴새없이 물기로 젖고 있었다. 생각대로라면 그 자리에서 큰 소리로 야유를 던지고 싶었지만 자신이 너무도 초라하게 느껴져 그럴 수도 없었다. 끝내 그녀는 그대로 자리를 박차고 뛰쳐나오고 말았다.

걷자. 지구가 맞닿는 지평선 끝까지라도 걸어가 보자. 그녀는 앞이 보이지 않을 정도로 눈물을 쏟아냈다. 마음속으로는 열 번이고 스무 번이고 정리를 했는데 왜 이렇듯 눈물이 흐르는지 그녀는 알 수가 없었다. 어쩌면 이유는 하나일지도 몰랐다. 약속! 그것은 약속 때문이었다. 재혼을 하기 전 하련 아빠와 한 약속이 있었다. 그 약속을 지키지 못해 슬프게 울고 있는 것이었다. 하련 아빠…… 미안해요…… 나는 노력했어요…… 그런데 그게 내 뜻대로 되질 않았어요…… 약속을 못 지켜서 정말 미안해요…….

그녀는 캄캄한 밤거리를 한없이 걸었다. 엇갈려 지나가는 흑인이 그녀를 힐끔거리며 지나가기도 했다. 세상살이가 이렇게 힘겨워서야 어떻게 앞으로 남은 인생을 순조롭게 살아갈 수가 있단 말인가?

그녀는 자살을 기도하는 사람의 심정을 알 수 있을 것 같았다. 그러나 딸의 얼굴을 떠올리면 자살도 아무나 하는 것이 아니란 것을 새삼 느끼며 고개를 저어야만 했다. 하련이를 위해서라도 자신은 살아야만 했다. 아빠 없이 자라 온 가여운 하련이를 저버리고 어떻게 버젓이 눈을 감을 수가 있단 말인가? 딸아이만큼은 행복해질 수 있는 권한을 지켜 주어야 한다고 입술을 깨물었다. 나약해져서는 안 된다고, 더욱더 열심히 살아야 한다는 결심을 하면서 눈물을 훔쳐냈다. 정신을 차려보니 길 건너편 쪽에 '바'라고 수놓아진 네온사인 간판이 한눈에 들어왔다. 그녀는 그곳으로 무조건 들어섰다. 빈손으로 뛰쳐나온지라 공중전화를 걸 동전 한 푼 없었다. 가게에서 일반 전화를 빌려 써야 했다.

"저…… 여보세요…… 택림 씨?"

그녀는 가냘프게 떨고 있었다.

"아니, 아영 씨? 이 밤중에 웬일이에요? 무슨 일 있어요?"

택림은 놀라 어쩔 줄을 몰라 했다.

"저기…… 지금 좀 나올 수 있어요?"

아영은 택림의 목소리를 확인하자 금방이라도 울음이 터져나올 것 같았다.

"물론이지요. 거기 어디예요?"

택림은 다급히 물었다. 지금까지 그녀를 알고 지내 왔지만 한밤중에 갑자기 전화를 할 만큼 경망한 태도를 취할 사람이 아니었기에 더욱 택림을 초조하게 했다.

"여기가 어딘지는 잘 모르겠지만 마이웨이 바라는 곳이에요. 어딘지 알아요?"

"마이웨이? 차이나타운 뒤쪽으로 있는 그 유명한 마이웨이? 우리 집에서 멀지 않은 곳인데 어떻게 거기까지 왔어요?"

택림의 집은 번화한 곳에 자리하고 있었다. 그의 아버지는 사업가였고 택림은 그 회사의 전무로 일을 하고 있었다.

"모르겠어요. 그냥 무작정 걸었는데……."

그녀는 자신의 발길이 어디로 가고 있는지도 모르는 채 여기까지 흘러오게 된 것이었다.

"아영 씨, 금방 갈게요. 조금만 기다려요."

수화기 내려놓는 소리가 딸깍 하고 들려 왔다.

아영은 자리를 잡고 앉자마자 술부터 시켰다. 술을 잘 할 줄은 몰랐지만 오늘은 취하고 싶었다. 취하지 않고서는 땅바닥에 발을 딛고 서 있을 수 없을 것만 같았다. 아무런 대책도 없이 그녀는 무작정 취하고만 싶었다.

전화를 끊자마자 전속력으로 차를 몰고 달려온 택림이 바 안으로 뛰어 들어왔을 때 그녀는 2000cc짜리 커다란 맥주잔과 씨름을 하고 있었다.

"아영 씨!"

그의 목소리에 아영은 힘없이 그를 올려다보았다. 이미 취기가 도는지 얼굴이 불그스름했다.

"미안해요⋯⋯."

그녀의 첫마디였다. 그러고는 고개를 푹 떨구었다.

"무슨 일이라도 있어요?"

택림은 그녀의 손을 움켜잡고는 걱정스레 물었다. 그녀는 무슨 말인가를 하려다가는 그만 울음을 터뜨리고 말았다.

"아영 씨!"

마주 앉아 있던 택림은 깜짝 놀랐다. 자리에서 얼른 일어나 그녀 옆자리로 옮겨 갔다. 그녀의 머리를 자신의 넓은 가슴 안에 묻어 놓고는 등을 다독거려 주었다. 그녀는 그의 가슴에 얼굴을 묻은 채 마냥 흐느껴 울었다.

"말해 봐요, 아영 씨."

택림은 그녀를 실컷 울게 한 뒤에 조용히 말을 꺼냈다.

"이혼해 달래요. 그래서 동의한다고 했고요⋯⋯."

그녀는 쓰디쓴 무엇이라도 내뱉는 듯이 말해 버렸다. 그러고는 한 손으로 맥주잔을 들려고 하다가 잘 안 되는지 다시 두 손으로 맥주잔을 움켜잡고는 쭈욱 들이켰다.

"일어나요!"

택림은 갑자기 그녀의 손을 잡고 벌떡 일어섰다.

그녀는 택림의 힘에 못 이겨 끌려나가듯이 밖으로 나왔다. 그는 그녀를 조수석으로 밀어넣듯 태웠다. 그리고는 어디론가 쏜살같이 달려갔다.

"어디로 가는 거예요?"

그녀는 택림을 바라보며 취기가 묻어나는 소리로 물었다. 그러나 그는 아무런 대꾸도 하지 않은 채 앞만 보면서 액셀러레이터를 더욱 힘껏 밟고 달리기만 했다.

"임택림! 지금 어디로 가는 거냐고 물었어요."

그녀는 술에 취해 있었지만 정신만큼은 아직 말짱했다. 아니, 신경은 더욱 날카로워져 있는 듯했다.

"왜요, 겁이 나요? 이제 뭐가 겁이 나는 거예요, 뭐가……."

그 동안 택림은 그녀를 마음에 두고 있었다. 하지만 그 마음을 그녀 앞에 드러낼 수가 없었다. 그녀가 세 살 위인 연상의 여인이었기 때문에 사랑을 고백하지 못한 것이 아니었다. 유부녀였기 때문에 참고 참았던 것이었다. 언제 보아도 사랑스럽기만 한 그녀를 그저 마음속으로만 안고 말아야 했던 지난날들. 그러나 이제야 그 소원을 풀게 되었다고 생각을 하니 마음이 떨리고 다리가 후들거려 운전을 제대로 할 수가 없을 정도였다.

그는 입술을 깨물었다. 한참을 달려가다가는 하얀 칠로 덮인 한적한 호텔 주차장으로 차를 몰고 들어갔다.

"아무 소리 하지 말고 내려요, 어서."

택림은 차문을 열고 낮은 목소리로 말했다. 아영은 아무 말도 하지 못한 채 잠시 머뭇거리다가 차에서 내렸다. 그녀는 취기가 오르는지 한 발을 내딛으며 비틀거렸다. 택림은 얼른 그녀를 끌어안아 부축해 주었다.


오밀조밀 꾸며 놓은 깔끔한 방이었다.

커튼을 열고 밖을 내다보니 아무것도 보이지 않는 캄캄한 밤이었다. 그저 풀벌레의 노랫소리만이 가을을 알리고 있을 뿐이었다. 그는 그대로 커튼을 여며 닫고는 위스키 두 잔을 만들었다. 그때까지도 벽에 기대어 돌이 된 채 말없이 서 있는 그녀에게 한 잔을 권했다. 그녀는 묵묵히 손을 내밀어 잔을 받았다.

"아영 씨, 여기밖에 없었어요. 당신 이야기를 듣는 순간, 우리에겐 여기뿐이었다고요."

택림은 자신의 감정을 최대한 숨기려 애를 쓰는 듯이 나지막한 목소리로 말했다. 그는 억지로 그녀를 여기까지 데려온 걸 미안해 하는 표정이었다. 그녀는 그런 그가 안쓰럽다는 듯이 그의 입술에 검지손가락을 갖다 대면서 말을 막았다.

순간 택림은 그녀의 입술 위로 자신의 입술을 포개고 말았다. 두 사람의 손에 들려 있던 위스키 잔들이 힘없이 떨어져 내려 카펫 바닥 위에 나동그라졌다. 택림은 그녀의 등을 부드럽게 쓰다듬어 내렸다. 그러고는 블라우스 뒤쪽의 단추를 하나둘 끌러내기에 바빴다.

그녀는 거부하지 않았다. 택림은 손이 떨려 단추를 끌러내는 데 시간이 좀 걸렸다. 드디어 단추를 모두 끌렀고 그녀의 입술에서 입술을 떼고는 뒤에서부터 어깨 쪽으로 서서히 옷을 벗겨 나갔다. 그녀는 말없이 블라우스에서 팔을 빼냈고 택림은 벗긴 블라우스를 소파 위에 얹어 놓았다.

택림은 떨리는 눈빛으로 그녀의 몸을 천천히 훑어보았다. 우윳빛 어깨선이 해맑게 드러나 있었고, 오로지 얇은 핑크빛 브래지어만이 그녀의 가슴을 감추고 있었다. 택림은 성급하게 브래지어를 벗기기보다는 이대로 바라보면서 언제까지나 함께 하고 싶을 정도로 황홀한 기분이었다. 그는 이 황홀함에서 벗어나기를 두려워하고 있었다. 그러나 그의 손은 이미 그녀의 등 뒤를 훑고 있었다. 브래지어는 그의 손길이 닿자마자 이내 힘없이 바닥으로 떨어져 내렸다. 그녀의 뽀얗고 예쁜 가슴이 드러났다. 이제 그의 손은 아래쪽으로 더듬어 내려갔다. 조심스럽게 스커트를 벗겨내고 그녀의 몸에 실오라기 하나 남아 있지 않게 만들었다. 그녀의 우윳빛 알몸이 드러나 보였다. 택림도 서둘러 자신의 몸을 드러냈다. 그리고 바스 타월로 그녀의 몸을 감싸 주고는 샤워실로 향했다.

택림은 취기가 남아 있는 그녀의 몸을 씻겨 주기 위해 타월에 바디 샴푸를 묻혔다. 바디 샴푸의 하얀 거품은 그녀의 숨겨진 구석구석까지 스며들고 있었다. 그녀는 부끄러움을 떠나 너무도 행복한 순간이라고 느꼈다.

"아영 씨, 너무도 아름다워……."

택림은 그녀의 온몸을 하얗게 만들어 놓고서야 숨가쁜 한마디를 던지고는 그녀의 입술을 더듬었다. 그녀는 파르르 떨리는 입술을 말없이 그에게 맡기고는 살며시 그의 허리를 끌어안았다. 미끄러지는 듯한 비누 거품의 감촉은 두 사람의 욕정을 절정으로 끌고 갔다. 택림의 심벌은 빳빳이 달아올라 치솟고 있었고 그녀는 그의 손길이 닿는 곳곳마다 짜릿함으로 온몸을 비틀며 신음을 토해냈다. 택림은 더 이상 참을 수 없었던지 바쁘게 샤워기를 틀었다.

샤워기에서 뿜어져 나온 거센 물줄기가 두 사람의 머리를 마구 적시면서 온몸으로 흘러내려 두 사람의 몸을 깨끗이 씻겨 주었다. 두 사람은 쏟아지는 물줄기 속에서 입술을 떼었다 붙였다 하면서 서로의 터질 듯한 감정을 만끽했다. 이윽고 샤워실에서 나오자, 택림은 그녀를 번쩍 안아 침대 위에 눕혔다. 그의 입은 연신 너무도 아름다운 모습이라는 감탄을 흘리면서 그녀의 입술을 떠나 하얀 목덜미를 갈구하기 시작했다. 그러고는 풍만한 젖무덤 위를 거쳐 오똑 서 있는 유두 앞에 머물렀다.

택림은 도저히 믿을 수가 없었다. 그렇게도 그리던 아영과의 사랑을, 아영의 몸을 마음속으로만 갈구하며 훔치던 나였는데…… 그런데, 그런데 그녀가 지금 나의 입술 앞에 머물러 있다니…… 이것이 꿈인지 생시인지······. 아영 씨······ 사랑해요. 택림은 이렇듯 속으로 중얼거리면서 숨도 돌리지 못한 채 벌컥 유두를 삼켜 버렸다.

그녀는 바로 신음을 토해냈다. 그녀 역시도 그 동안 그에 대한 욕망이 깊었다는 듯이 자지러지게 신음소리를 뱉어냈다. 속이지 말자······ 자신을 열자······ 그를 사랑하잖아? 그를 원하고 있었잖아? 아무것도 생각하지 말고 사랑만 하는 거야······ 그녀는 마음속의 울림에 화답이라도 하는 듯이 몸을 나른하게 늘어뜨리고는 뜨겁게 애무해 오는 그를 진정으로 포용해 주었다.

시계 바늘은 쉬지 않고 돌아가고 있었다. 그들은 그 동안 쌓아 놓은 사랑의 공든 탑을 짧은 순간에 무너뜨리고 싶지 않았다. 온 밤을 지새워도 모자랄 정도로 애무만으로서 정열을 쏟으며 절정을 아끼고 싶었다.

"이제 도저히 못 참겠어."

"나두요."

그들은 서로를 원하고 있었다. 택림의 부러질 듯 빳빳해져 버린 성기가 그녀의 몸 안으로 서서히 빨려 들어갔다. 그는 잠시 그녀의 입술에 입맞춤을 하며 "사랑해"라는 한마디와 함께 서로의 클라이맥스를 향해 돌진해 들어갔다.

회오리바람은 지나갔다. 그리도 그리던 두 사람은 한몸이 되었다. 택림은 행복한 기분으로 담배 한 개비를 꺼내 물었다.

"아영 씨, 사랑해요. 정말이지 당신하고 결혼하고 싶어 미치겠어요."

그는 그녀가 연상이기 때문이 아니라 집안에서 정해 준 약혼녀 때문에 고민을 하고 있는 것이었다. 택림은 부친을 끔찍이도 생각하는 효자였다. 그의 아버지는 절대적인 안정을 필요로 하는 악성 고혈압 환자였던 것이다. 그 병에는 쇼크가 가장 무서운 독약이라는 건 누구나 아는 사실일 것이다. 만약 그가 아영과의 결혼 이야기를 꺼낸다면 부친이 받을 충격은 생각만 해도 끔찍한 결과를 불러올 게 뻔했다. 그런 탓에 그는 속수무책으로 괴로워하고만 있었던 것이다.

"그럴 순 없어요. 이대로 만족해야 해요. 택림 씨, 절대 이야기를 꺼내선 안 돼요. 알았죠?"

그녀는 그에게 신신당부를 했다. 자신이 한 여자를 파혼으로 몰고 가고, 급기야는 고귀한 생명을 위협하게 될지도 모른다는 것을 두려워했기 때문이었다. 어쩌면 자신처럼 불행한 인생을 사는 여자를 또 만들어서는 안 된다는 자책감 때문인지도 몰랐다.

아영…… 아영……. 택림은 속으로 그녀의 이름을 부르고 또 불렀다.

며칠 후, 아영은 마침내 이혼 서류에 도장을 찍었고 만만찮은 금액의 위자료도 받았다. 제임스는 그래도 양심은 있었던지 두 모녀가 살아가는 데에 필요한 금전만큼은 인색하지 않았다. 그러나 그녀는 위자료 문제는 안중에도 없었다. 그녀는 한국에 적지 않은 재산을 모아 놓았기에 살아가는 데는 아무 지장이 없었기 때문이다. 제임스의 태도가 변한 걸 알고는 훗날을 대비해 땅과 건물과 현금을 아무도 모르게 한국에다 장만해 놓은 것이었다.

그녀는 나중에 기회가 있을 때 이런 사실을 택림에게 일러 두어야겠다고 마음먹고 있었다. 그것은 그녀가 신뢰할 수 있는 사람이 오로지 택림뿐이었기 때문이다. 물론 한 핏줄인 언니가 있었지만 언니는 쌀 아흔아홉 섬을 가지고 있다 해도 백 석을 채우기 위해서라면 남의 한 섬을 충분히 빼앗고도 남을 성격이었다. 그러다 보니 슬프게도 그녀는 언니를 신뢰할 수가 없었다.

얼마 전 일이었다. 언니 재영으로부터 전화가 왔다. 그녀에게 하련이 몫의 교육비와 생활비 등을 상의하기 위해서였다. 그런데 언니는 그 이야기를 하다가 느닷없이 아영의 재산 이야기로 말을 돌리는 거였다. 산은 어디에 사 놓았으며, 돈은 어느 은행을 거래하고 있는지, 또 빌딩은 어디에 있느냐는 등 꼬치꼬치 캐물어댔다. 그녀는 대충 대답을 하고는 하련이 소식을 물으며 말을 돌리려 했다. 그러자 언니는 기분이 나빴는지 말을 돌리지 말라고 버럭 소리를 지르는 거였다. 깜짝 놀란 그녀는 언니를 못 미더워하는 느낌을 준 것 같아 미안하다며 다시 또박또박 일러주고는 전화를 끊었다. 하지만 전화를 끊은 후에도 언니의 고함 소리가 들려 오는 것만 같았다.

그후로 그녀는 자신이 만약에 위험한 일을 당한다면 하련이는 어떻게 될까 하는 불안감을 떨쳐 버릴 수가 없게 되었다. 그녀는 생각다 못해 유언을 녹음해 두는 것이 좋을 것 같아 녹음기 앞에 앉아 녹음할 메모지를 꺼내 들었다.

그 순간 그녀는 갑자기 목이 메어 왔다. 자신의 모습이 너무도 초라하게 느껴져 눈물이 다 쏟아질 지경이었다. 왜 이렇게 살아야 하는 것인지 그녀는 슬프기만 했다. 그러나 마음을 굳게 다져먹었다. 현실이 그녀를 초라하게 만들고 있다 하더라도 딸을 위해서라면 확실하게 해두는 것이 현명한 처사일 것이다. 눈물을 훔치고 목을 가다듬고는 녹음을 시작했다. 그녀는 녹음을 끝낸 후 테이프를 가방 깊숙이 넣어 두었다. 언제나 지니고 다녀야 할 것 같았기 때문이다.


**겨울이 찾아왔다.** 아영은 겨울이야말로 따뜻한 마음을 불러일으키는 정겨운 계절이 아닌가 하는 생각을 했다. 포장마차에 들러 따끈한 우동 국물을 서로가 나누어 마시면서 추위를 이겨내고, 또 애인의 손이 차가우면 자신의 손으로 따뜻하게 녹여 주기도 하는, 그리고 친구의 목이 훤하게 드러나 보이면 머플러라도 벗어 주고 싶은 그러한 정들이 오고가는 따뜻한 계절이기 때문이다.

"택림 씨, 언제 한번 한국에 같이 나가요. 하련이를 소개시켜 줄게요."

흰 앙고라 스웨터가 너무도 잘 어울리는 아영은 밝은 표정으로 명랑하게 웃으면서 말했다.

"물론 그래야지요. 다음 번엔 꼭 같이 나갈게요. 그래서 하련이와 함께 식사라도 해요, 아영 씨."

택림은 사진으로만 익힌 하련이의 모습을 상상하며 싱긋이 미소를 지었다.

"내일 한국 가면 조금 오래 있게 될 것 같아요."

그녀는 다음날 한국을 다녀올 예정이었다.

"어느 정도나?"

"좀 정리할 것이 있어서 여느 때보다 열흘 정도 더 걸릴 거예요."

그녀는 언제나 보름 정도는 머물곤 했었다.

"무슨 일인데요? 무슨 좋지 않은 일이라도?"

택림은 행여 그녀에게 또 무슨 일이라도 생겼나 하고는 놀란 눈으로 걱정하며 물었다.

"걱정할 일은 아니에요. 다만 명의 변경을 좀……."

그녀는 언니의 문제를 놓고 떠들고 싶지 않아 뒷말을 흐렸다.

"말하기 곤란한 이야기라면 굳이 설명 안 해도 돼요. 걱정할 일이 아니라니 그것으로 됐어요."

택림은 커피 한 모금을 마셨다.

"참, 내일 날씨는 어떻대요?"

택림은 제일 중요한 것을 모르고 있었다는 듯한 표정을 지어 보였다.

"눈이 조금 내린다고 했는데, 기온이 많이 떨어진다나 봐요."

그녀는 약간 찡그린 표정으로 말했다.

"오늘보다 기온이 많이 내려간다고 했어요?"

택림은 현재의 기온이 영하 15도였기에 놀란 눈으로 물었다.

"응, 나올 때 뉴스를 들었어요. 아이 참. 택림 씨, 걱정 안 해도 돼요. 원래 이 나라는 춥잖아요. 우리 이제 그런 이야기는 그만 해요."

그녀는 분위기가 어두워지자 말을 바꾸었다.

"네에, 알았습니다요. 하여간 조심해서 다녀오세요."

"비행기 타는 일이 내가 조심한다고 되는 일인가요, 뭐. 호호호."

"그렇던가? 하하하."

두 사람은 마주 바라보면서 웃고 말았다.

다음날은 새벽부터 눈발이 조금씩 휘날리기 시작했다. 그리 많은 눈이 쌓인 건 아니지만 그래도 세상을 하얗게 덮어 가고 있었다. 지난날의 일들을 하나도 남겨 놓지 않고 깨끗이 지우려는 듯 계속 하얗게 덮고 있었다.

빵, 빵……!

밖에서 클랙슨 소리가 들려 왔다. 그녀의 집 앞에 도착했다는 택림의 신호였다.

제임스와 헤어진 아영은 조그마한 아파트를 얻어 혼자서 조촐하게 삶을 꾸려 가고 있었다. 아직은 혼자의 삶에 그다지 익숙해져 있는 것은 아니었다. 하지만 예전과는 달리 날아다니는 비둘기와도 같은 자유만은 맘껏 누릴 수 있었다.

"잠깐만요."

그녀는 창문을 열고 택림에게 손을 흔들어 보이며 혼자말처럼 작은 소리로 사인을 보냈다. 택림은 그녀가 보내는 손짓을 보고는 그대로 차 안에 앉아 기다렸다.

하얀색의 짧은 밍크 코트로 가냘픈 몸을 감싸고 나오는 그녀의 모습이 보이자, 택림은 차에서 내리면서 반겨 맞았다.

"굿모닝."

택림은 그녀에게 아침 인사와 함께 볼에다 뽀뽀를 해주었다.

"짐은 이것뿐이에요?"

택림은 휘파람을 불면서 작은 트렁크를 번쩍 들어 차에 실으면서 물었다.

"아니요, 여기 또 있어요."

그녀는 어깨에 메고 있던 검은 핸드백을 가리키며 못내 웃음을 참고 있었다.

"오, 큰일날 뻔했네. 그렇게 큰 짐을 잃어버릴 뻔하다니, 어서 이리 줘요."

택림은 그녀의 핸드백을 덥석 빼앗아 자신의 어깨에 둘러메면서 오히려 한술 더 뜨고는 능청을 부렸다.

"피이, 호호호."

"하하하하하."

택림의 웃음소리는 여느 때보다도 훨씬 우렁찼다. 아영은 그의 그런 모습을 보고는 더욱 기분이 유쾌해졌다. 차문까지 열어 주는 그의 호의를 감사히 여기며 차에 올랐다.

택림은 그녀를 태우고는 공항을 향해 천천히 달리기 시작했다. 윈도우 브러시는 차창에 다닥다닥 붙는 좁쌀 같은 눈들을 떨어내느라 잠시도 쉬지 않고 움직였다.

"눈이 더는 오지 말았으면 좋겠는데……."

아영의 말 속엔 걱정의 빛이 조금 담겨 있었다.

"그러게 말입니다. 좌우지간 공항에 가보면 알게 되겠지요. 내 마음 같아선 차라리 비행기가 오늘 못 떴으면 좋겠어요. 휴……."

택림은 지금까지 참고 있었던 말을 내뱉어서인지 한숨이 저절로 터져 나왔다.

"택림 씨, 나 어젯밤에 꿈을 꾸었어요."

"꿈? 무슨 꿈?"

택림은 앞만 보고 운전을 하면서 귀를 기울이고 있었다.

"엄청난 조각품인 문갑 세 짝과 옷장을 누군가가 싣고 들어왔어요. 난 그 쌍으로 된 옷장과 문갑들을 넓은 안방에 놔두었죠. 벽 중간쯤에는 하얀 장미꽃들이 입체적으로 조각된 거대한 작품이 걸려 있었어요. 그런데 그 작품 속 백장미 꽃밭에 두 남녀가 한데 엉켜 부둥켜안고 있는 거예요. 희한한 꿈이죠, 택림 씨?"

"글쎄…… 다른 건 모르겠는데 백장미가 조금 걸리는군."

택림은 하얀 장미가 기분이 나빴다.

"백장미가요?"

그녀는 고개를 갸우뚱해 보였다. 그러나 그는 더 이상 아무 말도 하지 않았다. 택림은 죽음을 상징하는 흰 장미가 마음에 걸렸던 것이었다. 하지만 여행을 떠나는 그녀에게 불안감을 주고 싶지 않아 입을 다물었다. 아영은 왠지 분위기가 서먹해졌다는 걸 느꼈다. 그녀 역시 뭐라고 입을 열기가 거북해 잠자코 차창 밖으로 눈길을 돌려 버렸다.

두 사람이 타고 있는 빨간 스포츠카는 아주 천천히 달리고 있었다. 조금씩 내리는 눈이었지만 날씨가 추운 탓에 그대로 얼어붙어 버렸다. 조심스럽게 운전을 해도 얼어붙은 빙판에서는 핸들이 돌아가 버리기도 했다. 이렇듯 위험해 보이는 빙판 길이었지만 두 사람은 그다지 아랑곳하지 않는 듯 침묵만을 지키고 있었다. 두 사람은 저마다 무슨 생각에 깊이 빠져 있는지 공항에 도착할 때까지 말문을 열지 않았다.

공항 안은 여기저기에서 사람들이 모여 시끌벅적 웅성거리고 있었다. 아마도 날씨 관계로 모두들 똑같은 심정에서 나누는 대화였을 것이다. 택림은 마음속으로 비행기가 결항이라도 되기를 빌고 있었다. 그는 어렸을 때 별명이 겁쟁이었다. 어른이 되면서 그 별명은 자연적으로 지워지긴 했지만 아직도 그 성격이 남아 있어서인지 날씨 관계로 은근히 불안해 하고 있었다.

그는 먼길을 떠나는 그녀 앞에서 불길한 표현을 할 수 없어 잠자코 있을 뿐 속으론 무척이나 그녀를 붙잡고 싶었다. 당장 가야만 하는 일이 아니라면 이러한 날씨에 굳이 가야 할 이유가 없을 것 같았기 때문이었다.

"아영 씨, 며칠 연기하면 안 되는 일인가요?"

그는 드디어 참고 있었던 말을 꺼냈다. 한국행 비행기는 4~5일 간격으로 운행되는 걸 잘 알고 있었기 때문에 며칠간 연기가 되더라도 미루어 보았으면 하는 바람에서 하는 말이었다.

"안 되는 건 아니지만 될 수 있으면 빨리 일을 봐 두는 것이 좋을 것 같아서…… 하여간 공항측에서 운행이 힘들 것 같으면 어떤 조치가 있을 거예요. 수도 없이 타 본 비행기인걸요. 걱정하지 말아요, 택림 씨."

그녀는 자신을 위해 걱정해 주는 그가 너무도 고마웠다.

두 사람은 공항 안에 자리하고 있는 커피 숍으로 자리를 옮겼다. 두 사람은 김이 모락모락 피어 오르는 커피를 시켜 놓고 마주 앉았다. 택림은 왠지 목숨을 위협받는 전쟁터에서 돌진 명령이 떨어지길 기다리는 병사처럼 초조하기만 했다. 그는 마음속으로 악천후로 비행기가 결항되었다는 관제탑 발표가 나기만 기다렸다.

얼마를 기다렸을까. 드디어 스피커에서 안내 방송이 흘러나오기 시작했다.

"여러분! 오랫동안 기다리셨습니다. 764 카로나 항공으로 출국하는 승객께서는 곧 탑승하여 주시기 바랍니다."

"아영 씨, 탑승하라는데요?"

택림은 가슴이 덜컹하고 내려앉는 것 같아 자신도 모르게 깜짝 놀라 큰 소리로 말했다.

"괜찮은가 봐요. 탑승하라고 하는 것을 보면 말이에요."

그녀는 다행이라는 듯 생긋 하고 웃었다.

"글쎄, 그······런가 보네요."

그는 반갑지 않은 소식에 말까지 더듬거렸다.

"택림 씨, 들어가 볼게요."

"응······ 그래요. 잘 다녀와요."

그녀는 손을 들어 살짝 흔들어 보이고는 안으로 사라져 버렸다. 택림은 사라진 그녀의 뒷모습을 마음속에 담아 두면서 씁쓸하게 공항을 빠져나갔다. 그리고는 괜히 쓸데없는 생각에 빠져 급급하다가 입맞춤해 주는 것까지 잊어버린 걸 알고 뒤늦게서야 후회를 했다.

한편, 20번 게이트를 찾아 들어가 창측 좌석에 자리잡은 아영은 몸에 맞도록 벨트를 맞춰 잠겼다.

얼마 후, 비행기가 곧 이륙한다는 방송이 들려 왔다. 아영은 택림이 보기보다는 겁쟁이라는 생각에 웃음이 났다. 도착하면 바로 전화를 주어야겠다고 생각했다. 그녀는 비행기가 출발하기를 기다리며 등받이에 머리를 기대고 두 눈을 감았다.

이윽고 비행기가 출발을 하는 듯했다. 부웅 하는 엔진의 힘겨운 소음과 함께 비행기가 서서히 움직이더니 곧 점점 더 속력을 내기 시작했다. 둔탁한 소음이 기내를 뒤흔들었다. 그러더니 둔중한 몸체가 무겁게 하늘로 떠올랐다. 안내 화면의 고도 계기판의 숫자가 올라가기 시작했다. 그런데 이게 웬일인가? 갑자기 아영은 자신의 몸이 한쪽으로 기우뚱하면서 쏠리는 것 같았다. 그러더니 어떻게 중심을 잡을 수도 없을 정도로 온몸이 휘청거렸다.

비행기의 날개가 역할을 잃고 있었던 것이었다. 마침내 비행기는 중심을 잃고 곤두박질치기 시작했다. 순간 그녀는 깊은 나락으로 빨려들 듯이 떨어져 내리는 것만 같았다. 순식간에 기내는 사람들의 비명 소리로 아수라장으로 변해 버렸다. 그녀 역시도 숨을 돌이킬 수가 없을 정도로 쇼크를 받고는 정신을 잃어버렸다.

순간이었다. 그것은 정말 순식간이었다. 그렇듯 정신없이 떠들썩하던 순간도 그것으로 끝이었다. 비행기는 활주로를 박차고 오른 지 얼마 지나지도 않아서 그대로 곤두박질치고 만 것이었다.

관제탑에서는 여기저기로 다급한 무전을 치기에 급했다. 공항에 대기하고 있던 소방 대원들은 사고 지점으로 쏜살같이 달렸고, 헬리콥터 대원들도 출동 준비를 완료한 채 명령을 기다리고 있었다.

검은 연기를 피워 올리고 있는 사고 현장에는 기체가 두 동강이로 나뉘어져 있었다. 차마 눈뜨고는 볼 수 없을 만큼 참혹한 광경으로 흐트러져 있었다. 말이 두 동강이지, 파편으로 분리된 조각조각들이 여기저기 흩어져 있었다. 과연 저 속에서 살아남은 자가 있을까 할 정도로 참혹했다.

구급차가 앵앵 소리치며 달려갔다. 그 소리는 살아 있는 사람이 있다는 걸 말해 주는 소리 같았다.

그때 택림은 사고 소식이 뉴스 속보로 보도되고 있는 줄도 모르는 채 음악을 들으면서 집으로 향하고 있었다.

"애, 택림아. 뉴스 들었니? 비행기 사고 소식 말이다."

거실 안에서 키우고 있는 하이비스카스 화초에 물을 주고 있던 그의 어머니가 기운 없이 들어오는 아들에게 사고 소식을 전해 주었다.

"예? 무슨 사고요?"

택림은 잘못 들었나 싶어 다시 되물었다.

"비행기가 오르다가 그만 떨어졌다는구나."

어머니는 큰 사고 소식이라 아들이 놀라는 건 당연한 일이라고 생각하면서 다시 말해 주었다.

"비, 비행기요? 언제요? 어디 가는 비행기래요? 언제 나온 뉴스예요?"

안면 근육이 뻣뻣하게 굳은 택림은 횡설수설하며 어쩔 줄을 몰라 했다. 혹시라도 자신이 염려하고 있었던 생각이 적중한 것은 아닌지 온몸을 벌벌 떨고 있었다. 그는 제발 그렇지 않기만을 바라면서 텔레비전 앞으로 달려가 신경을 곤두세우고 화면을 주시했다.

택림은 자신의 두 눈을 믿을 수가 없었다. 카로나 764편이라고 정확히 보도되고 있었다. 청천벽력이었다. 택림은 눈앞이 캄캄해져 왔다.

"이럴 수가……."

그는 털썩 하고 소파에 주저앉았다. 그리고는 등을 기대고 고개를 뒤로 꺾은 자세로 천장을 바라보았다. 순간 백장미의 꿈을 꾼 그녀를 떠올렸다. 바보같기만 한 자신이 미워졌다. 백장미의 꿈이 걸린다고 하면서도 보내고 말았던 자신이 너무도 미워 머리를 마구 쥐어뜯었다.

그는 고개를 설레설레 저었다. 그리고는 흑흑 하고 눈물을 토해냈다. 그럴 줄 알고 그토록 마음이 놓이지 않았던 것을, 그래서 그렇게도 보내고 싶지 않았던 것을……. 택림은 마음속으로 마구 울부짖고 있었다. 현실이 아닌 것만 같은 착각마저 불러일으켰다. 생각하면 생각할수록 믿을 수가 없어 그는 머리를 마구 흔들었다.

"지금 나오는 명단은 카로나 764편의 생존자 명단입니다."

"생존자 명단?"

택림의 귀를 의심케 하는 소리였다. 뒤이어 흘러나오는 이름 중에 귀에 들리는 낯익은 이름이 있었다.

"오, 이런 살아 있었구나!"

멍하니 천장만 올려다보던 택림은 순간 자기도 모르게 벌떡 일어나 텔레비전의 화면을 보았다. 그들은 S병원에서 치료 중이라고 했다. 택림은 차를 몰고 정신없이 달려갔다. 액셀러레이터를 밟고 또 밟았다. 그리고 차를 병원 주차장에 주차하는 둥 마는 둥 팽개쳐 두고는 그녀를 찾아 뛰어 들어갔다. 상식도 예의도 그에겐 아무것도 필요 없었다.

응급실은 시장 바닥처럼 복잡했다. 택림은 겨우 그녀를 찾아냈지만 가까이 다가갈 수가 없었다. 유리벽 너머로 바라볼 수밖에 없었다. 산소 호흡기를 쓰고 있는 그녀는 마치 자고 있는 듯했다. 그는 두 손을 모아 기도를 드렸다.

"오, 하느님, 하느님. 제발 저 여인을 살려 주십시오. 이렇게 애원합니다."

택림은 가슴이 찢어지게 아팠고 벌겋게 충혈된 눈가는 눈물자국으로 번들거렸다. 텔레비전에서는 하루 종일 똑같은 내용만 되풀이해 보도하면서 마냥 변명을 늘어놓고 있었다. 눈발이 약해질 때까지 기다렸던 게 오히려 불행을 불러온 격이 되어 버렸다는 것이었다. 눈발은 약해졌지만 기온이 너무 내려가 곳곳이 얼어붙어 있어 날개가 열리지 않았던 것이다. 그럴 경우를 미리 계산했어야 했는데 무리하게 이륙을 시도한 것이 사고를 일으킨 원인이 되었다는 것이다. 아무튼 그런 말들은 일이 터지고 나니까 서로 발뺌하듯이 늘어놓는 변명에 불과했다. 택림은 그런 아나운서의 말이 너무나 듣기 싫었다.

택림은 모든 것이 꿈이기를, 그래서 이 길고 끔찍한 악몽에서 얼른 깨어나기를 소망할 뿐이었다. 그는 다른 모든 건 다 싫었다. 먹는 것도, 말하는 것도, 숨쉬는 것도 다 싫었다. 그에겐 전부 낯설게만 느껴질 뿐 그녀 외에는 모든 것이 싫었다. 저렇듯 의식을 잃고 누워만 있는 그녀를 눈앞에 놓고도 가까이 갈 수조차 없는 끔찍한 상황이었기에 그는 더욱 몸부림을 쳤다. 세상 모든 것을 용서할 수가 없었다. 그는 두 주먹으로 벽을 쳤다. 주먹에서 피가 흘러도 개의치 않고 계속 주먹질을 해댔다. 그리고는 큰 소리로 울부짖고 말았다. 큰 소리로, 아주 큰 소리로……. 끝내는 소리쳐 울 수도 없을 정도로 지쳐 버린 그는 소파에 주저앉아 머리를 기댄 채 눈을 감았다. 소리 없이 흐르는 눈물은 훔칠 새도 없이 흐르고 또 흘러내렸다.

그렇게 몇 시간이 흘렀다. 담당 의사가 보호자를 찾고 있었다. 곁에 아무도 없는 그녀였기에 택림은 나지막한 소리로 대답을 하고는 안으로 들어섰다. 그는 산소 호흡기를 쓰고 있는 그녀의 피 묻은 얼굴을 보고는 소스라치게 놀라 그녀를 부르며 얼싸안았다.

"아영 씨!"

택림은 소리쳐 불렀다. 그녀는 그의 목소리를 듣고는 눈을 뜨려고 애를 쓰고 있었다.

"아영……."

택림은 그녀가 눈을 뜨자 감정이 더욱더 북받쳐 올랐다.

"택……림……씨, 미안……해요. 사랑……해……요, 하련……이를…… 부……탁……."

그녀는 택림의 손에 테이프 하나를 쥐어 주며 끝내는 숨을 거두고 말았다. 그녀는 마지막 순간까지 죽을 힘을 다해 손아귀에서 그 테이프를 놓지 않고 있었던 것이었다.

"아영 씨! 안 돼, 죽으면 안 돼. 이럴 순 없어, 정말 이럴 순 없다구. 이럴 순 없단 말이야…… 흐흐흐흑…… 흐흑, 으흐흐흑……."

택림은 목이 터져라 소리치며 몸부림을 쳤다. 이렇게 그냥 보낼 수는 없었다. 이렇게 허무하게 보낼 수는 없는 것이었다.

"아영 씨! 어떻게 이렇게도 쉽게 갈 수가 있단 말이에요. 어떻게…… 아영…… 아영……."

택림은 넋이 나간 듯이 주저앉아 목놓아 울었다. 그로서는 절대로 용서할 수 없는 죽음이었다. 어쩌면 그토록 쉽게 이승의 끈을 놓아 버릴 수 있단 말인가. 그녀는 하얀 시트에 싸인 채 천천히 떠나갔다.

이젠 모든 것이 끝난 듯싶었다. 택림은 한동안 머릿속이 멍멍할 뿐 아무것도 생각할 수가 없었다. 울음이 멎고, 눈물도 마르고 나니 가슴 한 구석이 뻥 뚫린 듯 찬바람만 스산하게 드나들 뿐이었다. 그는 먼 산을 바라보며 넋을 잃고 앉아 있었다. 그러다가 문득 손에 쥐어진 테이프를 내려다보았다.

'이 테이프는 무엇일까? 왜 나에게 이 테이프를 쥐어 주며 숨을 거둔 거지?'

그 테이프가 그녀의 손에 쥐어진 채 병원까지 왔다는 것은 사고 전에 테이프를 꺼내 손에 들고 있었다는 뜻이었다. 그것이 무엇이건대 그 아비규환의 상황에서 마지막 순간까지 잃어버리지 않으려고 움켜쥐고 있었던 걸까? 택림은 이해할 수가 없었다. 별별 궁리를 다해 보아도 알 수가 없었다.

"혹시 하련이에게 주려고 했던 건 아닐까? 하여간 아주 중요한 것임엔 틀림없어. 집에 가서 테이프부터 들어 봐야겠어."

그는 혼자말로 중얼거리며 일단 집으로 차를 몰았다. 테이프를 들어 보는 것도 급했지만 집에 두고 온 수첩 안에 그녀 언니의 전화번호가 적혀 있기 때문에 한시라도 빨리 돌아가 한국으로 연락을 취해야 했다.

택림은 액셀러레이터를 더 힘껏 밟았다. 들판에 하얗게 쌓인 눈들이 빠르게 스쳐 지나갔다. 차는 더욱 가속이 붙어 빠르게 달려갔다. 마치 참혹한 이 현실 세계로부터 멀리 벗어나려는 듯이 온 힘을 다해 달려 갔다. 택림은 무의식적으로 핸들을 돌리고 액셀러레이터를 밟고 있었다. 아직도 머릿속은 온통 그녀 생각뿐이었다.

'으으흑. 미치겠어. 이제 당신을 볼 수 없다는 생각만 하면 미쳐 버릴 것만 같아. 정말 믿어지지가 않아. 아니, 나는 그렇다치고 하련이는, 하련이는 어떡하라고…… 어떻게 그 가여운 하련이를 두고 그리 홀연히 떠나갈 수가 있어. 어떻게…… 미워, 정말 용서할 수 없을 만큼 밉다구. 당신이란 사람 정말 매정한 사람이야.'

택림은 울기도 했다가 또 웃기도 했다. 현실을 받아들여야 한다고 마음을 다지기도 했지만 그럴수록 더욱더 미쳐 버릴 것만 같았다. 오로지 아무 생각 없이 달리는 것말고는 다른 수가 없을 것 같았다. 빨간 스포츠카는 미친 듯이 속력을 내며 달려갔다.

얼마나 달렸을까? 택림은 급히 브레이크를 밟았다. 맞은편에서 트럭 한 대가 갑자기 중앙선을 침범해 자신에게로 달려들었기 때문이었다. 그러나 브레이크는 말을 듣지 않았다. 워낙 과속이었던 터라 제동거리가 너무 길었다. 택림은 급히 핸들을 꺾어 버렸다. 그리고는 다시 핸들을 반대로 돌리며 방향을 잡으려다가 이미 늦었다는 걸 직감했다. 차는 이미 그의 손을 벗어나 제멋대로였다. 급기야는 가드 레일을 부수며 그대로 튕겨져 나가 버렸다. 택림은 허공 속으로 붕 솟아오르는 듯 싶더니 이내 아래로 곤두박질치기 시작했다. 쿵 하는 소리와 함께 차는 언덕 아래로 굴러 떨어져 버렸다.

잠시 후 어디선가 요란스러운 소리와 함께 구급차가 달려왔고, 구조 대원들은 조심스레 택림을 들것에 싣고 올라왔다. 그는 곧바로 병원으로 옮겨졌다.

택림이 정신을 차리고 눈을 떴을 때는 병실이었다.

"여기가……? 당신은……?"

그의 첫마디였다. 그의 약혼녀가 간호를 하고 있었건만 그는 그녀가 누군지도 몰라 봤다.

"네? 저예요, 민지……. 저를 모르겠어요? 당신 약혼녀 민지라구요."

그녀는 자신이 누군지를 알아보게 하려고 애를 썼다. 그러나 택림은 전혀 알아보질 못했다. 그녀가 누구인지 아무리 떠올리려고 해도 낯설기만 했다. 그저 텅 빈 눈으로 그녀의 얼굴만 뚫어지게 쳐다볼 뿐이었다. 약혼녀인 민지는 사전에 의사의 설명을 들어 예상은 하고 있었다. 하지만 설마 하던 일이 현실로 드러나자 아연실색할 수밖에 없었다. 그녀는 마구 눈물을 쏟아냈다.

가족들도 마찬가지였다. 택림이 계속 헛소리만 내뱉으며, 자신들을 알아보지도 못하자 모두가 기가 막힌 듯 그저 물끄러미 바라보고만 있을 뿐이었다.

그랬다. 차는 낭떠러지로 굴러 떨어졌지만 택림은 겉으로는 그다지 다친 데가 없어 보였다. 그러나 병원에서는 뇌가 많이 손상되었다는 결론을 내렸다. 담당 의사는 기억 상실증이 올지도 모른다는 진단을 내린 것이다.

그토록 안타까워하던 아영의 죽음도, 그녀가 숨을 거두며 건네 준 녹음 테이프도 까맣게 잊어버린 채 택림은 말없이 병실만을 지키고 있었다. 어쩌면 그는 견디기 힘든 현실로부터 벗어나기 위해 무한 속도로 달려와 이곳에 이르렀는지도 모른다. 망각의 공간 속에서 그는 더 이상 눈물을 흘리지 않았다.

# 휘날리는 세월

아영이 세상을 떠난 지도 두 해나 지나갔다. 이제 하련은 중학교 졸업을 코앞에 두고 있었다. 그 동안 하련은 느닷없는 엄마의 죽음을 이모를 통해 듣고는 너무도 황당한 마음에 방황하며 쓰라린 세월을 보내야 했다. 이모에게 얹혀 지내야 하는 그녀로선 여간 불편한 게 아니었다. 엄마가 돌아가시기 전엔 그래도 여러 모로 신경을 써주는 듯했다. 그러나 엄마를 잃고 나자, 모든 게 달라져 버리고 말았다. 이모와 식구들은 그녀에게 대놓고 눈총을 주기 일쑤였다. 그리고 설거지나 빨래 등의 궂은 일들은 거의 그녀가 도맡아야 했다. 그뿐만 아니라 이모의 성격이 까다롭다 못해 별스러웠기에 비위를 맞추기가 여간 힘든 게 아니었다.

하련이 워낙 말수가 적고 인내심이 강해서 그나마 참고 견뎌낼 수가 있었다. 가끔 참다못해 숨이 막힐 듯이 답답한 일이 있을 때면 그나마 찾아가 이야기라도 나눌 수 있는 선배 언니가 있어서 그녀에겐 천만다행이었다. 그런데 그 선배마저 서울에 있는 대학에 합격을 해서 부득이 서울로 올라가게 되었다.

"언니, 잘 가. 몸조심하구."

"하련아, 잘 있어. 꼭 연락할게. 알았지?"

그들은 헤어짐이 못내 아쉬워 울먹거리며 모습이 보이지 않을 때까지 서로가 손을 흔들어 보였다. 선배인 해선은 하련에게 힘든 일이 있으면 언제나 도와주고 위로해 주면서 큰 힘이 되어 주었다. 그녀는 그 선배를 많이 의지하며 지냈다. 해선 역시도 외동딸로 자랐기에 동생을 무척 갖고 싶었는데 마침 그녀를 알게 되어 그들은 친자매처럼 지내고 있었다. 하련은 또다시 혼자 남겨져야만 했다.

그녀에게 피붙이라고는 이모뿐이었지만 이모는 남처럼 느껴졌다. 하련은 이모가 왜 그러는지 이해할 수가 없었다. 단지 이유가 있다면 돈 때문일지도 모른다고 생각했다. 엄마가 살아 있을 때는 자신의 몫으로 생활비며 학비를 꼬박꼬박 보내 왔지만, 지금은 사정이 그렇지 못하니 자신을 미워하는 거라고 여겼다. 하련은 그런 생각에 이모 앞에서 더욱 주눅이 들었다. 이런저런 일을 시키면 군소리 없이 다 하기로 맘먹고 지냈다.

하련은 이모네 식구들 중에서 그래도 대학을 다니고 있는 오빠하고는 말이 잘 통했다. 그래서 그를 따르며 좋아했다. 그녀는 언제나 저녁 밥을 지어 놓고 오빠를 기다렸지만 귀가 시간이 늦어서 제대로 얼굴을 볼 수 없을 때가 더 많았다.

"무슨 청승이냐, 자지도 않고."

우유를 마시러 나왔다가 식탁에 앉아 오빠를 기다리고 있는 하련을 보고는 차갑게 내뱉는 재영의 큰딸이었다. 큰딸은 그녀를 별로 탐탁지 않게 여기고 있었다. 막내인 동갑내기 용희도 질투로 몸을 감고 있을 정도로 그녀의 일거 일동을 주시하며 시기를 해서 하련은 아예 말도 붙이지 못할 정도였다.

물론 하련에게도 나이가 나이인 만큼 누구에게나 있는 사춘기가 찾아왔다. 그러나 이렇다 할 짜증 한번 내보지도 못한 채 그저 눈치만을 살피면서 살아가야 하기에 스트레스만 쌓여 갔다. 누구 하나 거들떠보지 않는 세상이 싫기도 하고, 자살을 하는 것도 두렵지 않다는 생각을 자주 하곤 했다.

그녀는 어느덧 중학교 졸업식을 맞이하게 되었다. 졸업식은 영하의 추운 겨울 날씨 속에서 거행되었다. 이날 그녀는 다시 한 번 혼자라는 걸 뼈저리게 느끼고 말았다. 이모네 식구들은 아무도 참석하지 않았다. 어쩔 수 없다고 생각은 했지만 서글픔이 새어 나오는 건 별수없었다.

졸업식이 끝나자, 친구들은 하나둘 가족을 찾아가 버렸다. 그녀만이 덩그러니 홀로 남은 것이었다. 그녀는 속으로 울음을 삼켜야만 했다. 졸업을 축하한다는 말은커녕 개미 한 마리도 얼씬거리지 않는 쓸쓸한 졸업식. 단짝 친구인 순미가 사진을 찍자고 해서 그나마 추억으로 남길 사진 한 장을 만들 수 있었던 가슴아픈 졸업식이 되고 말았다. 친구들의 가슴엔 꽃다발이 수북해 얼굴이 안 보일 정도였지만 그녀의 가슴은 시퍼런 멍으로 얼룩져 있었다.

모두가 행복한 모습들이었다. 그녀만이 딴 세상에서 잘못 흘러온 것처럼 이물스럽게 느껴지기까지 했다. 그녀는 더 이상 머물 수가 없었다. 여기저기에서 사람을 찾아 부르는 소리, 사진을 찍으며 서로 웃는 소리를 등 뒤에 남겨 두고는 서둘러 교정을 빠져 나왔다.

거리는 추운 탓인지 매우 한산했다. 벙어리 장갑을 낀 손을 호호 불어 가며 하련은 걸었다. 눈물을 훔치고 또 훔쳐냈다.

'엄마, 엄마, 괜찮아요. 가슴아파하지 말아요. 사실은 하련이의 가슴엔 무엇하고도 바꿀 수 없을 만큼 커다란 꽃다발이 있었어요. 그 꽃다발 속엔 나만이 볼 수 있는 노란 카드 한 장도 들어 있고요. '자랑스런 나의 딸, 졸업을 축하한다' 하고 쓰여져 있는 사랑의 카드가 말이에요.

그건 아빠가 주고 간 거예요. 엄마도 기쁘죠? 그래서 하련이는 외롭지가 않아요.'

하련은 다리 밑으로 흐르는 바닷물을 내려다보며 마음을 달래었다. 눈물이 볼을 타고 주르르 흘러내렸다. 그래, 실컷 울어나 보자. 제대로 한번 크게 울어 보지도 못했었는데 아무도 없을 때 큰 소리로 엉엉 울어나 보자. 엄마아! 아빠아! 으흐흐흐흑, 으흐흐흐흑. 다리 건너 저 멀리 부산의 중심지가 눈물에 흐려져 아스라하게 보였다. 그러나 그녀에겐 모두가 버려진 사물 같기만 했다. 하련은 눈물을 닦으며 이제부터 될 수 있으면 울지 않고 살겠다고 다짐을 했다. 집으로 돌아와 저녁도 먹지 못한 채 베갯머리를 적시며 잠이 들었다.

아침이 되어 눈을 뜨기가 무섭게 들려 오는 이모의 말 속엔 시퍼런 가시가 돋쳐 있었다.

"하련아! 니, 뭐하노? 퍼뜩 일어나 밥상 차리지 않고, 에이."

서울말도 아니고 부산 말도 아닌 억양으로 소리소리 지르는 이모의 짜증은 그녀의 심장을 병들게 하고 있었다. 그녀의 졸업식에 대해서는 한마디 말도 없이 그저 일을 시키려 닥달해대는 매서운 눈빛만이 가득한 아침이었다.

하련은 다 이해할 수 있다고 생각했다. 비록 막내인 용희와 학교는 달랐지만 하필 졸업식이 같은 날이었기에 자신의 졸업식에는 참석을 할 수 없었다고 말이다. 그러나 그들은 미안함은커녕 이렇다 할 위로 한마디도 없었다. 아니 아주 눈앞에서 사라져 주었으면 하고 바라는 듯한 눈빛들이었다. 하긴 그런 눈치를 오늘 처음 느낀 건 아니었다. 그러나 그럴 때마다 꾹 참았었다. 갈 곳이 없는 그녀이기도 했지만 배은 망덕한 행동 같아서 집을 나갈 수도 없었다.

하지만 이젠 생각이 달라졌다. 고등학생이 되고 보니 이제는 달랐다. 집을 나가야겠다는 생각이 불끈불끈 솟아올랐다. 더 이상은 견딜 수가 없을 것만 같았다. 또한 이모의 태도를 느끼지 못할 나이도 아니었다. 이제 홀로 서기를 해야겠다고 마음을 먹고 있었다. 그러나 막상 떠나려고 하니 갈 곳이 없었다. 하지만 어디든 제 몸 하나 살 곳이 없을까 하는 생각이었다. 그녀는 이젠 결정을 내려야 할 때가 되었다고 마음을 다졌다.

　이모에게
　배은망덕한 저를 용서해 주세요.
　곰곰이 생각을 해보니, 제 형편에 공부를 계속한다는 게 이모는 물론이고 다른 여러 사람들한테도 부담만 주는 거 같아요. 차라리 직장을 구하는 게 여러 모로 옳을 듯해서 이렇게 떠나갑니다.
　그 동안 고마웠습니다. 그리고 오빠, 언니, 용희에게도 안부 전해 주세요.
　안녕히 계세요.

하련 드림

　하련은 나중에 기회를 봐서 떠날 생각이었지만, 이렇게 미리 몇 자 적어 놓고는 잠을 청했다.


　무더운 여름방학이 시작되었다. 이모네 집을 떠나야겠다고 마음먹은 후로 줄곧 오늘내일 하다 보니 반 년이 후딱 지나가 버렸다. 그 동안 하련은 어디로 가서 어떻게 살아갈 것인지에 대해 많은 생각을 했다. 또한 계획도 여러 가지로 세워 두었다.
　마침내 하련은 결심을 실천에 옮겨야 할 때가 되었다고 생각했다. 방학을 하고 나서 집에 있는 시간이 많아지자, 이모와 이것저것 부딪히는 일이 많아졌기 때문이다. 그럴 때마다 그녀는 이모의 눈총을 참아 내기가 더욱 힘들어졌다. 예전에는 그럭저럭 잘 참았었는데, 한번 떠나기로 마음을 먹어서 그런 걸까.

어느 날 새벽, 식구들이 깊은 잠에 빠져 있을 때였다. 그녀는 작은 가방을 둘러메고는 아무도 모르게 집을 나섰다. 엄마가 죽기 얼마 전에 맡겨 둔 통장에 조금 들어 있던 돈을 미리 찾아 두었기 때문에 여비 걱정은 안 해도 되었다. 그녀는 터미널로 나가 서울행 버스에 올라탔다. 차창 밖으로 내다보이는 들판에 깔린 초록빛 물결을 턱을 괴고 바라다 보다간 피곤했는지 저절로 눈이 감겼다.

그녀가 서울에 도착한 건 오후가 다 되어서였다. 하련은 서울에서 태어나고 어린 시절도 보냈기 때문에 전혀 낯설지가 않을 거라 생각하고 있었다. 몇 년 전, 그러니까 엄마가 죽기 전에 이모네가 부산으로 옮겨 간 것이다. 그러니 하련은 부산에서보다 서울에서 더 오래 산 셈이었다. 그러나 버스에서 내리자 어디로 가야 할지 어리둥절하기만 했다. 서울 시내는 부산보다도 훨씬 복잡하고 부산스러웠다. 그녀는 높고 높은 빌딩 숲을 헤매 다니다가 별수없이 파출소를 찾아 들어갔다.

그녀는 경찰관에게 무조건 선배 언니의 집 주소를 들이밀고는 도움을 청했다. 그 아저씨는 주소를 보더니 친절하게도 어떻게 가야 하는지 자세히 일러주었다. 하지만 하련이 어쩔 줄 몰라 하고 있자, 택시를 불러서 태워 주기까지 했다. 택시 기사는 경찰관을 의식해서인지, 하련에게 몹시 친절하게 굴었다. 그는 주소를 받아 들고는 집을 찾아 문 앞에 내려 주는 친절도 잊지 않았다.

오래된 한옥집 앞에 선 하련은 어찌할까 해서 쭈뼛쭈뼛거리다가는 열려진 대문 안으로 선뜻 들어섰다.

"해선 언니 있어요?"

하련은 조심스럽게 불렀다.

"누구요?"

방문을 열고 얼굴만을 빠끔이 내민 뚱뚱한 아주머니가 착 가라앉은 목소리로 물어 왔다.

"저, 여기 해선 언니가 사는 곳 맞아요?"

하련은 약간 경직되어 있었다.

"해선 언니? 아, 저기 안쪽 끝방 학생을 말하는구먼. 잠깐만 기다려요, 학생."

아주머니는 뚱뚱한 몸을 힘들게 일으키면서 밖으로 나왔다.

하련은 주변을 휘 둘러보았다. 좀 오래된 한옥인 이 집은 마당을 중심으로 해서 방들이 빙 둘러 가며 늘어서 있었다.

"학생! 안에 있어?"

푸른 비닐 발이 쳐 있어서 방 안이 잘 보이진 않았지만 방문이 열려 있는 걸 보면 안에 사람이 있는 것이 분명했다.

"네, 아주머니."

낯익은 목소리가 안에서 들려 왔다.

"해선 언니!"

하련은 너무도 반가워 자신도 모르게 큰 소리로 불렀다.

"으응? 이게 누고? 하련이 아이가?"

그녀 역시도 목소리만 듣고도 알 수가 있었는지 하련이의 이름을 부르며 푸른 발을 쳐들고 모습을 드러냈다. 그녀는 짧은 녹색 반바지에 하얀 티셔츠를 입고 있었다. 언제 보아도 깔끔해 보이는 인상이었다. 하련은 다가가 그녀의 손을 덥석 잡았다.

"하모, 하모. 하련아, 어찌 예까지 찾아왔노. 퍼뜩 들어가재. 아주머니 고맙습니더."

그들은 아주머니께 공손하게 인사를 드리고는 나란히 방으로 들어갔다.

"하련아, 어쩐 일이가? 연락도 없이. 무슨 일이라도?"

해선은 은근히 걱정이 되어 물었다.

"언니……."

하련은 말을 꺼낼 듯 말 듯 하다가 고개를 푹 숙였다.

"어데, 퍼뜩 말해 보거래이."

해선은 서울에 온 지 얼마 되지 않아서인지 부산 사투리가 여전했다.

"사실은 집을 나왔어. 더 이상 견딜 수도 없었구. 언니, 미안해. 갈 데가 있어야지."

"미안킨. 그랬었고마. 나쁜 사람들…… 그래, 잘 왔다, 잘 왔어."

하련이를 너무도 잘 알고 있는 그녀였기에 긴 말이 필요 없었다.

"언니, 이거 얼마 되지는 않지만……. 그리고 직장을 구할 거야. 걱 정하지 마, 언니."

하련은 갖고 있던 약간의 돈을 내놓았다. 그래야 마음이 편할 것 같 았다.

"하련아! 니, 이러믄 언니의 자존심을 건드리는 거래이. 퍼뜩 넣거래 이."

해선은 간단하게 딱 잘라 말했다.

"언니……."

하련은 오히려 미안했다.

"니 마음은 내 잘 알고마. 허지만 내를 믿고 찾아온 거 아이가? 괜시 리 미안해 할 거 없다."

그녀는 정겹게 다독거리듯 말했다. 하련은 그녀의 엄마 같은 따뜻한 마음에 자신도 모르게 눈물이 터져 나왔다. 너무도 고마워서 해선의 품에 안겨 울고 싶었다.

그녀의 서울살이는 이렇게 시작되었다. 학교는 뒤로 미루더라도 우 선 일을 해야 했기에 일단 공장에 취직을 했다. 하지만 해선은 하련이

학업을 미루는 데에는 반대였다. 여기저기 알아보고 다니더니 몇 가지 서류를 준비해 야간 학교에 들어갈 수 있게 해주었다. 그 덕분에 하련은 학교를 쉬지 않고 다닐 수 있게 되었다.

"어쩨? 하련아. 고되재?"

밥상을 놓고 마주 앉은 해선의 말이었다.

"언니, 너무 고마워. 지금 난 얼마나 행복한지 몰라. 공부도 하면서 생활비도 벌고, 언니하고 이렇게 웃으면서 살아갈 수 있다는 게 너무 행복해서 고달픈 줄도 모르겠는걸."

그녀는 눈시울을 적셨다. 어떻게 해서든지 고등학교는 나와야 한다며 손수 애써 준 그녀가 너무도 고마웠다. 고아인 자신을 이렇듯 배려해 주는 그녀이기에, 어떻게 이 은혜를 갚아야 할지 하련은 몸둘 바를 몰랐다.

"천만다행 아이가, 하련아. 니가 혹시라도 힘들어할까 봐 내사마 걱정을 참 많이 했대이."

해선의 눈에도 눈물이 고이고 있었다.

"자, 우리 하련이를 위해서 건배하재. 화이팅 하기대이."

"그래, 언니. 건배!"

두 사람은 물컵을 서로 부딪히며 건배를 했다. 오랜만에 따뜻한 웃음을 피워내고 있었다.


한편, 택림은 기억을 되살리려 애를 썼지만 그리 쉽게 찾아질 기억이 아닌 모양이었다. 집안에서는 더 기다릴 수 없다고 그냥 결혼식을 올리게 했다. 택림은 어쩔 수 없이 과거의 아픈 기억은 묻어 둔 채 신혼 살림을 시작하게 되었다. 아영의 마지막 바람은 알지도 못한 채 무작정 깨가 쏟아지는 신혼의 꿈을 키우며 살아갔다. 그 동안 무정한 세월은 그렇게 이 년이 흘러 만물이 소생하는 춘삼월이 되었다.

하련도 그 세월과 함께 고등학교 삼 학년이 되었고, 해선도 대학 삼 학년이 되었다. 하련은 열심히 살았다. 해가 뜨고 해가 질 때까지 지칠 줄 모르고 일하면서 공부했다.

그러던 어느 일요일 아침이었다.

"하련아, 오늘은 오랜만에 쉬는 날 아이가. 내하고 같이 나가지 않을 래?"

해선은 사투리와 서울말이 섞인 말투로 말을 꺼냈다.

하련은 하루도 쉬지 않고 직장을 나갔기 때문에 사실 그녀와 같이 휴일을 맞이할 시간이 거의 없었다.

"아니야, 언니. 그 동안 밀린 공부도 좀 해야 하고……."

사실 한 번쯤은 그녀를 따라 나가고도 싶었지만 그녀는 애써 거절을 하면서 뒷말을 흐렸다.

"하련아, 공부도 물론 중요하재. 하지만 한 번쯤은 언니와 바람 좀 쐬는 것도 좋지 않겠나?"

해선은 약간 언짢은 투로 말을 내뱉었다.

"그럼, 그럴까? 언니, 내 빨리 준비할게."

하련은 그녀가 혼자 외출을 하려다가 미안한 마음에 그냥 던져 본 말인 줄 알았었다. 그런데 오히려 그녀 쪽에서 화를 내고 있어 진심에서 한 말이었다는 걸 알고는 밝게 웃으면서 벌떡 일어났다.

"가시내, 진작 그럴 것이지. 호호호."

해선은 너무도 좋아하고 있었다. 두 사람은 서둘러 준비를 하고는 밖으로 나왔다.

오늘따라 날씨는 무척이나 화창했다.

"하련아, 니 지금 어디 가는 줄 아나?"

아래위로 산뜻한 핑크 색깔의 옷차림을 한 해선은 생글거리며 그녀에게 물었다.

"음…… 글쎄…… 공원? 아니면 영화 구경?"

하련은 자신들이 나들이를 나가 봐야 공원이나 명동거리나 기껏해야 영화 구경밖에 더 있을까 하는 생각이었다. 그러니 새삼스럽게 뭘 묻느냐는 듯 고개를 갸우뚱거리며 대답했다.

"영화 구경? 글쎄, 하련아. 이리 밖에 나오니까 안 좋나? 니도 가끔씩은 친구들도 만나고, 글구 니 남자 친구 없나?"

"으……응?"

느닷없는 남자 친구란 말에 하련은 얼굴을 붉히며 놀란 표정이었다.

"하련이, 니는 일하구 공부에만 열심이재, 남자 친구는 마음에 두려고도 하지 않았을 거구마. 물론 아직 고등학생이긴 하지만, 뭐 요즘은 남자 친구가 없는 가시내가 없다 카든데 안 그런나?"

"……."

하련은 대답할 말이 없었다. 사실 야간 학교를 다니다 보니 친구들을 따로 만날 시간이 없었다. 그것은 그녀만 그런 게 아니었다. 모두들 낮에는 일을 해야 했고 밤에는 학교를 다녀야 했기 때문에 서로들 시간을 낼 수 없는 형편이었다. 그런 와중에도 주위 친구들 중에는 남자 친구와 사귀는 아이들도 꽤 되는 모양이었다. 학교가 끝나 집으로 가다 보면, 교문 앞에서 여자 친구를 기다리며 서 있는 남자들이 많이 눈에 띄기 때문이었다. 그런 모습을 늘 지켜 보다 보니 그녀 역시도 덩그러니 혼자이기보다는 남자 친구가 있었으면 하는 생각을 안 해본 것은 아니었다.

"자, 내사마 괜한 이야기를 꺼낸나 보재? 하련아, 니, 궁금하재? 어디를 가는지. 사실은 원식 씨 친구들하고 놀이공원에 가기로 했재. 그래서 니를 데리고 가고 싶었다 아이가. 괜찮나?"

원식은 그녀의 애인이었다.

"음…… 나야 괜찮지만 언니 입장이 곤란하지 않겠어?"

"괜찮다마. 파트너들이 정해져서 쌍쌍이 나오는 것도 아닐 거구마."

하련은 그녀와 함께라면 괜찮을 것 같아 쾌히 승낙을 했다.

해선이 하련을 데리고 간 곳은 왕십리에 자리한 아주 큰 카페였다. 유리로 만들어져 있는 박스 안에 사람이 들어가 레코드판을 틀고 있는 음악 카페였다.

하련은 어리둥절하기만 했다.

"안녕하십니까? 여러분께서 아껴 주시는 DJ 민석규입니다. 오늘도 이렇게 찾아 주신 여러분들께 달콤한 존 덴버의 목소리로 인사를 드릴까 합니다. 그러면 두 시간 동안 저와 함께 즐거운 시간이 되셨으면 하는 마음으로 자, 자, 예스터데이 원스 모아! 모아!"

그럴싸한 목소리로 멘트를 멋들어지게 늘어놓더니 볼륨 베팅을 크게 했다 작게 했다 하면서 음악을 자유자재로 멋들어지게 요리를 하는 핸섬한 DJ는 손님들의 귀를 홀리고 있었다. 하련은 그만 넋이 나간 채 그를 바라보며 엉거주춤 서 있었다.

"애, 하련아! 퍼뜩 와서 인사하거래이."

해선은 그녀의 시선을 애써 돌렸다.

"어머, 내 정신 좀 봐. 네, 안녕하세요?"

하련은 조목조목 귀여운 이목구비와 한창 피어 오르는 핑크빛 피부가 엄마를 닮아 매력적이었다. 그녀는 귀여운 모습은 아빠 쪽을 닮았고 여성적인 매력은 엄마를 닮았다. 하련은 처음 보는 남자들의 시선이 자신에게로 집중되는 듯해 그만 얼굴이 붉어졌다.

해선은 그녀의 상기된 모습을 보고는 얼른 분위기를 바꾸었다.

"내가 제일 사랑하는 동생이지예."

해선은 그 자리에 모인 사람들에게 그녀를 소개했다.

"해선 씨한테 이렇게 예쁜 동생이 있었단 말야?"

모두들 이렇게 반색을 하며 그녀를 반갑게 맞아 주었다.

하련은 그들과 금세 친해졌다. 언니, 오빠들과 웃고 떠들면서 시간 가는 줄도 모르고 즐거워했다. 놀이기구를 탈 때는 언젠가 엄마와 함께 왔던 기억이 새록새록 되살아나 우울해지기도 했지만, 그들과 놀다 보니 금방 잊어버리고는 밝게 웃을 수 있었다.

저녁 노을이 질 무렵에서야 돌아온 두 사람은 좀 피곤하긴 했지만 즐거운 마음으로 이야기를 나누며 집으로 향했다.

"하련아, 니 재미있었나?"

"그럼, 얼마나 재미있었는지 몰라. 정말이지 언니 따라가길 잘한 거 같아, 후훗."

"우짤꼬, 니 그 정도로 재미있었나?"

해선은 놀랍다는 표정을 우스꽝스럽게 지어 보이며 말했다. 그 바람에 하련은 웃음이 터져 나와 깔깔거리고 말았다.

어둠이 깔리기 시작하는 골목 안은 그들의 웃음소리에 화들짝 깨어난 듯했다. 전신주에 매달린 전구의 어스름한 불빛이 두 사람의 그림자를 길게 늘어 뜨려 놓았다.

하련에게 그날만큼 살아간다는 것의 의미를 느끼게 해준 날은 없었다. 물론 엄마가 돌아가신 이후에 말이다. 모처럼 만에 가슴 가득 행복감을 만끽한 하련은 다시 바쁜 일상으로 돌아갔다. 더욱더 열심히 일을 했고 또 공부도 게을리하지 않았다. 그녀에겐 이 두 가지가 살아가는 유일한 길이었기에 힘들고 피곤해도 최선을 다했다.

그러던 상쾌한 일요일 아침이었다. 해선은 커튼을 젖히며 환호성을 질렀다.

"우와! 하련아, 날씨 한번 죽이는고마."

"응, 날씨가 너무 좋아, 언니."

하련은 일찍 일어나 책을 들여다보고 있었다.

"어제는 미안했고마, 하련아."

그녀는 자신이 어젯밤에 너무 늦게 들어왔기 때문에 미안해서 하는 소리였다.

"아니야, 언니. 어제는 내가 피곤했었나 봐. 그냥 잠깐 눈을 붙인다는 게 그만 잠이 들어 버려서 언니가 들어오는 것도 몰랐으니 말이야. 언니, 미안해."

"세상 모르고 자길래 내 깨우지 않았대이. 많이 피곤했었나 보재?"

"그랬었나 봐. 한숨 푹 자고 나니깐 개운한 것이 지금은 살만 해."

"정말 살만 한기가?"

"그렇다니깐."

"그렇다면 다행이대이. 오늘 니를 데리고 나가야 할 책임이 막중한 내 아이가."

그녀는 하련의 동정을 살피고 있었다.

"어디를?"

하련은 귀를 쫑긋거렸다.

"저기, 하련아. 저번에 놀러갔을 때 말이재. 그 중에 머리를 짧게 깎고 동그란 안경을 쓴 재혁 씨라고 있었재. 니, 기억나나?"

"음……, 처음에 내 앞에 앉아 있었던 오빠?"

"그래, 맞다. 기억나재?"

"응, 기억나. 나한테 무척 친절하게 잘해 주었는데. 근데 그 오빠가 왜?"

"그 재혁 씨가 니를 만나게 해달라고 야단 아이가."

"어머나, 나를?"

하련은 상상도 못 했던 일이라서 너무도 놀랐다.

"괜찮겠재? 하련아, 그재? 응?"

그녀의 말 속에는 한번 만나 보라고 권하는 의도적인 뜻이 담겨 있는 듯했다.

"내가 어떻게, 그 오빠를."

하련은 가슴이 뭉클해지면서 눈시울까지 뜨거워졌다. 사실 그날 그가 하련에게 너무 잘해 준 탓인지 하련은 왠지 그에게 마음이 끌리는 걸 애써 모른 척하고 있었던 것이다.

"하련아, 그만한 사람 만나기 힘들대이. 니를 무시해서가 아이고, 그러니까 재혁 씨는 고시 공부를 하고 있는 중이라 사실 여자 친구 사귀고 할 처지가 아닌 사람 아이가. 그런데 이상하재이? 지금까지 그 누구도 소개해 달라고 해본 적이 없는 사람이었대이. 내도 참말로 놀래 버렸대이. 하련아, 정말 좋은 사람이니까 한번 만나 보거래이."

그녀는 진심으로 권하고 있었다.

재혁은 해선이 지금 사귀고 있는 이원식과 같은 학교 대학원생으로 고시를 준비하고 있었다. 그들은 서로 라이벌이라고 떠들어대긴 하지만 세상에서 둘도 없는 아주 절친한 친구이기도 했다. 또 지난 일이긴 하지만, 해선 역시도 재혁에게 눈길을 주었던 사람이기도 하다.

그러니까 첫 미팅 때 그 두 사람이 나와 있었는데, 해선은 재혁 쪽에 마음을 두고 있었다. 그러나 제비뽑기에서 그만 지금의 원식이가 선택되고 말았다. 그래서 그날 하는 수 없이 파트너가 된 그녀였다. 그후로 원식은 끈질기게 그녀를 쫓아다녔다. 그러다 보니 그녀 역시도 그다지 싫지는 않았기에 원식과 사귀게 되었던 것이었다.

"언니, 난 그 사람보다 형편없는데 어떻게……."

그녀는 자신이 없었다.

"이런 바보 보래이. 하련이, 니는 똑똑한 줄 알았는데 이제 보니 정말 바보 아이가. 아무 소리 말고 나설 준비나 하거래이."

그녀는 명령조로 말을 내뱉고는 벌떡 일어나 나갈 채비를 서둘렀다.

이 문제만큼은 자신이 주선해 주어야 한다고 판단이라도 선 모양이었다.

하련은 말없이 그녀를 따랐다. 따뜻한 햇살이 내리쪼이는 화창한 날씨였다.

두 사람은 집에서 그다지 멀지 않은 레스토랑으로 들어갔다.

어스름한 불빛이 내려 깔린 레스토랑은 클래식 음악이 조용하게 흘러나오고 있었다. 혼자 앉아서 담배 연기만 내뿜고 있는 재혁의 모습이 한눈에 들어왔다.

"재혁 씨! 언제 왔어예? 우리도 늦지 않게 오느라고 했는데."

해선은 테이블 안쪽으로 들어가 앉으면서 말했다.

"으응, 조금 전에. 내가 만나자고 했는데 당연히 먼저 나와서 기다려야지요."

재혁은 말없이 옆에 서 있는 하련에게 살짝 웃어 보이면서 해선에게 말했다.

"역시 재혁 씨 다웁네예. 자, 하련아, 앉거래이."

해선은 의자를 손으로 짚으면서 앉으라고 권했다.

"안녕하셨어요?"

"네, 그 동안 잘 있었어요?"

두 사람은 멋쩍어하면서 인사를 주고받았다.

"재혁 씨, 아직 식사 안 했지예? 우리 여기서 식사도 하고 커피도 마셔예."

해선은 그 레스토랑이 맘에 드는지 그냥 눌러앉을 듯이 말했다.

"그렇게 할까요?"

재혁은 모든 걸 그녀에게 맡기겠다는 말투였다.

해선은 손짓으로 웨이터를 불렀다.

"이렇게 다시 만나게 되어 반갑습니다."

재혁은 하련이에게 은근히 말을 붙였다.

"네, 저두요."

하련은 수줍은 표정으로 간단하게 대답했다.

"재혁 씨, 우리 하련이 참 바보라예. 아, 글쎄 재혁 씨 만날 자신이 없다카는 거 아니겠어예."

그녀는 개밥에 도토리 끼듯이 끼어들어 분위기를 도모하려 애를 썼다.

"아니, 왜요?"

재혁은 무슨 뜻인지 모르겠다는 듯이 하련에게 물었다. 그녀가 아직 고등학생이라서 그렇게 말했을 거라는 생각이 들었다.

"아이참, 언닌……."

하련은 쑥스럽다는 듯이 고개를 숙이고는 대답 대신 해선에게 말을 돌리다가 말끝을 흐리고 말았다.

"왜는 왜겠어예. 재혁 씨가 고시 공부를 한다카니 무서워서 안 그러겠어예, 호호호."

재혁은 그제서야 그녀의 말을 알아들을 수가 있었다. 그리고는 시선을 떨어뜨리고 생각에 잠기는 듯했다.

"낙방만 하는 고시생입니다."

잠시 후, 고개를 들더니 그가 익살스런 얼굴로 말했다. 그러자 두 사람은 피식하고 웃음을 터뜨렸다.

"아니라예. 겨우 한 번 떨어진 것으로 그렇게 말을 하면 안 되는 거지예. 안 그렇나, 하련아."

그녀는 재혁을 두둔하려는 것이 역력했다. 하련은 아무 말 없이 고개만 끄덕여 주었다.

그들은 오므라이스를 먹고 난 후 커피를 마셨다. 해선은 자유롭게 이런저런 얘기를 꺼내며 분위기를 맞추어 주려 애를 썼다. 하지만 두 사람은 아직 서먹한 관계라 서로 어려워하며 조심스럽게 커피만 마시고 있었다.

"자! 그라문 두 사람에게 시간을 주어야 카니 내는 이만 실례할까 합니대이."

해선은 흘러내린 앞머리를 추켜 올리며 자리에서 일어섰다.

"언니, 어딜 가?"

느닷없는 그녀의 태도에 하련은 당황했다.

"아, 좀더 계시지요, 벌써?"

재혁은 벌써부터 바라고 있던 참이었지만 이렇듯 재빨리 자리를 비워 줄 줄은 몰랐기에 조금은 당황스러웠다.

"아니, 와들 그렇게 놀라예. 내게도 시간 좀 주이소. 실은 원식 씨를 만나기로 했어예. 하련아, 괘안타. 지금 두 시니까 이따 다섯 시에 만나재. 왜 전에 갔었재, 명동에 있는 통트레와 커피 숍. 거기에서 보재, 알았재? 그럼 이만 저는 갑니대."

그녀는 가볍게 손을 흔들어 보이고는 종종 걸음으로 사라져 갔다. 미리 각본이라도 짜 놓았던 사람처럼 자리를 만들어 놓고는 유유히 사라진 것이다.

하련은 그녀의 속마음을 모를 리가 없었다. 감사하고 있었다. 그녀가 사라진 테이블 위에는 빈 커피 잔 하나와 식은 커피 잔 두 개만이 덩그러니 놓여져 있을 뿐 두 사람 사이엔 잠시 침묵이 감돌고 있었다. 재혁은 두 손으로 커피 잔을 싸 감고는 말이 없었고, 그녀 역시도 두 손을 무릎 위에 얹어 놓고 손수건만 만지작거리고 있었다.

"하련 씨라고 했던가요?"

재혁이 먼저 힘들게 말을 꺼냈다.

"네, 노하련이에요."

그녀는 숨이 막힐 정도로 답답한 분위기를 바꾸기라도 하려는 듯이 얼른 대답을 했다.

"저기…… 제가 만나게 해달라고 해선 씨를 몹시 못살게 굴었습니다. 저번에 처음 만났을 때 너무도 인상이 좋았구요……. 줄곧 생각해 왔습니다."

그는 나이에 비해 순진했다.

"해선 언니에게서 들었어요. 하지만 저하고 재혁 오빠는 너무 안 어울리는 것 같아서 망설였어요."

그녀는 솔직한 마음을 또박또박 전했다.

"내 이름을 기억해?"

그는 안경 위로 눈을 동그랗게 치켜 뜨고는 반말로 물었다.

"네."

그녀는 몰래 감추고 있던 속내를 들킨 사람처럼 얼굴을 붉혔다.

"하련 씨, 나라는 사람…… 잘난 사람이 아니야. 그저 고시 공부만 한다는 것뿐이지. 부모님의 고생을 덜어 드리기 위해서라도 빨리 성공을 해야 할 텐데……. 하련 씨, 대학원에 다닌다고 모두가 잘난 놈인 건 아니지. 오히려 열심히 살아가는 하련 씨에게 나 같은 놈이 어울리지 않을 거야."

그는 자학이라도 하는 듯이 말했다.

"……."

하련은 싫었다. 자신이 좋아하고 있는 사람의 입에서 맥없이 흘러나오고 있는 초라한 말이 정말 싫었다.

"하련 씨, 이런 나를 만나 주겠어? 이런 나를 말이야."

그의 시선은 밑으로 내리깔려 있었다.

"재혁 오빠, 나 역시 아무것도 가진 건 없어요. 부모님도, 형제도, 그 아무것도……."

하련은 조금 울먹거렸다.

"해선 씨한테 들어서 다 알고 있어. 참, 말을 놓아도 되나?"

그는 그제서야 함부로 말을 놓아 미안했는지 그녀의 눈치를 살피며 물었다.

"네, 괜찮아요."

하련은 자신에 대해 알 건 다 알고 있으면서도 이렇듯 자신 앞에 앉아 있는 그가 너무도 마음에 들었다.

"재혁 오빠, 저를 만나 주시겠어요?"

그녀는 식은 커피 잔을 두 손으로 만지작거리며 말했다. 재혁은 그녀의 손을 살며시 잡았다.

"고마워."

그는 속삭이듯 말했다. 하련의 가슴은 쿵쾅거리고 있었다. 너무도 행복해서 그 누구도 부럽지 않았다.


**재혁과 헤어져** 집으로 돌아온 하련은 창가에 서서 밤하늘을 바라보고 있었다. 저녁에 해선을 만나 식사를 하고 헤어졌는데 그녀는 아직 들어오지 않았다. 하련은 혼자 해선을 기다리며 이런 저런 생각을 해보았다. 원식도 무척 좋은 사람이지만 재혁 역시 좋은 사람이라고 말이다. 그리고 또 그 두 사람은 고시에 한 번씩 떨어졌지만 둘은 철조망 없는 적군이라고 하던 말을 떠올리며 혼자서 웃고 있었다.

민재혁은 가난한 농부의 맏아들이다. 밑으로는 여동생이 줄줄이 넷이나 있었고, 육십을 넘긴 부모님이 생계를 꾸려 가고 있었다. 재혁은 성격이 온순했지만 고집이 센 편이었다. 어떤 일에 대해 결정을 내릴 때는 냉정하게 잘라 버리는 면도 없지 않았지만 반면에 남달리 인정 또한 많았다. 그는 어려서부터 하고 싶은 것이 많아 먹고 싶은 것도 많겠다는 이야기를 자주 들으며 자랐다. 자신의 뒷바라지를 해주시는 부모님께 언제나 감사한 마음을 갖고 힘닿는 데까지 노력을 했지만 고시에 합격을 한다는 것이 그리 쉬운 일이 아니기에 낙방의 고배를 마셔야만 했다. 포기하지 말라며 격려해 주시는 부모님의 뜻을 받들어 다시 시험 준비를 하고 있지만 사실 본인은 포기하고 싶은 마음뿐이었다.

하련은 그러한 그를 떠올리며 가슴 뭉클함을 느꼈고, 불과 헤어진 지 몇 시간도 채 흐르지 않았건만 보고 싶은 마음을 간절히 느끼고 있었다. 어느새 그가 자신의 마음속에 깊이 자리하고 있다는 사실이 그녀는 스스로도 믿기지 않을 정도였다.

한편, 재혁 역시도 책이 손에 잡히질 않았다. 하련의 얼굴이 눈앞에 어른거리며 잠시도 지울 수가 없었다. 보고 싶다는 생각만이 사무쳐왔다. 돌아오는 일요일이 너무 멀게만 느껴졌다. 하련이 일요일밖에 시간을 낼 수 없다고 해서 돌아오는 일요일에 만나기로 한 것이다. 그 길고긴 시간을 참고 기다려야 한다는 사실이 재혁의 마음을 더욱더 애타게 했다.

마침내 재혁은 해선에게 연락을 했다. 오늘 저녁에 수업이 끝나는 대로 집 앞에 있는 레스토랑에서 잠깐 보게 해달라는 부탁을 했다.

해선이의 연락을 받은 하련은 가슴이 마구 뛰었다. 요즈음 선생님의 말도 귀에 들어오질 않고 자꾸 딴 생각만 하고 있어 고민이었지만 느닷없는 약속을 전해 듣자 고민은커녕 수업 시간이 터무니없이 길게만 느껴졌다. 드디어 수업이 끝나자, 그녀는 서둘러 집으로 돌아갔다. 옷을 간단하게 갈아입고는 부랴부랴 레스토랑으로 향했다.

재혁은 어두운 불빛 아래서 책을 들여다보고 있었다. 하련은 설레는 가슴을 애써 가라앉히고는 테이블 앞으로 다가섰다.

"재혁 오빠, 안녕?"

하련은 살짝 웃음을 던졌다. 그녀의 웃는 얼굴은 한쪽 볼에 들어간 보조개 때문에 한층 더 매력적이었다.

"응, 왔어. 피곤하지?"

그는 보던 책을 얼른 덮으면서 그녀를 반갑게 맞아 주었다.

"배고프지? 뭐 좀 먹을까?"

재혁은 마주 앉은 그녀의 얼굴을 제대로 바라보지도 못한 채 혼자말처럼 중얼거렸다. 분주하게 메뉴판을 뒤적거렸다.

"저는 간단한 걸로 먹을게요. 재혁 오빠는 많이 드세요."

"그럼 나 혼자 많이 먹고 돼지라도 되라는 말이군."

"아니, 그게 아닌데……."

"알고 있어, 그냥 해본 소리야. 그럼 나는 오므라이스, 하련은?"

"스파게티."

그녀는 해선을 따라 딱 한 번 먹어 본 음식을 기억해내고는 쑥스러운 듯이 말했다.

"스파게티도 양이 꽤 많아서 배부를 텐데?"

"예? 그건 면 종류라서…… 조금만 먹을 거예요."

그녀는 머뭇거리며 말을 했다. 사실 한 번 먹어 본 거라서 양이 얼마나 되는지 잘 몰랐던 것이다. 그때는 그리 많지 않았던 것으로 기억을 하고 있었는데 오히려 양이 많다고 하니 좀 부끄러웠다.

"괜찮아, 다 먹어도 살 안 쪄."

"살쪄서가 아니라 많이 먹고 자면 아침에 얼굴이 부어 올라요."

그녀는 불필요한 변명을 늘어놓고 있었다.

주문한 음식이 나왔다. 그는 스파게티가 담긴 접시를 그녀 앞으로 밀어 주며 정감 어린 눈빛으로 어서 먹기를 재촉했다. 그녀는 그런 그가 눈물겹도록 따뜻하게 느껴져 그만 목이 메고 말았다.

두 사람은 말 한마디 뱉지 않고 조용히 식사를 했다.

"보고 싶어서 만나자고 했던 거야. 공부도 안 되고…… 온통 하련이 생각뿐이야, 우습지?"

재혁은 식사를 끝내고 담배를 꺼내 입에 물면서 말했다.

"사실…… 저도 그랬어요."

그녀는 고개를 숙였다.

"정말? 내 생각했어?"

그는 함박 웃음을 머금은 채 놀랍다는 듯이 물었다. 그 동안 답답했던 기분이 몽땅 사라질 정도로 재혁은 너무도 기뻤다.

"처음 느끼는 감정이에요."

그녀는 고백이라도 하는 듯이 자꾸만 내뱉고 있었다.

"하련아, 얼른 졸업했으면 좋겠다."

재혁은 북받쳐 오르는 감정을 억지로 누르면서 말했다. 그는 진심으로 그녀의 졸업을 기다리고 있었다.

그랬다. 두 사람은 비록 짧은 만남이긴 했지만 아주 오래 사귄 듯한 감정과 신뢰를 갖고 있었다. 서로의 마음과 마음에 와닿는 시선 속에선 무수한 별들의 반짝임 같은 신비한 빛깔로 마구 요동을 치고 있었다.

재혁은 레스토랑을 나와 그녀의 집 앞까지 손을 잡고 데려다 주었다. 손과 손이 맞닿아 뿜어대는 전율은 두 사람의 마음을 뜨겁게 달아오르게 했다. 집으로 돌아온 그녀는 이렇게 행복한 사랑을 그 누구에게 빼앗기지는 않을까 두려운 마음까지 들 정도였다. 그녀는 그와의 만남을 되새김질이라도 하려는 듯 얼른 이불을 뒤집어쓰고 잠을 청했다.


**낙엽이 어디론가** 채 흩어지기도 전에 겨울이 찾아왔다. 귓불을 에리는 듯한 차가운 바람과 함께 졸업식이 거행되고

100

있었다. 하련의 야간학교 졸업식이었다.

고요하기만 한 식장 안에 울려 퍼지는 후배의 축사는 하련의 심금을 울리고 또 울렸다. 동료들의 훌쩍거리는 소리도 귓가를 떠나지 않았다. 그러나 그녀는 그 동안 한 맺혔던 세월이 떠올라 훌쩍거리기보다는 커다란 소리로 엉엉 울고 싶은 심정이었다. '엄마, 아빠. 이렇듯 장하게 졸업식장에 서 있는 모습을 보여 드리고 싶었어요' 하면서 말이다.

"졸업을 축하해, 하련아."

재혁은 장미꽃다발을 그녀 가슴에 안겨 주며 축하해 주었다.

"고마워요."

그녀는 눈물이 치솟아 오르려 했지만 눈물을 보이지 않으려 입술을 깨물었다.

"하련아, 진심으로 축하한대이."

해선도 다가와 꽃다발을 전해 주며 등을 토닥여 주었다.

"하련 씨, 축하드려요. 이거 갑자기 씨 자를 붙이자니 오장이 간지럽구만, 하하하."

원식은 익살스러운 말투로 하련을 놀리며 즐거워했다.

"야, 임마! 당연한 말인데 간지럽다니."

재혁이 하련을 편드는 말을 하자, 모두가 폭소를 터뜨렸다.

"언니, 그리고 원식 오빠…… 모두 고마워요. 이렇게 참석해 주셔서 정말 고맙습니다."

하련은 삼 년 전에 쓸쓸하게 졸업식을 맞이했던 중학교 시절을 떠올리며 눈시울을 적셨다. 얼마나 쓸쓸했던가? 아무도 찾아와 주지 않는 고아의 졸업식. 그녀는 얼마나 외로움에 떨었는지 모른다. 하지만 지금은 얼마나 행복한가. 사랑하는 사람과 사랑하는 언니와 원식 오빠, 그리고 직장 사람들까지 찾아와 축하해 주는 졸업식이었다. 그녀는 너무도 감격스러워서 흐르는 눈물을 어찌해야 할지 모를 지경이었다.

졸업식이 끝나고 나자 해선이 축하 파티를 하자고 해서 모두들 음식점으로 자리를 옮겼다. 축하 파티라고 하기엔 조촐한 자리였지만 하련은 그들과 함께 웃고 떠들면서 시간 가는 줄을 몰랐다. 그녀는 이 시간을 죽을 때까지 잊지 못할 것만 같을 정도로 행복하기만 했다.

밤이 늦어서야 하련은 집에 돌아올 수 있었다. 해선은 원식과 데이트를 하다 들어올 모양이라서 그녀 먼저 들어왔다. 물론 재혁이 집 앞까지 바래다 주고 돌아갔다.

그녀는 들어오자마자 꽃다발들을 풀어 화병에 꽂았다.

"어머, 이게 뭐지?"

그녀는 재혁이 준 꽃다발을 펴는 순간, 그 속에 예쁜 카드 한 장이 들어 있는 걸 발견했다. 강아지 두 마리가 뽀뽀를 하고 있는 그림이 그려진 카드였다. 그녀는 가슴이 콩닥콩닥 뛰는 걸 느끼면서 조심스레 카드를 열었다.

하련, 진심으로 졸업을 축하해. 그리고 많이많이 사랑한다. 우리 이젠 빨리 같이 있어야겠지. 난 오늘이 오기를 손꼽아 기다렸어. 내일 시골 우리 집에 가자. 아침 여덟 시에 갈 테니깐 예쁘게 하고 기다려.

재혁으로부터

하련은 마구 떨리는 가슴을 진정할 수 없어서 카드를 손에 든 채 한참을 떨었다. 부모도 친척도 아무도 없이 고아나 마찬가지인 자신을 이렇듯 사랑한다고 하는 사람이 있다니, 하련은 눈물이 핑 돌 지경이었다. 자신이 그토록 사랑하고 있는 사람과 함께 결혼해서 새로운 인생을 살아간다는 생각을 하니 더없이 행복하기만 했다. 그 동안 죽지 않고 살아 있었다는 것에 무한한 감사를 드리면서 그녀는 카드를 가슴 속에 묻고 눈물을 흘렸다.

"재혁 오빠! 사랑해요."

다음날, 재혁은 아침 일찍 서둘러 하련을 찾아왔다. 그리고는 그녀와 함께 고속버스에 올랐다.

두 사람은 맨 뒷좌석으로 가서 자리를 잡았다. 하련은 창 쪽에 앉고 재혁은 그 옆에 나란히 앉았다. 버스는 한시도 지체할 수 없다는 듯이 정시에 출발을 해서 이내 들녘이 한눈에 내다보이는 고속도로를 시원스럽게 달려갔다. 콧물이 얼어붙을 정도로 추운 한겨울이었지만 햇살만큼은 강렬하게 내리쬐고 있어서 버스 안은 훈훈했다. 창가로 쏟아져 들어오는 따뜻한 햇살 속에서 재혁은 부시럭거리며 가방을 열더니 먹을 것을 잔뜩 꺼내 놓았다.

"이제 몸이 좀 녹았지? 배고플 텐데 어서 이거 먹어."

재혁은 김밥과 삶은 계란, 그리고 음료수를 꺼내 놓았다.

"어머나, 언제 이걸 다 샀어요?"

"아까 하련이가 화장실 다녀올 때."

그녀는 놀랍다는 듯이 재혁을 바라보았다.

"식당에 들어가 먹을 시간은 없고, 이렇게 해서라도 요기를 해야지. 어서 먹어."

그는 무척이나 자상했다.

"뭘 이렇게 많이 샀어요. 아침 정도는 안 먹어도 참을 수 있는데."

그녀는 아침을 굶는 데에는 이력이 나 있었다.

"안 돼. 병나면 어떻게 하려고. 이거 먹어 봐."

재혁은 김밥 하나를 덥석 집어 권하는 거였다. 그녀는 자상하기만 한 그의 태도에 눈시울이 뜨거워지는 걸 느꼈다. 김밥을 받아 입에 넣었다.

"어때, 맛있지?"

그가 한 입 가득 우물거리면서 물었다.

"응."

하련은 고개를 끄덕였지만 눈에서는 굵은 눈물 방울이 뚝하고 떨어져 내렸다.

"어! 눈물이?"

재혁은 너무도 놀라 말문이 막혔다.

"아무것도 아니에요."

"아니긴, 바보같이……."

"오빠……."

그녀는 그만 재혁의 가슴에 얼굴을 묻고 말았다. 주위엔 아무도 없었다. 첫 버스라서 그런지 옆자리엔 사람이 없었고 앞쪽에도 몇 명 정도가 앉아 있을 뿐이었다. 재혁은 그녀를 꼬옥 안아 주었다.

"울지 마. 바보같이 왜 울어?"

그는 이렇게 말을 하고는 등을 다독거려 주었다.

"참으려고 했는데 나도 모르게 자꾸만 눈물이 나요."

그녀는 목메인 소리로 간신히 말을 했다. 재혁은 그녀가 안쓰러웠다.

"이제부터 재혁은 하련이와 영원히 같이할 거야."

그는 이렇게 말하면서 그녀의 얼굴을 두 손으로 감싸쥐고는 가볍게 입맞춤을 했다.

하련은 움찔 놀랐다. 순간 입술에 스치는 감촉이 너무도 부드러웠고 가슴까지 짜릿해져 자신도 모르게 눈을 감아 버리고 말았다. 그러자 재혁은 본격적으로 입맞춤에서 키스로 돌진해 들어왔다. 그녀는 거부하지 않은 채 그에게 입술을 그냥 맡기고 있었다. 두 사람은 너무도 자연스럽게 이루어진 첫 키스가 달콤하기 그지없었다. 그들은 백미러로 훔쳐보고 있는 운전기사도 의식하지 못한 채 그저 떨어질 줄 모르고 있었다.

어느새 버스는 유성 입구라고 쓰여져 있는 이정표를 지나 대전 톨게이트에 이르렀다. 재혁은 자신의 어깨를 베개 삼아 쌔근거리며 자고 있는 그녀를 조용히 깨웠다.

"어머, 깜박 잠이 들었었네."

그녀는 무안한지 머리 모양을 매만지며 말했다.

"더 자게 놔두고 싶었지만 버스를 갈아타야 하기 때문에 깨웠어. 미안."

대전 터미널에서 내린 두 사람은 다시 시내 버스에 몸을 싣고 동학사 쪽으로 달렸다.

"오빠, 저기…… 그냥 인사만 드리면 되는 거예요?"

하련은 목적지가 가까워지자 은근히 걱정이 되었다.

"걱정하지 마. 그냥 '안녕하세요' 하고 인사만 드리면 된다니깐."

재혁은 이렇게 말하고는 작은 미소를 지어 보였다.

버스가 목적지에 도착하자, 두 사람은 선물 꾸러미를 챙겨 들고는 버스에서 내려 걸었다. 옆으로는 논밭이 깔려 있었고 길 둑을 따라 얼마를 걸어 올라가자, 작은 마을이 보이기 시작했다.

"하련아, 저기 내려다보이는 곳이 우리 마을이야. 오느라고 힘들었지?"

재혁은 그녀가 들고 있던 짐까지 전부 자신이 받아들고는 무거웠던지 조금 낑낑거리며 물었다.

"아니에요, 나는 아무것도 안 들었는데 뭐가 힘들어요. 오빠가 많이 힘들었죠? 고집 부리지 말고 어서 하나 줘요."

두 사람은 무척이나 서로를 위해 주었다.

"하련아, 지금은 낮이라서 볼 수 없지만 저녁때가 되면 집집마다 굴뚝에서 연기가 피어올라 얼마나 운치가 있는지 몰라. 한 폭의 그림처럼 말이야. 다시 와 보니 어렸을 때가 생각나는군."

재혁은 먼 산을 바라보며 회심의 미소를 넌지시 지었다.

"내가 어렸을 적엔 무척 짓궂었거든. 한번 들어 볼래?"

그는 자신의 어린 시절 이야기를 들려주고 싶어하는 듯했다.

"네, 오빠 이야기라면 뭐든지요."

"그러니까 그때가 열다섯 살쯤이었을 거야. 우리 집에서 조금 떨어진 곳에 작은 냇가가 하나 있었는데, 그 냇가 옆으로 낮은 야산이 하나 있었지. 냇가를 끼고 있는 야산이라 그런지 물뱀들이 꽤 많이 살고 있었어."

"뱀이요?"

하련은 징그럽다는 표정을 지어 보였다.

"왜, 하련이는 뱀이 싫어?"

"뱀을 좋아하는 사람이 어디 있어요?"

"음, 하긴 그렇지. 근데 난 거기 올라가서 작은 새끼 물뱀들을 많이 잡아 가지고는 강제로 입을 벌려 굵은 철사줄을 밀어넣었지. 그럼 내 마음대로 뱀들을 구부릴 수가 있거든. 그렇게 해서 한 마리도 아니고 여러 마리를 살아 있는 것처럼 뱅글뱅글 말아올려서는 여자 아이들이 다니는 길목에다 나란히 늘어놓았지. 그리고는 여자 아이들이 지나가기를 눈 빠지게 기다리는 거야. 아니나다를까? 여자 아이들이 걸어오다가 길목에 똬리를 틀고 있는 뱀들을 보고는 기겁을 해서 십 리만큼 달아나곤 했었지. 그 모습을 보고는 혼자서 낄낄거리며 얼마나 좋아했는지 몰라."

재혁은 제 흥에 겨워 한바탕 웃음보를 터뜨리다가 그녀의 얼굴을 보고는 멋쩍었는지 피식 하고 웃고 말았다.

"무척이나 짓궂었네요."

하련은 그가 공부만 할 줄 아는 공부벌레였나 했건만 그런 면도 있었구나 하고 새삼 놀라워했다.

"응? 으응, 어린 시절이라 그렇지 뭐. 그뿐인 줄 알아? 난 주머니 속에다 항상 뱀을 넣고 다녔어. 그러다 앞에 앉은 여학생 등 속으로 뱀을 집어넣기도 했어."

재혁은 그녀가 어떻게 생각하든 말든 그저 추억에 취해 있었다.

"어머나!"

그녀는 듣는 것만으로도 소름이 끼쳐 두 손으로 입을 막고는 인상을 썼다.

"그렇게도 징그러워? 하하하…… 하련아, 그 뒤가 궁금하지 않아?"

재혁은 놀라워하기만 하는 그녀가 재미있었던지 더욱더 신바람이 났다.

"그래서 어떻게 됐는데요?"

그녀는 징그러워서 묻고 싶진 않았지만 재혁이 즐거워하는 모습을 봐서 계속 맞장구를 쳐 주었다.

"소리소리 치며 벌떡 일어나 펄쩍펄쩍 뛰었지, 뭐."

"아이, 가여워라. 울지는 않고요?"

"하련이 같으면 울었을 테지?"

"그랬을 것 같아요. 아이, 오빠가 나빴어요."

"그리고 나서 또 어떻게 됐을 것 같아? 뻔한 거지, 뭐. 선생님께서 호통을 치며 무슨 일이냐고 묻질 않았겠어? 그래서 '뱀을 등에다 좀 집어넣었다고 이 야단입니다'라고 뻔뻔스럽게 대답을 한 거야. 그랬더니 선생님께서 십 리만큼 도망을 치더라구. 여 선생님이셨거든, 하하하. 결국 교무실로 불려 갔는데 선생님들이 왜 뱀을 갖고 학교에 오느냐고 호통을 치는 거야. 내 딴에는 다 이유가 있었는데 말이야."

"무슨 이유요?"

하련은 따지듯이 물었다.

"뱀은 냉혈 동물이잖아? 그러니 얼마나 차갑겠어. 나는 그 원리를 이용한 거야. 다시 말하면 주머니 속에다 뱀을 넣고 다니면 몸이 시원해지기 때문에 더위를 이겨낼 수 있단 말이야, 알겠어? 그래서 솔직하게 이유를 설명했더니 그도 그럴 것이겠지만 여러 학생들에게 공포심을 불러일으키니까 갖고 다니지 말라고 신신당부를 하시더라구. 참으로 별나게 유명한 놈이었지. 하하하."

재혁은 철없던 과거를 희희낙락 털어놓고 보니 계면쩍어 큰 소리로 웃어 버리고는 사방을 둘러보았다. 군데군데 초가집이 보이는 것이 거의 도착한 듯싶어서였다.

재혁은 오랜만에 찾아왔어도 변한 곳은 한 군데도 없다고 생각했다. 한가로운 토종닭들이 따뜻한 겨울 햇살을 받아 가며 정겹게 뛰어놀고 있는 것이며 곳곳에 남아 있는 많은 눈들이 그대로 녹지 않고 있어 추운 겨울임을 확인시켜 주는 것도 여전했다.

"어머니!"

집 앞에 이르자, 재혁은 얼른 뛰어 들어갔다. 한쪽 편으로 배추를 수북이 쌓아 놓고는 한 통씩 다듬고 있는 노인네가 한눈에 들어왔다.

"어이구, 이게 누구냐? 재혁 아부지! 재혁이가 왔구먼유."

어머닌 너무도 반가운 나머지 울먹거리는 목소리로 아버지부터 찾았다.

"뭐여, 재혁이가?"

허연 수염을 길게 늘어뜨린 전형적인 옛날 노인을 연상케 하는 아주 건장한 아버님께서 맨발로 뛰어나오다시피 했다.

"아버지!"

재혁 역시도 반가운 마음에 달려들어 아버지를 끌어안았다. 하련은 법 없이도 살아갈 수 있는 사람들이라고 생각을 하며 흐뭇한 표정으로 그들을 지켜 보고 있었다.

"재혁아, 이 삭시는?"

어머닌 그녀가 제일 궁금했던 모양이었다.

"아, 예. 인사드려, 아버지 어머니야. 저와 결혼할 사람입니다."

그는 이쪽저쪽을 번갈아 보며 분주히 소개하기에 바빴다.

"처음 뵙겠습니다."

하련은 수줍은 듯이 고개를 숙이고는 작은 목소리로 인사를 드렸다.

"에구, 이렇게 추운데 오느라 수고했시유. 어서 안으로 들어가유."

어머닌 그녀의 손을 꼭 잡고는 안으로 들어갔다. 거친 피부였지만 지금까지 느껴 보지 못했던 훈훈하고 아름다운 정이 느껴지는 손이었다.

밖이 어둑어둑해지자 여동생들이 몰려 들어왔다. 시계 바늘은 네 시를 가리키고 있었지만 마을이 산으로 가로막혀 있어서인지 어둠은 일찍부터 서둘러 몰려오고 있었다. 동생들은 그녀를 보는 순간 수줍은 듯이 머쓱해 했지만 이내 본래의 말괄량이가 되어 이리 뛰고 저리 뛰면서 장난질에 여념이 없었다. 하지만 새로운 얼굴이라 그런지 시선만은 하련에게서 떼어내질 못했다.

하련은 기뻤다. 마음씨 따뜻한 부모님이 계시고 동생 같은 식구들도 많이 생겨서 마음이 뿌듯하기만 했다. 그녀는 속으로 부르짖었다. 이게 바로 사람 사는 거구나. 이곳이야말로 내가 있어야 할 곳이 아닌가. 그녀는 태어나서 처음으로 가정이라는 테두리의 든든하고도 애틋한 무엇인가를 느낄 수 있는 행복한 순간을 맛보고 있었다. 그녀는 눈시울을 적시며 자신이 느끼는 행복감을 엄마, 아빠에게 마음속으로 알리고 또 알렸다.

온 가족이 둘러앉아 저녁 식사를 마치고 나자, 재혁의 부모님은 거두절미하고 두 사람의 결혼 문제부터 꺼냈다. 물론 두 사람이 어디서 어떻게 만나게 되었는지, 하련의 부모님은 어떤 분들인지 등 형식적이긴 하지만 관심거리이기도 한 질문도 빼놓지 않았다. 하련이 대답하기 곤란한 말이 나올 때마다 재혁이 서둘러 대신 말을 하곤 했다.

"결혼식은 좀 천천히 올릴 생각이에요. 아직 시험도 있고 해서……. 대신 객지에서 저 혼자 지내기도 힘들고 하련이도 혼자 외롭게 지내고 있어서 살림부터 시작할 생각이에요."

재혁이 먼저 자신의 생각을 말씀드렸다. 하련은 다소곳이 고개를 숙인 채 잠자코 앉아만 있었다. 그의 말에 부모님은 잠시 무슨 생각을 하는지 아무런 말도 하지 않았다. 어머니가 아버지의 생각이 어떤지를 살피려는 듯 아버지 얼굴을 두어 번 쳐다보더니 비로소 입을 열었다.

"아부진 어떨지 모르지만서두, 난 삭시가 맴에 드는구먼. 시험 땜에 그래야 한다면 그 수밖에 없겠구먼. 근데 말이여, 삭시 맴은 어떤지 모르겠구먼?"

"어허, 임자도 주책이여. 맴이 같으니까 예까지 온 거 아닌감?"

그 동안 묵묵히 듣고만 있던 아버지가 어머니를 책망하는 듯이 나서며 하련의 대답을 막아 버리고 말았다. 그리고는 두 사람을 보면서 다시 입을 열었다.

"니들 생각은 알겠구먼. 내 별다른 말은 안 하겠지만서두 이건 말해야겠구먼. 생각 같아서는 시험에 붙구 나서 당당하게 식을 올려야겠지만 어쩔 도리가 없다면, 대신 혼인 신고는 해놓고 같이 살든 했음 좋겠구먼. 글구 가장이 되면 책임감도 큰 법이여. 시험 준비도 소홀히 하지 말고, 알았남?"

아버지는 두 사람에게 누차 당부를 했다. 마치 물가에 내놓은 어린아이 바라보듯 마음이 편치 않은 모양이었다. 하지만 재혁과 하련은 일단 한시름 놓았다는 표정이었다. 이것으로 부모님의 허락을 받은 셈이었기 때문에 마음이 홀가분해졌다.

그들은 한참 동안 이런저런 이야기에 정신이 팔려 있었다. 재혁의 시험 얘기며, 집안일에 대한 이야기가 실타래 풀리듯 술술 흘러나왔다.

그러다 보니 시간이 꽤나 지난 모양이었다. 찬바람이 문풍지 사이를 뚫고 들어오려 애쓰는 소리가 들려 왔다.

"어머, 시간이 벌써……."

하련은 재혁을 바라보며 말끝을 흐렸다. 밤늦게라도 서울로 올라갈 생각이었기 때문이었다. 재혁은 그런 그녀의 뜻에 따라 가족들에게 작별 인사를 하려고 했다. 하지만 부모님의 성화가 이만저만이 아니었다.

"에구, 이 무슨 소리랴. 날도 춥고 밤도 무서운데 자구 가야지."

어머니는 일어서려는 재혁을 억지로 눌러앉히고는 하련의 손을 잡고 놓아 주질 않았다. 결국 두 사람은 부모님의 말에 순순히 따를 수밖에 없었다. 하련은 하룻밤을 묵고 다음날 오후 무렵이 되어서야 서울로 올라올 수 있었다.

하련이 집에 도착하자, 방 안에서 〈험한 세상에 다리가 되어〉라는 외국곡이 은은하게 퍼져 나오고 있었다.

"해선 언니, 나 왔어."

"어머나, 하련이 아이가? 어서 오그래이."

음악을 들으며 공부를 하고 있던 그녀는 하련을 반갑게 맞아 주었다.

"니, 뭘 그렇게 한 보따리 들고 왔노?"

"재혁 오빠 어머니께서 이렇게 싸 주시지 뭐야."

그녀는 득의만만한 목소리로 말했다. 지금까지 그녀는 무엇 하나 손에 들고 들어온 적이 없어 늘 그녀에게 미안한 마음을 갖고 있었다. 그러나 이번만큼은 체면을 세울 수 있게 되었으니 여간 기쁜 게 아니었다. 그녀는 이렇게 한 번이라도 낯을 들게 해준 그의 부모님께 감사를 드리고 또 드렸다.

"그래, 갔던 일은 잘 되었겠재?"

해선은 보따리를 받아들며 성급히 물었다.

"너무도 좋으신 분들이었어, 언니. 그리고 결혼은 승낙하셨는데, 사실 우린 서로 가진 게 없잖아. 재혁 오빠 시험도 있고. 그래서 결혼식은 나중에 올리기로 했어. 대신에 혼인 신고는 먼저 해놓고 동거부터 하기로 했는데, 언니 생각은 어때?"

하련은 그녀의 표정을 살피며 대답을 기다렸다. 사실 시골집에 가기 전에 재혁과 의논 끝에 결정해 놓고 부모님께는 허락만 받았을 뿐인 이야기를 하련은 그렇게 말했다.

"음, 물론 많은 사람들이 축복해 주는 결혼식을 올리고 살았으면 더욱더 좋겠재. 하지만 여건이 그렇지 못하다니 조금은 섭섭하다만 어쨌거나 부모님의 허락하에 이루어지는 거니까 축복을 받은 거나 마찬가지 아이가? 내 생각은 좋을 듯하고마. 하련아, 축하한대이."

해선은 하련을 진심으로 축하해 주었다. 홀로 외롭게 살아가기보다는 두 사람이 한데 어울려 두텁게 살아가는 것이 좋을 것 같았기 때문이다.


하련이 재혁과 신혼 살림을 시작한 지 어느새 일 년이 흘러가 버렸다. 그 동안 해선도 원식과 결혼식을 올렸다. 하련과 해선은 살림살이의 형편이 좋고 나쁘고를 떠나 제나름대로의 행복을 찾아가고 있었다. 그들은 일요일이 되면 함께 모여 저녁을 같이 해먹기도 하고, 또 간간이 외식도 하면서 사이좋게 지냈다.

하지만 하련은 부부간의 사랑만은 가득할지 모르지만 목구멍이 포도청이라고 지난날보다도 두 배로 더 뛰어야만 했다. 물론 재혁도 고시 공부에 더욱 열심이었다. 그런 그를 바라보면서 그녀는 피곤한 줄도 모르고 열심히 뛰었다. 반면에 해선은 입장이 달랐다. 양쪽 집안이 부유하다 보니 남편이 고시에 합격할 때까지 두 사람의 생활비를 집안에서 도와주기로 한 것이었다.

해선은 열심히 살아가는 하련이가 자랑스럽기도 했지만, 한편으론 저러다 쓰러지기라도 하지 않을까 해서 늘 걱정을 하고 있었다. 아니나 다를까, 그녀는 과로한 탓이었는지 벌써부터 어지럼증을 느끼고 있었다. 그게 마음에 걸린 해선은 그녀를 자주 찾아가 무리하지 말고 좀 쉬라고 설득을 했다. 하지만 그녀는 고시가 앞으로 삼 개월 정도밖에 남지 않았으니 조금만 참으면 된다면서 시간 외 일까지 하루도 빠지지 않고 다녔다.

이러한 사정을 아는지 모르는지 재혁은 예전과 달리 몸이 점점 불어만 갔다. 그도 그럴 것이 재혁은 그녀를 만나기 전엔 굶기가 일쑤였다. 그때는 돈이 떨어져서 굶어야 했고, 아껴 먹느라 굶어야 했었다. 하지만 지금은 심신이 편안하기도 하지만 그녀의 성화로 한 끼라도 굶을 수가 없었다. 그녀가 직장을 나갈 때에도 재혁 앞엔 항상 밥상이 차려져 있었고, 집에 돌아오면 그녀는 꼭 식사를 제대로 했는지 확인하곤 했다.

그녀는 자신은 굶을 수 있어도 남편만은 굶길 수가 없다는 생각이었다. 그러다 보니 자신은 끼니를 거르면서도 남편을 챙겼다. 때로는 허기가 져서 현기증이 나기도 할 지경이었다. 게다가 고된 직장일을 하루도 쉬지 않고 부지런히 다녔다. 그래서 그런지 그녀는 어지럼증이 더 심해졌다. 하지만 병원 한 번 찾아가지 않는 그녀였다.

"쫑아, 무리하지 마. 그러다가 쓰러지겠어. 잠깐 이리 와서 앉아 봐."

재혁은 앉은뱅이책상 앞에서 공부를 하다가 잠깐 뒤를 돌아다보며 하련을 불렀다. 쫑은 그녀가 귀여운 강아지 같다면서 그가 지어 준 별명이었다.

"왜요? 공부에 방해되잖아요."

하련은 부엌일을 하느라 젖은 손을 앞치마에 닦으면서 남편 앞으로 다가앉았다.

"춥지? 미안해. 내가 꼭 고시에 합격해서 지금 하는 고생을 몇 배로 보상해 줄게. 정말 미안해."

재혁은 그녀의 차가운 손을 잡으면서 이렇게 말을 하고는 손등에 입맞춤을 해주었다.

"아이참, 오빠두…… 우리가 뭐, 남남인가요? 부부잖아요."

그녀는 재혁의 볼에다 입맞춤을 해주고는 얼른 일어나 하던 음식을 마저 만들기 시작했다.

그녀가 출근을 하고 나면 재혁의 마음은 허전함만 가득 쌓이긴 했지만 인기척 하나 없이 조용한 집에서 책 속으로 몰두할 수는 있었다. 재혁은 그 모든 것을 그녀에게 감사하고 있었다. 이젠 혼자 몸이 아니라 그녀가 달려 있기에 더욱더 열심히 노력하지 않으면 안 된다고 마음을 다졌다. 물론 그것은 원식도 마찬가지였다. 이 두 사람에겐 두 번째의 고시이기 때문에 절대로 소홀히 할 수 없었다.

날짜는 사정없이 하루하루 넘어가고 있었다. 드디어 고시날은 코앞으로 닥쳐 왔다. 물론 두 사람은 최선을 다해 노력했지만 시간이 짧다고 느낄 만큼 공부에 대한 만족도는 적었다. 그러나 이제 하루를 남겨 놓은 상태여서 어쩔 수 없는 일이었다. 네 사람은 머리도 식힐 겸 간단하게 저녁을 함께 하기 위해 한식집에 모여앉았다.

하련은 조금이라도 외식비를 줄이기 위해 집으로 초대할 생각도 했었다. 하지만 시험 전날인데 나중에 그들이 가고 나서 집안이 어수선해져 있으면 혹시라도 재혁의 집중력이 흐트러질까 염려돼 외식으로 정했던 것이다.

"자, 내일을 기원하면서 건배!"

원식이가 건배를 들자 모두가 맥주잔을 들고 맞부딪혔다. 불고기가 지글지글 끓어오르는 냄새가 코를 찔렀다. 모두들 도저히 참을 수 없다는 듯 일제히 젓가락을 들고는 한 점씩 집어 입에 넣었다.

"자, 내 잔 한잔 받게."

원식은 건배 잔을 쭈욱 들이킨 재혁에게 맥주병을 들고 따를 추세로 기다리고 있었다.

"오늘은 조금만 마셔야지, 안 그러나?"

재혁은 그의 맥주를 받으면서 잔소리를 늘어놓았다.

"이 사람아, 더 달라고 해도 안 줄 걸세. 이것만 마셔야지. 자, 자네의 행운을 비네."

"자네도 행운을 빌겠네."

두 사람은 잔을 서로 살짝 부딪쳤다.

다음날 아침은 날씨도 무척 좋았다. 올 겨울은 유난히도 따뜻해서 그런지 S대학교 정문 앞은 사람들로 붐비고 있었다. 아마도 고시생보다 합격을 기원하는 가족들이 더 많은 것 같았다.

약 삼백 명에 가까운 고시생들의 경쟁은 시작되었다. 그들 중 두 사람 역시도 이날만큼은 선의의 경쟁자로서 한 치의 양보도 없을 것이다. 만의 하나 마지막 커트라인에 걸쳐 있는 두 사람이라고 치면 일 점이라도 위에 있는 사람이 합격을 할 것이기 때문에, 두 사람은 치열한 라이벌이라면 라이벌인 것이다.

"하련아, 너무 걱정하지 말재. 우리가 걱정을 한다고 되는 일이가? 그건 그렇고 요즘도 니 머리가 어지럽나?"

"아니, 요즈음은 괜찮아. 그나저나 형부랑 그이가 고시를 잘 치루어야 할 텐데……."

그녀의 머릿속은 온통 재혁뿐이었다.

"하모 그래야지, 하지만 그리 쉬운 일은 아닐 거구마. 열 번씩이나 낙방을 하는 사람도 있다 카던데, 우리 큰 기대는 하지 말재이. 합격을 하면 오죽이나 좋겠냐마이. 에이, 우리들이 걱정을 한다고 될 일이가.

본인들이 잘 치루겠지."

하련은 해선 역시도 속으로는 열심히 기도를 하고 있으면서 겉으로는 자신의 마음을 달래 주려고 본의 아닌 말들을 내뱉고 있음을 너무도 잘 알고 있었다.

"언니, 나는 다음 번에 또 있으니까 그저 최선을 다했으면 하는 바람이야. 하지만 오빠가 가여워서 걱정이야. 떨어지면 낙심하는 모습을 어떻게 보고 있겠어."

그녀는 두 손을 모아 기도를 하는 심정으로 그들을 기다렸다.

햇살의 꼬리가 길어질 무렵에서야 두 사람은 모습을 드러냈다. 하련은 시험이 어떠했는지 궁금했지만, 재혁의 표정이 그다지 밝아 보이지 않아 아무것도 묻지 않았다. 아무렇지 않은 듯 밝게 웃어 주었다.

"오빠, 수고했어요."

"밥 먹었어? 출근도 못하고 지루하게 기다려 줬는데……."

재혁은 그녀의 속마음을 눈치채기라도 했는지 스스로 말을 꺼내며 뒷말을 흐렸다.

"전 먹었어요. 오빠는요?"

"응, 먹었어."

시험 문제가 어려웠는지 표정이 어두운 건 원식도 마찬가지였다.

"형부도 수고 많았어요."

하련은 원식에게도 애써 밝은 낯으로 인사를 했다.

그들은 각각 헤어져 집으로 돌아갔다. 하련은 언제나 다니고 있는 길목이 이날따라 유난히도 어둡다는 생각을 했다.

그날 이후로 재혁은 기가 죽어 있었다. 이제 앞으로 이십 일 정도만 있으면 시험 결과가 발표될 것이다. 재혁은 잠을 이루질 못했다. 그는 발표가 나든 안 나든 보나마나 뻔하다고 생각하고 있었다. 기적이 아니고서는 절대로 합격할 수가 없다고 말이다. 지난번보다도 더 못 본

116

것 같아 절망하고 있었다.

드디어 운명의 날이 다가왔다. 재혁은 하루하루를 괴로운 마음으로 보내다가 발표날 아침을 맞이했다. 재혁과 하련은 가슴이 두근두근거리고 자꾸 조바심이 났다. 두 주먹을 움켜쥐고 귀를 기울였지만 역시 생각했던 대로 결과는 낙방이었다. 그것도 원식은 합격을 했고 재혁만 떨어진 것이었다.

희비가 엇갈리는 순간이었다. 해선의 집에선 축하 전화가 빗발치게 울어대고, 하련의 집은 쥐죽은 듯 고요하기만 했다. 재혁은 이불을 뒤집어쓰고는 돌아누워 버렸다. 하련은 커피를 마시고 있었지만 눈물이 볼을 타고 하염없이 흘러내렸다.

잠시 후, 재혁의 울음소리가 나지막이 들려 왔다. 그녀는 아무런 위로의 말도 할 수가 없었다. 이럴 땐 그냥 내버려 두는 게 좋을 듯싶었다. 하느님! 가여운 저 사람에게 용기를 주소서…….

한편 해선은 하련에게 전화를 할 수가 없었다. 그녀는 두 사람이 걱정이 되어 전화를 하고 싶은 마음이 굴뚝 같았지만 뭐라고 위로의 말을 해야 좋을지 막연하기만 했다. 그러다 보니 며칠 동안 전화기 앞에서 망설이고만 있었다.

그런 어느 날, 하련에게서 전화가 걸려 왔다. 하련은 밝은 목소리로 해선을 찾았다.

"그래, 하련아……."

오히려 해선의 목소리가 더 어두웠다. 그녀는 무슨 말부터 해야 할지 몰라 가슴이 뛰고 있었다.

"언니, 축하해. 형부에게도 전해 주구. 너무 늦게 전화해서 미안해."

하련의 목소리는 카랑카랑 살아 있었지만 애써 표를 내지 않으려고 하는 그녀의 심정을 해선이 모를 리가 없었다.

"미안킨, 내도 전화를 하고 싶었는데 전화를 할 수가 없었다 아이가."

"알어, 언니. 이젠 전화해도 괜찮아. 오빠도 많이 좋아졌구."

하련은 치밀어 오르는 눈물을 애써 참고 있었다. 그녀는 그 동안 얼마나 많이 울었는지 모른다. 재혁이 잘 참아내다가 밤이면 설움이 더 북받치는지 기어코 눈물을 터뜨리고 마는 바람에 하련은 그를 달래다가는 저도 그만 같이 울어 버린 적이 한두 번이 아니었다.

하련은 전화를 끊고 나니 마음이 더 우울해졌다. 해선에게 말로는 괜찮다고 했지만 당분간 만나는 것은 조금 어려울 듯싶다는 생각을 했다.

# 교차로의 이정표

어느새 3년이란 세월이 흘러갔다. 그 동안 원식은 판사 지망생으로 사법연수원에서 이 년간의 연수를 마치고 변호사 일을 시작했다. 재혁은 고시를 포기한 채 일 년 이상을 놀다가 하련의 뜻에 따라 다시 고시 공부를 하게 되었다.

한편 택림이 지난 과거를 송두리째 잊어버린 지도 어느새 10년을 넘기고 있었다. 그 동안 그는 아무 기억도 되살리지 못한 채 지내 왔다. 그런 그가 요즈음 들어서는 잠깐잠깐 스치듯 머릿속에 되살아나는 과거의 흔적 때문에 고통스러워하고 있었던 것이다. 그가 몸부림치며 괴로워하는 걸 알게 된 주위 사람들은 무척이나 안타까워했다.

"미치겠어. 정말 미치겠다구. 누군가가 피 묻은 얼굴을 하고 있는데 그게 누군지 모르겠어. 어쩌면 알 듯하기도 한데 확실하게 떠오르지 않아서 미치겠단 말야."

택림은 두 손으로 머리를 움켜쥐고는 몸부림치면서 아내에게 소리쳤다.

"너무 괴로워하지 말아요. 서서히 기억이 되살아날 거예요."

그녀는 이런 말로 남편을 위로했지만 마음속으로는 두려움이 먼저 앞섰다. 만약 기억을 되찾게 된다면 과연 자신과의 10년이란 세월을 기억해 줄 수 있을까? 그녀는 솔직히 그가 이대로 영영 기억을 되찾지 말았으면 하는 바람이 슬금슬금 고개를 쳐드는 것이었다.

"아니야, 아니야. 아주 친숙하게 느껴지는 사람이었어. 내 수첩 속에 있었던 사진 속의 여자와 비슷한 것 같으면서도 아닌 것 같고, 그러면서도 왠지 그 모습을 떠올리면 억장이 무너지는 것처럼 가슴이 아프단 말야. 정말 미쳐 버릴 정도로……."

택림은 두 눈이 벌겋게 충혈될 정도로 옛 기억을 되살리려 애쓰고 있었다. 그는 그때 일을 조금이라도 알고 있는 사람이 없는지 찾아보기도 했다. 어떤 실마리가 될 만한 이야기라도 들을 수 있다면 기억을 찾는데 많은 도움이 될 테니까. 하지만 당시의 일을 손톱만큼이라도 알고 있는 사람은 아무도 없었다. 참으로 답답한 노릇이었다. 아무리 피 묻은 얼굴을 기억해내려고 발버둥쳐 본들 그 의미를 알 까닭이 없으니 말이다.

이렇듯 택림이 괴로움에 허덕이고 있을 무렵 세월이 약이라고 그 동안 서먹했던 하련과 해선의 관계는 다시 옛날로 돌아갔고, 재혁은 더욱더 고시 공부에 매달리는 듯했다.

"하련아, 니네 이모는 아무 소식도 없니? 어떻게 잘 살고 있는지 몰라."

해선이 불현듯 생각났다는 듯이 하련의 이모 이야기를 꺼냈다. 그녀는 서울밥을 오래 먹어서인지 어느새 경상도 사투리를 쓰지 않고 있었다. 하련은 그녀가 왜 엉뚱하게도 난데없이 이모 얘기를 꺼내는지 몰라 어리둥절한 표정이었다.

사실 해선은 하련의 이모를 미워했었다. 물론 가여운 하련을 천대했기 때문이기도 하지만 사치가 심해 온갖 치장은 혼자 다하고 다니던 씀씀이 헤픈 그녀를 그다지 달가워하지 않았었다. 그런 이모가 늘 입버릇처럼 돈이 없다고 하면서 하련에게는 옷 한 벌 제대로 사 입히는 걸 본 직이 없었다. 그런 까닭에 해선은 지금도 그녀를 생각하면 미운 생각밖에 들지 않았다.

"글쎄…… 내가 연락을 끊고 지냈으니……."

하련은 이모네 식구들의 얼굴이 잠시 뇌리를 스치고 지나갔다. 정말이지 그 동안 그들에 대해 얼마나 무심히 잊고 살아왔던가? 순간 자신이 너무한 건 아닌가 하는 생각이 들었다. 밉든 곱든지 간에 몇 년 동안이나 자신을 길러 주신 분들인데 연락 한 번 하지 않았으니 말이다.

"언니, 내가 나쁘지? 나를 길러 준 사람들인데, 그치?"

"그게 아니라…… 너네 캐나다 아빠가 꽤 부자였다면서? 혹시 엄마가 남겨 놓은 재산이 있지 않을까? 넌 그때 어렸을 때라 잘 몰랐겠지만 어쩌면 네 이모가……."

해선은 확실한 물증이 없는 이야기라 뒷말을 흐렸다. 해선이 이런 생각을 하게 된 것은 그 동안 하련이 들려준 엄마 이야기를 곱씹다가 아무래도 이상했기 때문이었다. 하련은 캐나다에서 살 때 새아빠가 엄청난 부자였다는 것을 기억하고 있었다. 그런 만큼 엄마는 상당한 멋쟁이였다. 고급스런 옷에 보석을 많이 끼고 있었기에 누가 보더라도 꽤 많은 재산을 가진 걸 한눈에 척 알아볼 정도로 부유한 티가 나는 여자였다. 하련은 엄마가 자신을 데리고 있는 명목으로 이모에게 꽤 많은 돈을 보내준 걸로 알고 있었다. 그러나 그뿐이었다. 하련은 더 이상 알고 있는 게 없었다. 지금쯤 새아빠는 어떻게 되었는지, 정말 엄마랑 이혼을 한 건지, 엄마는 또 왜 갑자기 돌아가신 건지 알 수 없었다. 엄마가 죽었다는 것도 이모를 통해서 들은 것뿐이다. 이모는 그냥 큰 병에 걸려서 죽은 거라고만 했다.

"언니 —, 큰일날 소리야. 설마 이모가 그랬을 리는 없어."

하련은 단호하게 해선의 말을 잘라 버렸지만 어렴풋이 떠오르는 것이 있었다. 도장이 없으니까 지장을 찍어야 한다면서 하련의 손가락을 억지로 잡아 끌던 이모의 모습이 주마등처럼 스치고 지나갔다. 그녀는 믿을 수 없다는 듯이 고개를 설레설레 저었다.


**하련은 왠지 해선이 한 말이** 자꾸 맘에 걸렸다. 하루 종일 머릿속을 맴돌며 신경에 거슬리는 거였다. 잠자리에 들어서도 연신 이리저리 뒤척이며 쉽사리 잠을 이루지 못할 지경이었다. 그녀는 자리에 누운 채로 낮에 있었던 이야기를 떠올리고 있었다.

"무슨 생각을 그렇게 골똘히 하고 있어?"

옆에서 자고 있던 남편이 언제 깼는지 불쑥 물었다.

"어머나, 언제 깼어요?"

그녀는 뭔가 비밀스런 부분을 들키기라도 한 듯 움찔하며 남편에게 되물었다.

"뭘 그렇게 놀래? 무슨 고민이라도 있는 거야?"

"고민은요, 무슨……. 이렇게 든든한 오빠가 내 곁에 있는데 무슨 고민이 있겠어요. 그냥…… 사실은 오늘 점심 시간에 해선 언니를 만났거든요. 근데 느닷없이 옛날 일들을 들춰내면서 이모 얘기를 하잖아요."

하련은 씁쓸한 표정으로 말을 했다.

"이모? 왕래 한번 하지 않는 이모는 왜? 근데 무슨 문제라도 있는 거야?"

재혁은 그 동안 그녀가 친척 하나 없는 혈혈단신이라고만 생각하고 있었던 탓에 이모라는 말이 그저 생소하게만 들렸다.

"혹시라도 돌아가신 우리 엄마가 재산이라도 남겨 두지 않았겠냐고 해서 한참 웃었어요."

"그거야 모를 일 아냐? 돌아가시기 전에 캐나다에서 꽤 부자였다면 서?"

재혁은 알 수 없다는 듯한 얼굴로 말을 하다가 하련의 표정이 굳어지는 듯해 말꼬리를 흐리고 말았다. 하련은 아무런 대꾸도 하지 않았다. 천장만 물끄러미 바라보다가 긴 한숨 끝에 중얼거리는 투로 말을 꺼냈다.

"이모가 좀 미심쩍단 생각이 들지 않는 건 아니지만, 설마 그랬겠어요? 남도 아닌데……. 그리고 새아버지가 엄마한테 재산을 나눠 줬는지도 확실하지 않잖아요. 그저 추측일 뿐……."

"그거야 알 수 없는 거지, 뭐. 이혼한 게 사실이라면 위자료가 만만 찮았을 텐데 말야."

남편은 해선과 똑같은 생각을 하고 있는 듯했다.

"모르겠어요. 설령 그렇다 해도 그 돈으로 나를 길러 주셨잖아요."

그녀는 마치 무슨 다짐이라도 하는 것처럼 낮은 목소리로 천천히 말했다. 그녀의 솔직한 심정은 자신을 길러 준 이모를 돈하고 연관시켜 나쁜 이미지로 남기고 싶지 않았다.

"그럼 다행이지. 쫑이가 그렇게 생각한다면 무슨 문제가 있겠어, 안 그래? 그건 그렇고 이제 그만 자자구, 응?"

"그래요, 어서 자요."

남편은 자신의 이야기가 별것 아니라고 생각을 했는지 작은 소리로 코를 골며 곧 잠 속으로 빠져 들어가 버렸다.

그녀는 그냥 잊어버리자고 맘을 다지며 그의 가슴에 손을 얹고 잠이 들었다.

　　　　그 무렵 택림은 여전히 돌아오지 않는 기억과 씨름을 하며 하루하루를 보내고 있었다. 그러는 사이 계절은 어느새 낙엽들이 뒹구는 스산한 가을로 접어들어 갔다.

　　그러던 어느 날이었다. 그날 택림의 아버지는 정원의 나무 손질을 하기로 벌써부터 날을 꼽아 두고 있었다. 다른 사람들은 봄이 되면 나무 손질을 하는데, 그는 유달리 고집을 피우며 낙엽이 떨어질 때 가지를 치곤 했다.

　　"어서들 오시오. 이쪽 나무는 알아서 쳐 주시고, 저쪽에 있는 커다란 은행나무는 옆가지만 쳐 주시오."

　　아침 일찍 인부들이 몰려오자, 그의 아버지가 직접 나서서 이것저것 일거리를 일러주었다. 그의 아버지는 나무를 무척이나 아끼는 애목가였다. 인부들이 작업을 끝낼 때까지 붙어 서서 시시콜콜 잔소리를 해대곤 했다.

　　그날도 늘 하던 대로 인부들에게 이런저런 참견을 하면서 정원을 왔다갔다 하고 있었다. 그런데 그가 잠시 한눈을 파는 사이에 그만 인부들이 그가 시킨 대로 일을 하지 않고 엉뚱하게 나무를 자르는 것이었다.

　　"아니, 지금 뭣들 하고 있는 거요, 당신들!"

　　택림의 아버지는 깜짝 놀라 버럭 소리를 질렀다.

　　"키가 너무 커서 좀 자르는 거예요."

　　하지만 인부들은 자기들한테 맡기라는 투로 내뱉듯이 대꾸하면서 그의 말은 들은 척도 하지 않았다. 이를 그냥 보고만 있을 택림의 아버지가 아니었다. 그는 너무도 기가 막혀서 화가 머리끝까지 치솟아 올랐다. 발을 동동 구르며 벌겋게 달아오른 얼굴로 마구 소리를 질러댔다.

　　"이봐요! 왜, 당신네들 마음대로 하는 거야? 어서 내려와, 어서 내려오지 못해!"

그 순간이었다. 윽, 하는 소리와 함께 그의 손이 목덜미를 움켜잡으며 커다란 몸이 휘청거렸다. 그리고는 이내 쿵 소리를 내며 맥없이 뒤로 쓰러져 버렸다.

"할아버지!"

나무 위에 올라가 있던 인부들이 그 광경을 보고는 그만 놀라 소리쳤다.

가족들은 잠시 뒤에야 인부들이 외쳐대는 고함 소리에 놀라 밖으로 뛰어나와 그 사실을 알게 되었다.

"아버지! 정신차리세요!"

택림은 의식을 잃고 있는 아버지의 몸을 흔들며 소리쳤다. 그는 마치 실성이라도 한 듯이 다급히 "구급차! 구급차!" 하고 정신없이 외쳐댔다. 너무도 충격이 큰 탓일까. 그는 갑자기 머리가 바스러지는 듯이 아파 왔다. 몸을 제대로 가눌 수조차 없어 바닥에 철퍼덕 주저앉은 채 두 손으로 머리통을 부여잡고 정신을 차리려 애를 썼다.

"아, 내가 왜 이러지. 이러면 안 되는데, 아버지, 아버지부터 좀 어떻게……."

택림은 아픈 머리를 흔들며 절규했다. 그러다가 문득 떠오르는 이름이 있었다.

"아영!"

택림은 저도 모르게 외쳤다. 기억의 저편에서 불현듯 떠오르던 피 묻은 얼굴이 다시 또 그의 머릿속을 뒤흔들어 놓는 것이었다.

"아영? 아영? 많이 부르던 이름이었어. 맞아. 그 피 묻은 얼굴이 아영이었어. 여자, 여자, 그래, 긴머리였지……."

택림은 거의 미친 사람 같았다. 누구도 알아듣지 못할 말을 혼자서 떠들어댔다. 가족들은 택림에게 신경쓸 겨를도 없이 그저 실신한 아버지를 병원으로 옮기는 데에만 열중해 있었다. 그러나 그런 열성에도 불구하고 아버지는 아무런 가망이 없었다. 산소 호흡기를 끼워 놓고 마지막 가는 길을 바라보다 택림은 "아버지" 하는 외침과 함께 넓은 품에 엎드려 울부짖었다.

그때였다. 순간적으로 어떤 묘한 느낌이 스치고 지나갔다. 그리고는 지난 과거들이 마구 엇갈려 떠오르기 시작했다. 그랬다. 택림은 이전의 '아버지'라고 부른 외마디가 아닌, 기억 속에서 되살아난 온전한 '아버지'를 부르고 있었던 것이다.

"아버지―, 아버지―. 안 돼요. 안 돼요. 아버지, 으흐흐흑!"

택림이 몸부림치며 우는 모습은 가족들의 마음을 더욱 아프게 했다.

"택림아, 그만해라."

어머니가 울고 있는 택림의 등을 감싸안으며 애써 울음을 억누르는 목소리로 말했다. 병든 자식이 저러다 더 악화되면 어쩌나 하는 걱정이 앞서는 모양이었다.

"어머니, 어머니, 죄송해요. 이 불효 자식을 용서하세요. 이제야 내가 누군지 알게 되었으니 말예요."

택림은 눈물이 범벅이 된 얼굴로 어머니를 쳐다보며 한없이 눈물을 쏟아내고 있었다.

"뭐? 너, 지금 뭐라고 말했니?"

어머니는 자신의 귀를 의심하고 있었다.

"이제야 옛날 일들이 기억이 난다구요, 어머니."

"아이구, 택림아! 아이구, 어떻게 이런 일이…… 흐흐흑. 이런 일이 원 세상에…… 흐흐흑."

어머니는 믿어지지 않았다. 영영 되살아나지 않을 것 같던 아들의 기억이 돌아오다니, 이젠 아들의 병이 다 나았다는 말이 아닌가. 그야말로 희비가 엇갈리는 순간이었다. 택림과 가족들은 슬픔과 기쁨이 교차하는 묘한 심정으로 아버지의 장례를 치러야 했다.

126

택림은 시간이 지날수록 점차 옛 기억들이 새록새록 되살아났다. 지난날의 일들이 필름 돌아가듯이 되살아나 주마등처럼 스치고 지나갔다.

"아! 이럴 수가……."

택림은 저도 모르게 탄성을 질렀다. 부지불식간에 아영의 이름이 떠오르고, 녹음 테이프가 생각난 것이었다.

"테이프? 그래, 테이프가 있었는데? 그녀가 내게 맡긴 건데 그게 어디 있지?"

택림은 급히 아내를 불렀다.

"여보, 혹시 녹음 테이프 본 적 없어? 그러니까 사고 났을 때 내가 갖고 있었을 텐데, 응?"

그는 애써 기억을 더듬으며 애원하는 눈빛으로 말했다. 순간 그녀는 당황해 말도 제대로 나오지 않았다.

"……테이프요? 아……, 당신 윗옷 주머니 속에 들어 있었던……?"

"그래, 그거 지금 어디 있어, 응?"

아내의 말이 채 끝나기도 전에 택림은 말을 가로채며 다그쳐 물었다. 순간 그녀는 망설여졌다. 그냥 모른다고 하면 될걸 하는 생각이 언뜻 스쳐 지나가는 거였다. 여자로서의 모멸감이 고개를 쳐들기도 했다. 옛 여자에 대한 집착에서 헤어나지 못하는 남편에 대한 배신감 같은 것인지도 몰랐다. 이제 와서 뭘 어쩌자고 이러는 거냐고 묻고 싶기도 했다. 하지만 무언가 실낱 같은 희망이라도 붙잡고 싶어하는 애절한 그의 눈빛을 바라보는 순간 그런 생각들도 물거품처럼 스러져 갔다.

"……내가 갖고 있어요. 혹시라도…… 중요한 건지 모른다는 생각에……."

그녀는 낮게 깔린 목소리로 천천히 말했다. 아랫입술이 잠시 바르르 떨려 왔다. 그러나 택림은 이런 그녀의 심정을 아는지 모르는지 반색을 하며 달려들었다.

"어, 그래? 빨리 줘 봐, 어서."

그가 병원에서 사경을 헤매고 있을 때 그가 입고 있던 옷이며 소지품을 그녀가 받아 정리했다. 그때 윗옷 주머니에 테이프 하나가 들어 있었다. 그녀는 그게 무슨 테이프인지 궁금했다. 다른 소지품들은 그의 어머니에게 넘겨 주고 테이프는 자신이 보관해 두었다. 나중에 테이프를 돌려 보고는 택림을 사랑했던 여인의 녹음이란 것을 알게 되었다. 그땐 무척이나 기분이 묘했다. 이걸 어떻게 할까, 그냥 모르는 척 버려 버릴까 망설여졌지만, 마지막 유언이 담긴 듯한 내용이라 함부로 하기에는 뭣하기도 했다. 언젠가 그의 기억이 돌아오면 그걸 찾으리란 건 뻔한 일이었다. 결국 남편의 기억이 돌아오려 할 때, 아니 희미한 기억을 되살리려 괴로워하고 있을 때 그녀 역시 양심의 가책을 느끼며 괴로워해야 했다. 테이프 때문이었다. 그에겐 과거의 수수께끼를 푸는 데 중요한 실마리가 될지 모르지만 그녀로서는 선뜻 내주기가 꺼림칙하기만 했다.

그녀는 심란하기만 했다. 이젠 어쩔 수 없는 일이라고 애써 마음을 다졌다. 어차피 죽은 여자 아닌가. 남편이 그 여자를 죽도록 사랑했다고 한들 과거의 추억일 뿐 별다른 일이야 있겠느냐고 생각했다.

"이거예요?"

"그래, 그거야. 진작에 줬어야지 여태 모른 척하고 있음 어떡하나?"

택림은 테이프를 받아들며 아내에게 핀잔을 주듯 말했다.

"무슨 테이프인지 몰라서 잊고 있었어요. 근데 무슨 테이프인데 그래요? 중요한 거예요?"

그녀는 태연한 표정으로 물었다. 하지만 택림은 무슨 생각을 하는지 아내의 물음에 아무런 대꾸도 하지 않았다. 그녀는 더 이상 묻지 않았다. 잠시 머뭇거리다가 남편이 서둘러 카세트 플레이어에 테이프를 넣는 걸 보고는 슬그머니 방에서 나와 버렸다.

택림은 카세트에서 흘러나오는 목소리를 듣자, 자기도 모르게 '아영'이라는 이름이 터져 나왔다. 그리고는 그녀와의 옛 일들이 선연히 떠오르는 것이었다. 그의 눈에서는 쉴새없이 굵은 눈물이 흘러내렸다. 그는 복받쳐 오르는 감정을 애써 억누르며 테이프 속 목소리에 귀를 기울였다.

"택림 씨! 저, 아영이에요. 이 세상에서 제일 믿을 수 있는 사람은 오로지 택림 씨뿐이기에 이렇게 녹음을 한답니다. 혹시라도 저한테 무슨 일이 생기면 하나뿐인 제 딸 하련이는 어떻게 될까 하는 걱정이 왜 자꾸 드는 건지 모르겠어요. 물론 그런 일은 없겠지만 만약 무슨 일이 생기면 우리 하련이를 택림 씨가 좀 도와주세요. 저한테 언니가 있긴 하지만 왠지 불안한 예감이 들어서 택림 씨께 부탁을 드리는 거예요. 모든 것을 택림 씨의 판단에 맡길게요. 하련이가 있는 언니네 집은 부산시 광전동에 있는 삼호 아파트 9동 205호에요. 제가 하련이에게 통장 하나를 맡겨 둔 게 있어요. 그 통장을 만든 은행으로 가서 택림 씨의 신분증을 함께 제시하면 은행금고 키를 내줄 거예요. 그 금고 속에 제가 써 놓은 유서와 부동산 서류들이 들어 있어요. 그걸 하련이가 상속받도록 해주면 돼요. 택림 씨, 어렵겠지만 도와주세요. 사랑해요, 무척이나…… 안녕."

택림은 기가 막힐 지경이었다. 그녀는 마치 죽을 것을 미리 예상하고 있었던 모양이었다. 그녀가 미웠다. 물론 딸을 걱정하는 마음에서 녹음을 해둔 것인 줄은 알겠지만 자신의 운명을 짐작하고 혼자서 대처하고 있었던 것 같아 너무도 미웠다. 그러나 이러고 있을 때가 아니었다. 벌써 몇 년이 흘렀는가. 급한 일이었다. 그녀의 딸 하련이는 어떻게 되었을까. 만약 그녀가 우려한 대로라면 하련이가 가여웠다.

택림은 즉시 한국으로 가는 비행기 예약을 했다. 문제는 가족들에게 이해를 얻는 것이었다. 그러나 그의 아내는 이미 짐작하고 있었다는 듯이 그의 한국행을 순순히 허락해 주었다.


부산의 거리는 한적하기만 했다. 드문드문 한두 사람이 눈에 띄었지만 털목도리로 목을 휘어 감고는 바싹 몸을 움츠린 채 바쁘게들 걸어갔다. 영하 25도 이하를 넘나드는 캐나다에 비하면 한국의 추위는 추위도 아니었다. 그래도 코끝이 시려울 정도로 추운 날씨라고 느끼면서 택림은 우선 파출소를 찾아 들어갔다.

"이 주소라면 나가서 오른쪽 길을 따라서 쭉 가다가 사거리에서 다시 오른쪽으로 꺾어 오십 미터쯤 가다 보면 아파트 정문 입구가 보일 겁니다."

젊은 경찰관은 친절하게 일러주었다.

"감사합니다. 안녕히 계십시오."

택림은 깍듯이 인사를 하고는 파출소를 나와 집을 찾아 나섰다.

시계를 보니 오전 여덟 시 삼십 분을 가리키고 있었다. 그는 아침부터 남의 집을 방문한다는 게 실례일 것 같아서 식사를 하고 천천히 찾아가야겠다는 생각에 두리번거리며 식당을 찾았다. 그러나 식당들은 문을 꽁꽁 닫아 걸고 있었다. 겨우 찾은 곳은 기사식당이라고 쓰여진 곳이었다.

그는 안으로 들어섰다. 좁은 공간에 앉을 자리가 없을 정도로 사람들로 꽉 차 있었다. 곁에서 보기에는 별로 맛있어 보이는 식당이 아니라고 생각했건만 발을 들여놓는 순간 구수한 냄새가 코끝으로 스며들어 식욕을 불러일으켰다.

주인 아주머니가 택림을 보고는 이쪽으로 와서 앉으라고 큰 소리로 불렀다. 정신이 없던 택림은 너무도 반가워 얼른 달려가 앉았다. 다닥

다닥 붙어 앉은 옆 테이블에서는 김이 무럭무럭 피어 오르는 벌건 찌개 냄비에 수저들이 들락거리고 있었다. 매워서 콧물이 나는 건지 훌쩍거려 가며 후루룩 먹는 소리가 뱃속에서 쪼르륵 소리가 날 정도로 군침을 흘리게 만들었다.

잠시 후, 그의 테이블에도 보글보글 끓는 된장찌개가 놓여졌다. 택림은 호호 불어 가며 한 수저 떠먹어 보았다. 맛이 일품이었다. 캐나다에서 어머니가 가끔씩 끓여 주던 것과는 또 다른 얼큰하고 개운한 맛이라고 생각하면서 밥 수저를 듬뿍듬뿍 퍼먹었다. 택림 역시도 땀이 나고 콧물이 훌쩍거려졌다. 밖이 추워도 견디어낼 수 있을 정도로 뜨거운 찌개에 밥 한 그릇을 거뜬히 해치우고는 식당을 나왔다.

드디어 하련이가 살고 있다는 아파트가 보였다. 그는 정신이 번쩍 들었다.

"삼호 아파트 9동 205호라고 했지."

택림은 수첩을 꺼내 확인을 하고는 건물 안으로 찾아 들어갔다.

띵동! 띵동!

"누구십니꺼?"

안쪽에서 어린 여자 아이의 목소리가 흘러나왔다.

"엄마 계시니?"

현관문을 빼꼼이 열고 택림을 힐끔 쳐다본 여자 아이는 얼른 안쪽에다 대고 큰 소리로 외쳤다.

"엄매―! 어뜬 아찌가 엄매 계시냐 카네."

"그래, 알긋다. 엄매가 나가 볼끼구만."

택림은 두 모녀의 사투리 섞인 대화가 정겹게 느껴졌다.

"누구이소?"

삼십대 가량 되어 보이는 여자가 문을 열고 물었다.

"저기…… 혹시 이 집에 하련이라는 학생이 살고 있지 않습니까?"

택림은 여섯 살 가량 된 아이를 가진 삼십대 여인을 보면서 하련이의 이모라는 생각이 전혀 들지 않아 겸연쩍은 표정으로 물었다. 속으로는 집을 잘못 찾았나 하는 의심을 품고서.

"아…… 전에 살던 사람들을 말씀하시는가베. 그 사람들은 벌써 이사 간 지 오래 되었는데예."

"네? 이사를 갔어요? 어디로요?"

택림은 놀란 얼굴로 되물었다.

"글쎄예. 확실하게는 모르겠지만서두예 서울로 갔다는 말을 들었어예."

"서울이요?"

택림이 생각하고 있는 것보다 그 여인은 많이 알고 있는 듯했다.

"네, 서울이라케써예. 어떻게 찾아오신 분이신지는 내사 모르겠지만 서두예, 내보다는 옆집이 더 잘 알고 있을 거라예. 잠깐만 기다려 보이소."

여인은 옆집의 벨을 눌렀다.

"아주메! 저라예."

여인은 옆집하고 꽤 친하게 지내는 사이 같았다. 한국은 같은 아파트에 살면서도 옆집에 누가 사는지 전혀 모르고들 산다고 들었는데 여긴 그렇지 않은 모양이라고 생각했다.

"응, 아영 엄매 아이가."

순간 택림은 귀가 번쩍 뜨이는 듯했다. 아영이라니? 그는 깜짝 놀란 얼굴로 여인을 쳐다보았다. 아마도 여인의 딸아이의 이름인가 보다. 순간 택림은 묘한 인연이라는 생각이 들었다.

"아줌마예, 저희 집에 먼저 살든 사람을 찾아 오셨는데예, 연락처를 찾으시는 것 같아서예."

여인네는 택림을 힐끔 쳐다보면서 말했다.

"안녕하셨어요? 저…… 먼저 살던 하련이라는 학생을 좀 만날까 해서 찾아왔는데 그만 이사를 갔다고 해서……."

택림은 공손하게 묻고 있었다.

"지금 하련이라했써예?"

"네, 하련이요."

아주머니는 하련이의 이름을 낯설지 않게 부르고 있었다. 아마도 잘 아는 사이인지도 모른다. 택림은 귀가 번쩍 뜨이는 듯싶었다.

"하련이와 어찌 되는 양반인가 내사마 잘 모르겠다만서도, 와 이제야 나타나셨능교, 쯧쯧쯧."

아주머니는 한숨을 내리쉬며 혀를 찼다. 택림은 무슨 영문인지 몰라 어리둥절해졌다. 아주머니의 말투로 보아 무슨 문제가 있는 게 분명했다.

"그 이모라 카는 여자가 으찌나 독살시럽고 아를 구박을 해쌌는지 그 어린아가 그만 견디질 못하고 집을 뛰쳐나가 버렸고마. 그 가여운 것이 지금 어데서 뭐슬 하며 살아가고 있는지 모르지예. 에고, 사람이 그리 모질 수가 있나. 그 이모를 생각하면 지금도 괘씸하지 않은가벼. 하련이 그게 어데가 살것노. 아마 다시 집으로 들어가 억세게 당하고 살지도 모르지예. 어찌 됐든 퍼뜩 이모라 카는 집으로 찾아가 보소. 보자, 보자. 서울 영동이라케써예. 그긴 부자들만 사는 곳이라카며 아주 으시대싸며 이사를 했고마. 남의 일이라 카지만 내사마 아무리 생각을 해싸도 알 수가 없고마. 그리 놀고만 있던 냄편이 무슨 돈으로 그리 부자 동네에 이사를 갔겠고마. 내사마 지금까지도 이해를 할 수 없고마, 쯔쯔쯧. 젊은 양반, 동회에 가서 주소를 알아가 퍼뜩 찾아가그래이, 퍼뜩."

아주머니는 가슴을 치며 열변을 토해냈다.

"고맙습니다. 안녕히 계십시오."

택림은 곧바로 관할 동사무소를 찾아갔다. 역시 아주머니 말대로 주소가 서울로 옮겨져 있었다. 어쩔 수 없이 그 주소를 들고는 서둘러 서울로 달려갔다.

영하 7도를 밑도는 서울의 날씨는 몹시 매서웠다. 이보다 더한 추위도 견뎌 온 그였지만 아랫도리를 꽁꽁 얼어붙게 하는 찬바람 앞에서 그는 코트 깃을 바싹 추켜 올려야 했다. 일단 동사무소를 찾아가 확인을 한 다음 주소지로 달려가 한 집 두 집 열심히 찾아다녔다.

오후 다섯 시쯤이 되어서야 겨우 찾아낸 집은 택림이 자신의 눈을 의심할 정도로 으리으리한 저택이었다.

벨을 눌렀다. 그러자 맑은 음악 소리가 들려 왔다.

"누구시유?"

약간 허스키한 중년 정도의 아주머니 목소리가 인터폰에서 흘러 나왔다.

"저기, 주인 아주머니 계십니까?"

택림은 자신이 찾고자 하는 사람과 이야기를 나누고자 주인을 찾았다.

"잠깐만 기다리셔유."

말투가 충청도 사투리였다. 인터폰으로 그 아주머니가 무어라고 말하는 소리가 조그맣게 들리는가 싶더니 곧 사람이 바뀌어 대답을 해왔다.

"누구세요?"

그 목소리는 신경질적인 듯하면서도 거세게 들렸다.

"저기, 하련이 학생을 좀 만나려고 하는데요?"

택림은 상대의 껄끄러운 목소리에 그만 기가 질린 듯 겁을 먹은 목소리로 말했다.

"우리 집에 하련이란 애는 없어요."

재영은 한마디로 잘라 말하고는 '딸깍' 하고 인터폰의 수화기를 내려놓았다. 그녀는 속으로 '누군데 하련이를 찾아왔을까' 하고 생각하다가 왠지 불길한 예감에 휩싸여 버렸다. 하지만 아무 일도 아닐 거라고 애써 마음을 다졌다. 그러면서도 까마득히 잊고 있었던 조카의 이름을 듣고 보니 온몸에 살얼음이 돋고 있었다.

　택림은 집을 잘못 찾았나 하고는 문패를 보니 심재영이라고 쓰여 있었다. 남편의 이름이 아닌 본인의 이름이 걸려 있는 것을 보니 아마도 남편이 없는 모양이라는 생각이 들었다. 심재영이라는 이름으로 봐서 아영의 언니 집이 확실하다는 생각이 든 택림은 다시 한 번 벨을 눌렀다.

　"띠라리리리― 띠라리리리―."

　택림은 이런 어이없는 경우가 다 있나 하는 생각에 화가 나기도 했다. 이렇다 할 이야기도 들어 보지 않은 채 일방적으로 끊어 버리는 몰상식한 태도가 그는 용서가 되질 않았다.

　"아니, 왜 이러세요? 여기서 살고 있지 않다는데!"

　재영은 아주 신경질적으로 내뱉듯이 말했다.

　"아, 죄송합니다. 저기 다름이 아니라 저는 캐나다에 사는 아영 씨의 친구입니다. 아영 씨의 언니 댁인 걸 알고 찾아왔습니다."

　택림은 화가 머리끝까지 치솟았지만, 억지로 꾹 참고 차분한 어조로 말했다. 부산에서 만난 아주머니의 말 그대로라는 걸 실감하면서……. 도둑이 제 발 저린다고 왜 그토록 신경질을 내는가 말이다. 그러면서도 한편으론 '설마 친언니인데……' 하는 생각을 하고 있으려니 대문이 덜컹 하고 열렸다.

　"이봐요! 아영인 이미 이 세상 사람도 아니구요. 그리고 하련인 미국으로 유학 갔어요. 알겠어요?"

　무말랭이를 연상케 하는 비쩍 마른 여인이 허리를 짚고 서서는 다짜고짜 큰 소리로 떠들어댔다. 곱상한 얼굴을 오만 인상으로 망가뜨린 험악한 얼굴이었다. 택림은 기가 막힐 지경이었지만 꾹 참아야 했다.

"아, 그래요? 미국, 어디에 살고 있나요?"

택림은 유들유들한 얼굴로 웃으며 꼬치꼬치 캐물었다.

"그건 댁이 알아서 뭐 해요? 아니, 연락이 없어서 몰라요, 모르겠으니 그만 괴롭히고 돌아가 주세요."

재영은 대문이 부서져라 있는 힘을 다해 닫아 버리고는 빠른 걸음으로 총총이 사라져 들어가 버렸다.

택림은 이해할 수가 없었다. 하련이가 있는 곳을 모른다는 것도 말이 안 되지만 누가 누굴 괴롭혔다고 그러는 건지 도통 알 수가 없었다.

부산에서 들었던 대로 그녀는 날카롭다 못해 아주 섬뜩한 느낌마저 주는 여자였다. 말로는 유학이라고 했지만 유학을 간 것 같지는 않았다. 느낌이 그랬다. 그렇다면 부산 아주머니의 말대로 집을 나가 버린 건가? 그럼 하련은 지금 어디에 있단 말인가? 지금까지 아니, 몇 년을 소식을 모른다고 한다면 과연 하련이는 살아 있기나 한 걸까?

택림은 걱정이 태산같이 밀려들었다. 그는 그날 밤 호텔로 돌아와서도 전전긍긍하면서 잠을 이룰 수가 없었다. 머릿속은 온통 하련이의 생각으로 가득 차 올랐고, 무엇부터 어떻게 해결해 나가야 할지 까마득하기만 했다.


날이 밝아 오기 시작했다. 이런저런 생각에 뜬눈으로 밤을 꼬박 샌 택림은 커튼을 활짝 열어제쳤다. 저 멀리 희미한 산등성이를 바라보다가 아영을 떠올렸다. 참으로 묘한 인연으로 남은 사람…… 보고 싶다. 결국은 이런 엄청난 숙제를 남겨 놓고 가 버린 얄미운 사람……. 빠알간 그리움이 노를 저어 와 그의 가슴을 적셨다.

택림은 울고 있었다. 가슴이 아려 와 더 이상은 그녀를 떠올릴 수가 없었다. 하루빨리 하련이를 찾아야 하는 일만이 그에겐 전부였다. 그는 서둘러 옷을 챙겨 입고는 호텔을 나섰다.

택림은 부산으로 향하는 고속버스에 몸을 싣고는 깊은 생각에 잠겼다. 그녀가 어느 은행이라고 녹음만 해놓았어도 이렇게 난감하지는 않았을 텐데……. 하긴 내가 아무 문제 없이 하련이를 만날 줄 알았겠지. 바보같이……. 언니를 믿지 못해 녹음까지 해 둘 정도였으면서 왜 여기까지는 생각하지 못했나 하는 원망이 들기도 했다. 하지만 자신도 믿어지지 않는 일인데 동생인 그녀로서야 설마했겠지 하는 데까지 생각이 미치자 가슴이 더욱 무너지는 듯 아파 왔다.

택림은 일단 그녀가 금고를 맡긴 은행부터 알아봐야겠다고 마음먹었다. 신분증을 제시하면 금고 키를 내준다고 했으니까 그것을 토대로 은행이란 은행은 전부 뒤져 볼 심산인 것이다. 그는 부산에 도착하자마자 호텔부터 잡았다. 은행을 알아내려면 족히 며칠은 걸릴 테니까.

택림은 당장 조사에 착수했다. 우선은 하련이가 살던 아파트에서 제일 가까운 은행부터 뒤졌다. 처음으로 찾아 들어간 은행에서 택림은 어떻게 해야 할지 몰라 망설였다. 무턱대고 금고 키를 찾으러 왔다고 할 수도 없는 노릇이었다. 생각다 못해 제법 높은 자리에 앉은 간부급처럼 보이는 사람에게 다가가서 사정을 이야기했다. 이야기가 잘 통했는지 그는 자신이 도울 일이 아니라면서 지점장에게로 택림을 안내해 주었다. 택림은 일이 잘 풀리려나 보다 하고 희망을 품었지만, 안타깝게도 그 은행은 아니었다. 아영의 이름을 대고 일의 앞뒤를 설명했지만, 그 은행에 아영이나 하련이란 이름의 고객은 없다는 것이었다. 다음으로 찾아간 은행도 마찬가지였다. 한 가지 얻은 수확이 있다면, 택림이 이제 일을 쉽게 알아볼 방법을 터득

했다는 것이다. 그는 은행에 들어가 망설이지 않고 무조건 지점장을 찾았다. 그러는 게 일도 빨리 처리되고 결과도 확실했다. 그러나 그도 문제인 건 지점장이 자리를 비울 때가 많다는 것이었다. 택림은 같은 은행을 몇 번이나 들락거려야 했고, 허탕을 치기가 일쑤였다.

부산은 꽤나 넓었다. 그러나 택림은 쉬지 않고 열심히 찾아 뛰었다. 그렇게 찾아 헤맨 지 열흘 만에 겨우 실마리가 잡혔다. 며칠 동안 몇 번이나 찾아갔지만 지점장을 만나지 못한 은행에서 연락이 온 것이었다. 이상하게도 그 은행만은 갈 때마다 지점장이 자리에 없다고 했다. 택림은 혹시 만나 주지 않으려 핑계를 대는 건 아닌가 하는 생각이 들었다. 그래서 부하 직원에게 사정을 상세히 설명해 주고 자신이 메모한 것을 지점장에게 꼭 전해 달라고 부탁해 두었다.

택림은 전화를 받자마자 서둘러 그 은행으로 갔다. 그를 맞이한 지점장은 나이가 지긋이 들어 보이는 여자였다.

"처음 뵙겠습니다. 임택림이라고 합니다."

택림은 정중하게 인사를 하고는 명함 한 장을 내밀었다.

"네, 안녕하세요? 반갑습니다."

그녀 역시도 명함 한 장을 내주었다.

"저기……."

"예, 말씀 안 하셔도 직원에게 들어서 잘 알고 있습니다. 전 애길 듣고 정말 놀랐습니다. 그분이 그렇게 돌아가셨을 줄은…… 정말 믿기지 않는 일이에요……. 정말 안됐어요."

그녀는 아영을 잘 알고 있는 모양이었다. 물론 고객 관리 차원에서 아는 정도일 것이다. 지점장이 그녀를 기억할 정도면 상당히 많은 거래가 있었던 모양이라고 택림은 미루어 짐작했다.

"아영 씨에겐 따님이 한 분 있어요."

택림은 자초지종을 털어놓고는 금고 키를 달라고 요구했다.

"그게…… 물론 제 맘 같으면 지금 당장이라도 내드리고 싶지만 그리 간단한 문제가 아니라 안타깝군요. 좀 번거롭겠지만 서류를 준비해 주셔야 합니다. 그러니까 사망 확인서 한 장 하고 임택림 씨의 신분 확인서 한 장, 그리고 보증인 두 명이 필요하군요."

그녀는 메모지에 적어 가면서 친절하게 말해 주었다.

"이 서류만 있으면 되는 겁니까?"

"네, 저희들로서는 그 이상은 막을 만한 권한이 없으니까요."

그녀는 택림을 향해 미소를 보냈다.

"그럼 그녀가 마지막 남기고 간 테이프를 제가 갖고 있는데, 저를 증명하는 증거물이 될 수도 있지 않을까요?"

택림은 될 수 있으면 빠른 길로 가고 싶어서 하는 말이었다.

"그렇게 했으면 얼마나 좋겠어요. 하지만 은행 측에서는 그 목소리가 정말로 본인의 목소리인가 의심하려고 들 겁니다."

그녀는 이런 일이 한두 번이 아니라는 듯 지점장다운 말 한마디로 간단하게 택림의 입을 막아 버렸다. 택림은 한 방 얻어맞은 기분이었지만 그녀를 이해해야 했다. 그래서 은행에서 원하는 대로 서류를 구비하기로 했다. 그는 은행에서 나오자마자 공항에 전화를 걸어 캐나다행 비행기표를 예약해 놓았다. 서류를 준비하려면 캐나다까지 다녀와야 했다. 아무래도 시일이 좀 걸릴 것 같아 애가 탔지만 어쩔 수 없는 일이었다.

그는 심신의 피로도 잊은 채 돌아다니다 저녁 늦게서야 호텔로 돌아왔다. 그는 씻지도 않은 채 침대 위에 드러누워 두 팔을 베개 삼아 천장을 바라보았다.

눈을 감고 있으려니 낮에 있었던 일이 뇌리에서 떠나질 않았다. 은행에서 나온 그는 주스를 사 들고 하련이가 살았던 삼호 아파트를 찾아

갔었다. 지난번에는 다급한 심경이어서 상세하게 묻지 못했던 것이 많아 조금이나마 더 알고자 찾아갔던 것이다.

"뭘 이래 사오셨어예. 예서 쪼매만 앉아 기다리셔예."

여인은 택림을 거실 소파에 앉혀 놓고는 밖으로 나갔다. 잠시 후, 그녀는 옆집에 사는 아주머니를 모시고 들어왔다.

"안녕하셨어요?"

택림은 반가운 마음에 손을 내밀었다.

"내사마 이리 또 찾아올 기라고 예상했었고마."

아주머니는 택림의 손을 꼭 잡고는 목이 메인 소리로 말했다. 여인은 따뜻한 커피를 내놓았다. 여인의 치맛자락을 붙들고 쫄래쫄래 따라다니는 꼬마가 눈에 띄었다.

"아영아, 이리 와봐."

택림은 손을 벌리고 다정하게 이름을 불렀다.

"우짤꼬! 우리 아 이름까지……."

여인은 감동한 모양이었다.

"제 애인 이름이 아영이거든요. 그리고 꼬마의 입술과 너무도 닮았구요."

택림은 넌지시 눈을 아래로 내리깔았다. 순간 그녀의 얼굴이 눈앞에 스치고 지나갔다.

'아영 씨의 입술은 달콤한 사탕 같아요. 아니, 톡톡 튕기는 것이 아주 작은 공 같기도 하구요. 너무 예뻐요.'

그녀의 입술이 도톰하다 보니 언제나 키스를 할 때면 입술을 콕콕 깨물며 장난질을 쳤던 게 생각났다.

"젊은 양반, 무얼 그리 생각카는교? 커피가 다 식겠고마."

아주머니는 마치 택림을 자신의 아들 대하듯 편하게 말했다.

"아, 예, 아닙니다."

140

택림은 계면쩍어 뒷머리를 조금 긁고 나서 커피를 마셨다.

"저기…… 하련 학생 소식은 좀 들었어예?"

여인이 머뭇거리며 물어왔다.

"아직 못 만났어요."

"저런, 그럼 서울에는…… 다녀오셨어예?"

여인은 안타까운 얼굴로 조용히 되물었다. 서글프고도 어두운 대화가 시작되고 있었다.

"예, 다녀는 왔지만 거기에도 하련이는 없더군요."

"그럼 이모라 카는 사람은 만났능교?"

옆에서 말없이 듣고만 있던 아영 엄마가 궁금하다는 얼굴로 다가앉으며 물었다.

"만나긴 했는데 하련이가 유학을 갔다고 하면서 아예 문전박대였습니다. 정말이지 너무도 냉정한 사람이더군요."

택림은 그때 일은 떠올리고 싶지도 않다는 듯 고개를 설레설레 흔들었다.

"그럴 끼구마. 이모라 카는 이가 보통이 아니라카이. 그러다 천벌을 받재. 천벌을 받을 끼구마."

아주머니는 표정을 일그러뜨리면서 거칠게 말했다.

"아주머니, 그때 일을 좀더 자세히 말씀을 해주세요."

"하모 내, 이야기하는 건 어렵지 않고마. 근데 저…… 실례가 되겠지만서도 젊은이는 누구싱교?"

아주머니는 낯선 사내가 누군지도 모르고 떠들어댔던 것이 뒤늦게 신경이 쓰이는 모양이었다.

"아, 그렇군요. 제 소개를 하지 않았군요. 정말 죄송합니다. 저는 캐나다에서 살고 있는 교포입니다. 하련이의 엄마를 잘 알고 있는 사람 중에 한 사람입니다. 하련이의 엄마가 십 년 전에 비행기 사고로 그만……."

택림은 뒷말을 잇질 못했다.

"비행기 사고라예?"

그들은 놀란 표정을 지으며 서로 마주 볼 뿐이었다. 아마도 그들은 그 일을 잘 모르는 모양이었다.

"오래된 일이라 기억을 하실지 모르겠네요. 카로나 사건이라고……."

두 여인은 잘 모르겠다는 표정으로 서로의 얼굴만 바라볼 뿐이었다.

"그때 하련이의 엄마는 저한테 카세트 테이프 한 개만을 남겨 놓고 숨을 거두었지요. 그게 전부입니다."

택림은 자초지종을 설명하고는 고개를 떨구었다.

"그 아 엄매가 비행기 사고로…… 그랬었고마…… 쯔쯧……. 그 아는 내를 무척이나 따랐었재. 그 아가 말을 안 했어두 내는 다 알고 있었고마. 하모, 하모 이모한테 천대받고 있다는 걸 말이제. 말이 적고 귀여운 아이였재. 내, 문 밖에 서가 있으면 이 집 안에서 이모가 소리 소리 지르데, 마 내도 질려 버릴 정도로 큰 소리가 들려 왔재. 그 여잔 옆집 사람이 있으나마나 그 아이를 어찌 구박해 싸는지 내가 보기에도 다 가여워 죽을 지경이었다카이. 결국 그 아가 집을 나갔다고 소문이 자자하게 나돌았재. 마, 그건 이모가 내쫓은 거나 마찬가지고마. 으디 그거뿐이가? 그 집 아이들은 또 으찌나 질투가 많던재, 그 아 눈에서 하루도 눈물이 마를 날이 없었재. 가엾은 것, 지금은 어데서 무얼 하는재, 쯧쯧."

아주머니는 옛날을 상기하며 연신 혀를 찼다. 젊은 여인은 아주머니 얘기를 듣는 중간중간 '어얄꼬 어얄꼬' 하면서 안타까워했다. 택림의 눈은 벌겋게 충혈되어 붉게 타올랐다. 그리고 두 주먹엔 불끈 힘이 들어가 있었다.

142

그는 낮의 일을 떠올리고 있다가 갑자기 침대에서 벌떡 일어나 앉았다. 도무지 용서할 수 없는 일이다. 어떻게 이럴 수가 있단 말인가? 그는 도무지 이해할 수가 없어 고개를 저었다. 아영, 정말 미안해요. 택림은 허공을 바라보며 혼자말로 중얼거렸다. 날 바보 천치라고 말해도 할 말이 없어. 세월이 이렇게 흐르도록 아무것도 몰랐으니……. 그 동안 나를 내려다보면서 당신은 얼마나 가슴을 치며 답답해 했을까. 하지만 아직 늦지 않았어요. 아영, 도와줘요. 마침내 그는 참았던 울음을 터뜨리고 말았다.

택림이 다시 부산에 모습을 드러낸 건 십여 일이 지나서였다. 그는 부산에 도착하자마자 은행 지점장을 만나려고 했지만 다음날 아침에야 가능하다는 것이었다. 별수없이 호텔에서 쉬다가 다음날 이른 아침부터 서류를 들고 은행으로 달려갔다.

이른 시간인지라 은행은 아직 문을 열지 않았다. 밖에서 문이 열릴 때까지 기다리는 수밖에 없었다. 이럴 줄 미리 짐작은 했지만 마음이 너무 조급하게 서두르는 바람에 이렇게라도 해야 속이 풀릴 것 같았다.

겨울 날씨는 너무도 추웠다. 그는 코트 깃을 올리고는 발을 동동 굴리며 은행 문이 열리기를 기다렸다.

시계 바늘이 정각 아홉 시를 가리키는 동시에 셔터 문이 열리기 시작했다. 택림은 쏜살같이 안으로 들어갔다. 아직 업무가 시작되기 전인 것 같아 소파로 가서 털썩 주저앉으려 했다. 그 순간 "어떻게 오셨어예?" 하고 물어 오는 여직원의 말에 귀가 번뜩 뜨였다.

"저기 지점장님을 뵈러 왔는데요."

그녀는 "이쪽으로 오세요" 하며 친절하게 지점장실로 안내를 해주고는 사라졌다.

"어서 오세요. 그 동안 안녕하셨구요? 이리 앉으세요."

그녀는 통통한 몸매에 정장으로 단정하게 차려입고는 지점장다운 말투로 인사를 했다.

"아, 예…… 바쁘실 텐데……."

택림은 소파에 걸터앉자마자 서류를 그녀 앞에 내놓았다. 그녀는 서류를 찬찬히 훑어보더니 "좋습니다" 하면서 금고 키를 내어 주었다. 그리고는 그를 데리고 다시 이층 금고실로 올라갔다. 두꺼운 금고문을 열고 들어가 또 다른 철창식 문을 열쇠로 열고는 다시 택림이 갖고 있는 키의 번호와 똑같은 또 하나의 키를 찾아 맞춰 확인하더니 택림에게 아영의 금고를 열라고 했다.

택림은 금고를 열었다. 그 속에는 문서들과 통장 두 개가 가지런히 정리되어 놓여 있었다. 그리고 하얀 봉투에 담긴 그녀의 유서도 있었다.

택림은 그 자리에서 봉투를 뜯었다. 그리고는 지점장과 함께 읽어 내려갔다. 그 이유는 행여나 택림이 불리해졌을 경우를 대비해 지점장이 증인이 될 수 있을 것이라고 판단했기 때문이었다.

유서의 내용은 성남에 있는 오층 건물은 언니에게 줄 것이며, 나머지는 전부 하련에게 상속한다는 거였다. 끝으로 사정에 따라 택림에게 그 모든 판단을 맡기겠다는 짧은 글 또한 덧붙여 있었다.

"보셨지요? 점장님. 그런데 문제가 심각해졌지 뭡니까."

"아니, 왜요?"

"딸이 행방불명이 되었기 때문입니다."

"아니, 심아영 씨의 따님께서 말인가요?"

지점장은 깜짝 놀란 표정으로 물었다.

"그렇다면 가족은?"

"서울에 살고 있지만 제가 찾아갔더니 유학을 갔다고 말을 하더군요. 근데 그건 거짓말인 것 같았습니다."

택림은 대충 이야기를 털어놓았다. 그의 이야기를 들은 지점장은 컴퓨터 기록을 조회해 보겠다고 했다. 그 결과 하련이가 갖고 있던 아영의 통장 잔액은 하나도 남아 있지 않았다. 그리고 별도로 은행 금고에 넣어 놓았던 통장엔 잔액이 그대로 남아 있었다.

"하련이가 갖고 있던 통장에 잔고가 없는 걸 보니 하련이가 찾아갔나 보지요?"

택림의 말이었다.

"그런 것 같네요."

지점장은 얼마 되지 않는 액수니까 그럴 수도 있다고 긍정하는 듯했다.

택림은 하련이가 돈을 찾아간 날짜를 찬찬히 살펴보았다. 만약 동네 아주머니 말대로라면 날짜가 그쯤은 될 터였기에 조금은 안심이 되었다. 무일푼으로 집을 나갔다면 당장 뭘 먹고 살았을까? 하는 걱정을 조금이라도 덜어 준 셈이었다.

그런데 택림은 갑자기 무언가 뇌리를 스치고 지나가는 말이 있었다. '그리 놀고만 있던 냄편이 무슨 돈으로 그리 부자 동네에 이사를 갔겠고마'라고 했던 부산 아주머니의 말이 순간 의심을 불러일으키는 거였다.

"점장님, 그 동안 감사했습니다. 좀 알아봐야 할 일이 있어서 그만 가보겠습니다."

택림은 다급히 일어났다.

"도와 드릴 일이 있으면 힘껏 도울 테니 언제든지 연락 주세요."

그녀는 안타깝다는 표정으로 혀를 찼다.

"고맙습니다. 안녕히 계십시오."

택림은 호텔로 돌아와 아영이 남긴 서류를 들여다보며 생각을 정리했다. 아영은 부산 여러 곳에 땅을 사 두었고, 서울과 성남에도 건물이 있었다. 일단은 부산에 사 놓았던 땅들부터 알아봐야겠다는 생각으로 등기소를 먼저 찾아갔다. 등기부 등본을 떼어 볼 요량이었다.

처음 찾아간 등기소는 제법 큰 곳인데도 사람이 그다지 많지 않은 게 한산해 보였다. 덕분에 택림은 쉽게 일을 볼 수 있었다. 그런데 아영이 금고에 넣어 두었던 땅문서에 기재된 주소로 신청한 등본을 받아 보고는 눈을 의심하지 않을 수 없었다. 그 땅들은 이미 다른 사람들의 소유로 되어 있었던 것이다. 아영은 땅을 매입할 때 명의를 자신이나 하련이 앞으로 해두었던 모양이다. 그러나 서류에는 그들이 땅을 매각한 것으로 되어 있었다. 매각 날짜를 살펴보니, 아영이 사고로 죽고 나서 이루어진 것이었다. 택림은 역시나 예상했던 대로구나 하는 생각에 절로 몸이 부르르 떨려 왔다.

'아뿔사, 어떻게 이럴 수가……. 그럼 다른 것들은 어떻게 되었을까?'

택림은 부랴부랴 그 등기소를 뛰쳐 나왔다. 다른 곳에 있는 땅들은 그곳을 관할하는 등기소로 가서 확인해야 했기 때문에 잠시도 지체할 수가 없었다. 서둘러야 했다. 빨리 무슨 수를 써야 한다는 생각에 택림은 몸이 바짝 달아올랐다. 그러나 그쪽도 결과는 마찬가지였다. 이미 남의 손에 넘어갔다는 것만 확인할 수 있었다. 너무나 어처구니가 없어서 맥이 다 빠질 지경이었다.

"이 일을 어쩌면 좋단 말인가? 이젠 어떻게 해야 하나?"

택림은 갈피를 잡을 수가 없었다. 땅문서가 금고 속에 그대로 버젓이 남아 있는데 매각이 되다니……. 땅문서 없이도 그런 일이 가능한 건가. 만약 그럴 수 있다면 그건 또 누가 한 짓일까. 정말 이모라는 사람이 팔아 치운 것인가. 택림은 알다가도 모를 일이었다. 어디에 가서 어떻게 알아봐야 할지 난감하기만 했다. 등기부에 소유주로 되어 있는 사람들을 일일이 찾아가 어떤 경로로 매입을 하게 되었는지를 조사하면 알아낼 수 있을까. 택림은 이런저런 궁리를 하느라 머릿속이 바쁘게 돌아갔다. 그러다 문득 떠오르는 사람이 있었다.

'그래, 지점장한테 상의해 보자. 그녀가 이런 일에 밝을지 몰라.'

택림은 서둘러 아침에 들렀던 은행으로 달려갔다.

"원, 세상에 어떻게 그런 일이…… 정말 용서할 수 없는 사람이군요. 이 일은 고소를 하는 수밖에 없어요."

지점장은 묵묵히 앉아서 택림의 얘기를 다 듣고 나더니 쐐기를 박듯이 한마디로 잘라 말했다.

"이모님을, 고소요?"

"그래요. 고소를 하세요. 내가 잘 아는 변호사를 소개해 드릴 테니."

그녀는 수화기를 들어 번호를 눌렀다.

"아니, 점장님. 아직은 확실한 것도 아닌데…… 그보다 먼저 조사를 해서 누구의 짓인지부터 알아내야 하지 않을까요? 하련이의 이모도 일단 만나 봐야 하고요."

택림은 그녀가 너무 서두르는 것이 아닌가 해서 걱정스런 얼굴로 말했다.

"아니에요, 이런 일은 빨리 조치를 취해야 해요. 그리고 하나를 보면 열을 안다는 속담이 있잖아요. 내 생각으론 재산을 자기 앞으로 돌려 놓고 이미 정리한 것 같아요. 물론 아무 단서 없이 덤빌 수는 없죠. 그렇다고 해서 임택림 씨 혼자서 단서를 찾아낼 수도 없는 일입니다. 변호사에게 위임을 하면 그쪽에서 조사를 해서 확실한 물증을 잡아낼 거예요."

그녀는 일의 진상을 눈앞에 보고 있는 듯이 단호하게 말했다.

"그래도 혹시……"

그는 좀더 알아보고 난 후에 조치를 취하고 싶었다. 무엇보다도 하련이부터 찾아야 일의 정황이 밝혀질 것 같아 망설여졌다. 그런 그의 심중을 읽어냈는지 그녀는 한발 물러선 듯이 말했다.

"정 내키지 않으면 좀더 시간을 갖고 알아본 후에 고소를 해도 늦지는 않겠지요. 하여튼 변호사 쪽은 제가 연락을 취해 놓을 게요."

그녀는 메모지에 변호사의 전화번호를 적어 택림에게 건네 주었다.

그러나 택림은 다시 서울로 돌아와 며칠을 지내는 동안 마음이 바뀌기 시작했다. 서울과 성남에 있는 부동산을 찾아다녀 본 결과 사정이 부산과 다를 바가 없었기 때문이었다. 그가 서울에 있는 아영 소유의 건물도 알아보았지만 역시나 남의 손에 넘어가 있었다. 성남에 있는 건물도 마찬가지였다. 택림은 하련을 찾을 때까지 기다린다는 게 무의미하다는 생각이 들었다.

'이건 점장이 말한 대로 의심의 여지가 없군. 만약에 그녀가 깨끗한 마음으로 그렇게 정리를 하였다면 하련이가 집에 있어야 하잖아? 그런데 하련이를 학대해서 내쫓다시피 하고 동생의 재산을 정리했다면 분명 검은 마음이 있었다는 증거야.'

택림의 심중은 시간이 흐를수록 이모에 대한 의심으로 기울고 있었다. 더 이상 보고만 있을 수 없다는 판단이 들기 시작했다. 지점장의 말대로 한시바삐 고소할 준비를 해야겠다는 결심을 다졌다. 그러면서도 그는 한번 더 그녀를 만나 진의를 가려 봐야겠다는 마음을 먹었다. 그러나 연말이라 신정이나 지나고 나서 그녀를 만나야겠다고 생각했다. 하루가 십 년같이 길고 지루하기만 했다.

택림은 가족을 등지고 고국에서 홀로 외로이 신정을 보내야 했다. 그 쓸쓸한 설을 지내다 보니 아들이 보고 싶어 국제 전화를 넣긴 했지만 그리운 마음은 가시질 않았다. 아무런 불만 한마디 없는 아내가 고맙기도 했다. 하루빨리 해결을 해야 한다는 조급함이 소리 없는 아우성으로 살며시 밀고 들어왔다.


　　　　　그는 새해를 맞이한 정월 첫 외출을 재영의 집
으로 정했다.

"안녕하셨습니까?"

택림이 찾았을 땐 마침 소포가 왔었는지 대문이 열려 있어 벨도 누르지 않고 안으로 들어갔다. 재영은 현관에서 도장을 찍고 있는 중이었다.

"아니, 누구세요?"

그녀는 잊어버릴 얼굴이 아니었지만 느닷없이 들이닥친 그를 보고는 자지러질 듯한 표정으로 지레 겁먹고 있었다.

"벌써 제 얼굴을 잊으신 건 아니시겠죠?"

택림은 지난번과는 달리 아주 당당한 태도로 맞섰다. 집배원은 이상한 놈이라고 생각을 했는지 좋지 않은 눈빛으로 택림을 한 번 힐끔 쳐다보더니 그대로 사라져 버렸다.

"아니, 왜 또 찾아온 거냐구요?"

그녀는 시끄러울 정도로 짱알거리고 있었다.

"좀 여쭤 볼 게 있어서 왔는데 괜찮겠습니까? 아니, 물론 괜찮지 않다고 말씀하실 줄 알고 있습니다만, 시간 좀 내주셔야겠습니다."

택림은 거의 협박조로 강하게 말했다.

그녀는 그를 집안으로 들여놓기가 싫었던지 잠깐 기다리게 해놓고 옷을 갈아입고 나왔다. 그리고는 밖에 나가서 얘기하자고 했다. 택림은 아무 말 없이 순순히 따라 나섰다.

두 사람은 가까운 커피 숍으로 들어가 테이블에 마주 앉았다.

"지난번에 들었던 것 같기도 한데 기억이 잘 나지 않는군요. 댁은 아영이와 어떻게 되는 사이죠?"

그녀는 능청을 부리며 되묻고 있었다.

"저요? 아영 씨의 친구였죠."

택림은 좀 빈정거리는 듯이 대답했다.

"맞아요, 친구라고 했던 것 같네요. 그렇담 아영이는 이미 이 세상 사람이 아니라고 말씀드렸을 텐데? 그리고 왜 조카를 찾는 거며, 또 나를 만나자고 하는 건지 이해가 되질 않는군요."

재영은 빨리 끝내고 싶었다. 단도직입적으로 물었다.

"왜 저한테 거짓말을 했는지 그게 듣고 싶어서 만나자고 한 겁니다."

택림은 조금 화가 난 어투로 내뱉듯이 말했다.

"거짓말? 내가 무슨 거짓말을?"

그녀는 눈을 동그랗게 치켜 뜨고 싸울 듯한 태도로 언성을 높였다.

"하련이가 유학을 갔다고 왜 거짓말을 한 겁니까, 왜?"

택림은 따귀라도 한 대 올려붙이고 싶은 심정이었지만 꾹 참고 있었다.

"유학이나 집을 나간 거나, 거기가 거기라서 될 수 있으면 듣기 좋은 쪽으로 말한 것뿐인데 그게 뭐 어쨌다는 거죠? 아무튼 댁하고는 상관없는 일이니깐 간섭 마세요."

재영은 얄미울 정도로 뻔뻔스럽게 딱 잘라 말했다.

"그럼 아영 씨가 남겨 놓은 재산은 어떻게 된 거죠?"

택림은 재영을 슬쩍 떠보았다. 순간 재영은 움찔하고 놀라는 표정이었다. 그러나 택림의 날카로운 시선을 의식했는지 얼굴을 굳히며 거친 목소리로 쏘아댔다.

"재산이라니? 아영이의 재산이 어디 있다고 이러는 거야. 그리고 댁이 무슨 상관인데 이러는 거야, 건방지게시리. 이봐요! 친구였다면 친구 관계로 깨끗이 끝내, 알았어요?"

그녀는 드디어 본성을 드러내 보이고는 '쌩' 하고 사라져 가 버렸다.

택림은 서글펐다. 아영과 하련이가 가엾게만 느껴졌다. 아니, 세상이 무섭고 험악했다. 어떻게 저럴 수가 있단 말인가?


　　　　**택림은 호텔로 돌아와** 여장을 풀고는 수화기를 들었다. 그는 지점장이 적어 준 메모지의 전화번호로 전화를 걸었다.

"여보세요, 이원식 변호사님 댁이죠?"

이원식. 공교롭게도 그 변호사는 해선의 남편이었다. 세상이 좁다지만 생면부지의 지점장이 알려 준 변호사가 하련이와 가장 가깝게 지내는 사람의 남편이라니…… 그러나 마침 원식이 그 은행의 고문 변호사를 맡고 있었기 때문에 지점장은 자연스럽게 그를 택림에게 소개해 준 것뿐이었다.

"네, 그렇습니다. 잠깐만 기다려 주십시오."

택림의 전화를 받은 건 해선이었다.

"네, 전화 바꿨습니다."

원식은 점잖은 목소리로 전화를 받았다.

"저…… 부산에서……."

"아, 예. 임택림 씨죠? 점장님한테 얘기 들었습니다."

택림이 말을 꺼내기도 전에 원식이 아는 체를 했다. 아마도 연락을 받고 나서 택림의 전화를 기다리고 있던 모양이었다.

"저, 내일쯤 찾아뵐까 하는데 시간이 괜찮으시겠는지요?"

"예, 저녁때쯤 괜찮습니다."

원식은 택림이 교포라는 말을 들었는지 지나치다 싶을 정도로 약속 장소를 자세히 설명해 주었다.

"감사합니다. 그럼 내일 저녁때 그 근처로 가서 다시 전화를 드리겠습니다. 안녕히 계십시오."

택림은 수화기를 내려놓으며 깊은 한숨을 내쉬었다. 그리고는 피곤했는지 그대로 뻗어 버렸다.

다음날은 아침부터 바람이 거세게 불었다. 창문이 흔들릴 정도로 눈비를 동반한 바람이 창을 마구 때려 왔다. 다행히 오후부터 날씨가 개인다는 기상 예보를 듣고 택림은 안심을 했다. 호텔 레스토랑으로 내려가 모닝 커피를 마셨다.

스산한 날씨였다. 검게 내려앉은 하늘이 보기 싫었다. 이런 날은 꼭 그때의 피묻은 얼굴이 떠올려지곤 해서 너무도 싫었다. 예쁘고 연약한 그녀를 그렇듯 엉망진창으로 만들어 버린 그날의 궂은 날씨가 한스럽기만 했다. 그는 머리를 마구 흔들어 옛 기억을 지워 버렸다. 커피를 세 잔이나 마시고 자리에서 일어섰다.

택림은 원식과의 약속 시간이 다가오자 서둘러 호텔을 나섰다. 다른 날과는 달리 하얀 와이셔츠에 자주색 넥타이를 매고는 밤색과 베이지, 그리고 검은 선이 조금씩 얽히고 설킨 듯한 양복으로 깔끔하게 차려입었다.

그는 원식을 만나기로 한 호텔 커피 숍으로 들어가 간단하게 통화를 한 후 원식을 기다렸다. 잠시 후 종업원 아가씨가 종소리를 울리며 메모판을 들고 다녔다. 그 메모판에는 '임택림'이라고 쓰여 있었다. 택림은 아가씨를 따라 카운터 앞으로 걸어 나갔다.

"임택림 씨 되십니까?"

원식은 아가씨 뒤를 따라나오는 사람이 택림인 것을 알아차리고는 손을 내밀어 악수를 청했다.

"아, 이원식 변호사님? 처음 뵙겠습니다."

택림 역시도 두 손을 내밀어 악수를 하며 정중히 인사를 했다.

두 사람은 식사 전이었기에 커피 숍을 나왔다. 원식은 조용하게 식사를 할 수 있는 장소로 택림을 안내했다.

우이동 고갯길을 넘어서자, 한적하게 서 있는 통나무 건물의 레스토랑은 은은한 불빛으로 자태를 뽐내고 있었다. 안으로 들어서자, 심플한 인테리어가 아늑한 분위기를 만들어내고 있었다. 동글동글 굴러가는 베테랑 기타 소리가 두 귀를 매료시키기에 시선을 돌려 보니 그건 라이브 연주였다. 마치 프랑스의 라운지에 온 듯한 느낌을 받았다. 그 어떤 풍요로운 자유를 연상케 해주는 아시아의 서양 레스토랑이라고 점수를 높게 쳐주었다.

택림은 오랜만에 상쾌한 기분을 느꼈다. 그 동안 더럽혀진 마음을 깨끗이 씻어 주기라고 하려는 듯 가볍고 맑은 기운이 마구 물밀 듯이 솟구쳤다. 두 사람은 양이 많지 않은 코스 요리를 주문하고, 칵테일도 한 잔 곁들였다.

정말 그리운 분위기였다. 이 얼마 만인가? 아영과 함께 하던 지난날이 주마등처럼 스치고 지나갔다. 애타게 보고 싶은 사람이 진정 가슴 깊이 자리하고 있건만 그 사람은 지금 이 자리에 없으니……. 택림은 가슴 한 구석이 찡하니 저려 왔다.

"자, 이야기를 시작합시다."

식사가 끝나자, 원식은 본론으로 들어갔다.

택림은 지금까지 있었던 상황을 하나도 빠뜨리지 않고 전부 털어놓았다.

"음…… 말씀하신 대로라면 백 프로 고소가 가능합니다만 이해가 되지 않는 부분이 있습니다. 어떻게 그 재산을 처분해 왔는지 그것이 의문이군요."

원식은 고개를 갸우뚱거렸다.

"변호사님, 그게 무슨 말씀이신지요?"

택림은 그의 말이 이해가 되질 않았다. 사람이 재산을 처분하려고 마음만 먹으면 얼마든지 가능한 일이기에 말이다.

"그게 말입니다. 그러니까 쉽게 말씀을 드리자면, 뒤로 찔러 주지 않으면 해결할 수가 없다는 말씀이죠."

택림은 그가 점점 더 알 수 없는 말을 늘어놓고 있어 그저 멍하니 쳐다만 보고 있었다.

"좀더 자세히 설명을 드린다면 재산가의 사망으로 인한 상속 문제는 좀 시끄럽거든요. 더더욱 상속인이 미성년자였구요. 그렇기 때문에 친척 중에 누군가를 내세워 명의를 이전시켜 놓고 그 아이가 성인이 될 때까지 일단 보존하게 되어 있단 말입니다. 물론 법정의 승인하에 말이죠. 그렇기 때문에도 개인 마음대로 처분을 하기에는 그리 쉽지가 않았을 거란 말이죠. 게다가 땅문서가 은행 금고에 있었다면 서류를 위조했다는 얘기인데 아무나 할 수 있는 일이 아니란 겁니다."

원식은 차분하게 설명을 했지만 속으로는 만만치 않은 게임이라고 생각했다.

"그럼, 고소를?"

"해야겠죠. 그러나 상대가 갑부라는 겁니다. 지금 우리 나라 법 실정이 코에 걸면 코걸이요, 귀에 걸면 귀걸이인 현실 아닙니까? 그것이 문제입니다. 그러나 우리가 이길 수 있는 방법은 딸을 찾아내는 일인데, 만약 이 일을 미리 벌려 놓고 그 사람을 찾지 못하게 된다면 이건 완패 게임입니다."

원식은 말을 끊고 무언가 곰곰이 생각을 하는 듯하다가 단호한 목소리로 말했다.

"일단 고소를 하는 것으로 결정을 봅시다."

"변호사님만 믿겠습니다."

택림은 원식의 시원스런 말이 꽤나 믿음직스럽게 느껴졌다. 든든한

지원군을 얻은 듯이 힘이 나고 속이 후련해지는 느낌이었다.

"일단 완패를 할망정 일을 벌려 놓고 딸이라는 사람을 찾아보지요. 아, 그런데 딸의 이름이 뭐지요?"

원식의 물음에 택림은 아차 싶었다. 가장 중요한 것을 빠뜨리다니. 그는 서둘러 가방을 열더니 아영이 남긴 서류와 유서, 그리고 등기소에서 받은 서류 등을 원식에게 넘겨 주며 말했다.

"죄송합니다. 서류를 보여 드렸어야 하는데, 그만……. 여기 유서가 있습니다. 엄마는 심아영이고, 딸은 하련입니다."

"예, 하련?"

순간 원식은 놀랍다는 듯한 표정이 되었다. 친구 재혁의 아내이자 자신의 와이프와 절친한 사이인 하련이 떠올랐기 때문이다.

"성은 뭐죠?"

"그건 모르겠습니다. 근데 왜 그러십니까?"

택림은 영문을 몰라 어리둥절한 표정으로 되물었다.

"아, 아닙니다. 그냥 딴 생각에……."

원식은 애써 표정을 풀고 얼굴에 미소를 띠며 말했다. 성은 모르지만 이름이 같은 경우야 흔한 일 아닌가 하는 생각에 괜한 추측을 했구나 싶었다. 그의 말에 택림은 다소 안심을 했는지 다시 얼굴이 밝아졌다.

"부탁드립니다. 전 최선을 다해 딸을 찾겠습니다. 사실 비자 관계로 이 개월 후에는 일단 돌아가 봐야 하지만 그 안에 찾아낼 테니 변호사님, 도와주십시오. 정말 부탁드리겠습니다."

그는 지푸라기라도 잡고 싶었던 심정이었건만 이제야 구세주를 만나게 된 것이라고 진심으로 감사하고 있었다.

"빠른 시일내에 서류를 작성해 봅시다. 그리고 연락을 자주 취해야 하니까 연락처를 주시고 그만 일어나시죠."

원식은 택림의 호텔 전화번호와 룸 넘버를 적어 가방에 넣고는 악수를 청했다.

"자, 그럼 다시 뵙지요."

"오늘 정말 감사했습니다."

택림과 헤어진 원식은 집으로 가면서 이번 일은 어떻게 실마리를 풀어야 할까 하는 생각에 빠져 있었다. 그러다가 딸의 이름이 하련이라는 걸 떠올리고는 피식 웃었다. 왠지 이번 일은 쉽게 풀릴 것 같은 기분 좋은 예감이 스며들고 있었다.

# 슬픈 진실

하련은 근래 들어 어지럼증이 부쩍 심해지고 있었다. 그러다 보니 일도 손에 잡히지 않고 짜증만 나는 거였다. 이런 사정을 전혀 모르는 남편은 근래 들어 부쩍 술이 늘었는지 늘 술에 취해 들어와 그녀의 신경을 긁고 있었다. 그도 그럴 것이 고시에 계속 낙방을 하니, 그도 견디다 못해 술로 달래는 모양이었다. 그녀는 그런 그가 안타깝기만 했다. 그에게 화도 내고 짜증도 부리고 싶었지만 꾹 참으며 그를 이해하려고 무진 애를 쓰고 있었다. 그런데 그는 시시콜콜 그녀의 말꼬리까지 물고늘어지며 그녀를 더욱 고달프게 했다. 재혁은 모든 것이 자신의 뜻대로 이루어지지 않자, 성격마저도 이상하게 변해가는 모양이었다.

따르르릉…….

"여보세요! 어, 난데. 지금 통화 가능해?"

재혁은 원식에게 전화를 걸었다.

"응, 괜찮아. 근데 이 시간에 어쩐 일이야?"

원식은 가끔씩 그에게서 전화가 걸려 오긴 했지만 대체적으로 퇴근 시간이 가까워질 무렵이었고, 오늘처럼 대낮부터 전화를 걸어 온 적이 없었기 때문에 물었다.

"이번 동창 모임은 언제야? 이번엔 나도 한번 나가 볼 생각인데."

"어, 그래? 시간 괜찮아? 공부에 방해되는 건 아닌지······."

원식은 별 생각 없이 꺼낸 말이 그의 자존심을 건드리지나 않았나 하는 걱정에 말꼬리를 흐렸다.

"······."

역시나 재혁은 잠시 말을 잇지 못했다. 그러나 곧 두 사람은 모임에서 만나기로 약속을 하고는 전화를 끊었다.

재혁은 수화기를 내려놓고는 허탈한 기분으로 담배 하나를 꺼내 물었다. 그러나 그건 누구를 원망해서도 아니고, 또 그 누구의 책임을 물어서도 아닌, 그저 자신의 무기력에서 오는 초라함이었다.

며칠 후, 모임은 프라자 호텔 이층 홀에서 열렸다.

모두들 오랜만에 나온 재혁을 반갑게 맞아 주었다. 재혁도 그 동안 너무 참석을 하지 않아 서먹할 줄만 알았다가 그들의 환대에 이내 마음이 풀어져 편안한 기분이 되었다. 모임을 마치고 나서는 원식은 물론 몇몇 친구들과 어울려 술집으로 자리를 옮겼다.

어느 정도 시간이 흘러 얼큰하게 취기가 돌 무렵이 되자, 다들 말이 많아져 세상 돌아가는 이야기며, 집안일 등 잡다한 이야기들이 술술 쏟아지고 있었다. 원식은 이런저런 이야기 끝에 저도 모르게 택림이 그에게 맡긴 일을 털어놓게 되었다.

"최근에 맡은 고소건이 하나 있는데 말야. 그게 왠지 하루 종일 머릿속에서 떠나질 않고 있단 말이야. 지금까지 수도 없이 많은 송사들을 봤지만 이번 같은 일은 처음이야. 근데 문제는 내가 꼭 수습을 해야 한다는 의무감이 든다는 거지, 이 친구들아. 어, 어, 이것 봐라. 내 얘기엔 관심도 없는 모양이네?"

원식은 제법 진지한 투로 이야기를 꺼냈다. 그러나 다들 술이 취해 그의 얘기를 듣는 둥 마는 둥했다. 원식은 안타깝다는 듯이 길게 한숨을 내쉬더니 앞에 놓인 위스키 잔을 들어 쭈욱 들이켰다.

"그렇게 의무감까지 느낄 정도라면 해결해 주면 되는 거지. 자, 자, 술맛 떨어지게 그런 이야긴 그만두고 술이나 마시자고."

술을 마시는 게 아니라 퍼붓는 듯이 들이마시는 한 친구가 혀 꼬부라진 말투로 내뱉었다.

"무슨 사건인데 그렇게 진지해? 그래, 어떤 일인지는 몰라도 마음에 둔 일이라면 같이 나눌 수도 있는 거니까 말을 해봐."

재혁 역시도 술에 취해 있었지만 원식의 표정만으로도 그가 무언가 고민에 빠져 있다는 걸 읽을 수 있었다.

"하하하! 민재혁! 자네는 역시 내 친구야. 안 그래? 아, 근데 말야. 이 사건의 열쇠를 쥐고 있는 딸이 있는데, 이름이 자네 와이프하고 똑같더라구."

술에 약한 원식은 많이 취해 있었다.

"그건 또 무슨 소리야……?"

재혁은 멍한 얼굴로 되물었다.

"야, 야, 이원식! 그런 건 집어치우고 할 말만 빨리 해봐."

곤드레만드레 취해 있는 한 친구가 재혁의 말을 자르며 끼어들었다.

"알았어, 알았다구. 정말 안타까운 일이란 말이야. 혹시 너네 기억나냐? 카로나 비행기 사건이라고 말이야."

모두들 처음 듣는다는 듯한 표정이었다. 원식은 그들을 둘러보며 이맛살을 찌푸렸다. 하기야 이웃 나라도 아니고 지구 반대편 캐나다에서, 그것도 10년 전에 일어난 비행기 사고를 알고 있는 사람이 몇이나 되겠는가.

"글쎄, 그게 무슨 사건인데?"

한 친구가 떨떠름한 표정으로 되물었다. 원식은 기다렸다는 듯이 이야기를 풀어 놓기 시작했다. 다들 술에 취하긴 했어도 고개를 주억거리며 원식의 이야기를 열심히 들어 주었다. 그들은 안타까운 마음에 혀를 차기도 하고, 이모라는 사람 욕을 해대기도 했다.

"아니, 그럼 그 딸의 생사도 모른다는 거 아니야?"

한 친구가 원식의 이야기를 거들어 주었다.

"그러게 말이야. 지금 딸을 찾는 게 젤 큰 문제지."

원식은 한참을 떠들어대서인지 술이 깨고 있었다.

재혁은 아무 말도 하지 않고 잠자코 듣기만 했다. 그는 이야기를 들으며 줄곧 이해할 수 없는 감정에 휩싸여 있었다. 원식이 찾는 딸의 이름이 아내와 똑같다는 것부터 묘한 기분이 들게 했다. 못된 이모의 구박을 못 견뎌 가출을 했다는 이야기도 아내와 비슷하고, 심지어 캐나다에서 일어난 비행기 사고라지 않는가. 혹시 갑자기 돌아가셨다는 게 비행기 사고 때문 아니었을까? 재혁은 잠시 이런 생각에 휩싸여 있었다. 그러나 이내 고개를 가로저었다. 그런 일이 있었다면 아내가 모를 리가 있겠나 싶어서였다. 워낙 천성이 착한 아내는 웬만한 이야기는 그냥 가슴에 묻어 둘 뿐 이러쿵저러쿵 남에 대해 떠들어대지 않는 여자였다. 자신의 신상에 대해서도 그다지 드러내지 않는 편이라, 재혁은 이제와 생각해 보니 아내에 대해 몰라도 너무 모른다는 생각을 했다. 심지어 아내의 엄마, 그러니까 자신에게는 장모가 되는 사람의 이름 석자도 모르고 지냈다는 게 어처구니없게 여겨졌다. 순간 하련에게 미안한 마음이 가슴 저 밑바닥에서 스멀거리며 기어올라오는 것을 애써 참으며 술잔만 기울이고 있었다.

"이 친구, 왜 이렇게 심각한 얼굴이야. 내 이야기가 너무 감동적인가, 하하."

원식이 재혁의 어깨를 툭 치며 농담을 걸어 왔다. 재혁은 피식 웃고 말았다.

"재혁아, 집에 가서 한번 물어 봐. 제수씨 이름하고 똑같은 게 혹시 알아, 제수씨가 죽은 재산가의 상속녀일지 말야."

원식은 너스레를 떨며 한바탕 웃어제꼈다. 다른 친구들도 신기하다는 듯이 맞장구를 치며 떠들어댔다. 사실 원식 역시도 택림이 찾는 딸이 하련이가 아닐까 하는 생각을 해보지 않은 건 아니었다. 아내 해선에게 하련의 어머니에 대해 넌지시 물어 보기까지 했다. 그러나 해선은 고등학교 때 하련을 만났고, 하련이 엄마가 비행기 사고를 당했다는 얘기는 없었기 때문에 잘 모른다고 했다. 다만 하련의 이모에 대해서만큼은 해선이 알고 있었기 때문에 혹시나 하고 생각은 했지만 그런 소설 같은 우연이 있을 수 있는 걸까 하고는 흘려 넘기고 말았다.

재혁은 원식의 말이 어이없다는 듯이 웃으며 술을 권했다. 마음 한편으로는 미심쩍은 생각이 들지 않는 건 아니었지만……

술자리는 자정이 넘어서야 끝나고 모두들 저마다의 집으로 뿔뿔이 흩어져 갔다.

"문 열어! 나 왔다구."

하련은 야근을 하고 오느라 밤늦게 집에 돌아왔다. 대충 집안 정리를 하고 남편이 돌아오길 기다리다 깜박 잠이 든 모양이었다. 재혁의 고함 소리에 소스라치게 놀라 문을 열었다.

"밖에서 무슨 일이라도 있었어요?"

그녀는 그의 거친 말투가 신경이 쓰여 낯빛을 살펴 가며 조심스럽게 물었다.

"일은 무슨 일이야. 동창 모임에 갔다 오는 중이지. 왜…… 나는 가면 안 되나?"

재혁은 술기운에 비틀거리며 아무 이유 없이 퉁명스럽게 말했다. 하련은 남편이 많이 취한 것 같아 그냥 모른 척했다.

"아니, 아니, 그게 아니지. 미안해, 쫑아. 그런데 말이야. 이리 와서 앉아 봐."

재혁은 횡설수설하면서 하련의 손을 잡아끌었다. 하련은 영문도 모른 채 남편이 이끄는 대로 따라갔다.

"오늘 원식이한테 들은 이야기인데, 그러니까 이번에 무슨 고소건을 맡았나 봐. 근데 그게 쫑이 이야기하고 비슷한 면이 많더라구."

"무슨 이야기가요?"

그녀는 몸이 천근만근 무거웠지만 남편의 이야기인지라 들어 주려고 애를 쓰고 있었다.

"그러니깐 어느 여인이 비행기 사고로 죽어 가면서 애인에게 유언 녹음 테이프를 남기고 눈을 감았대. 그런데 그 사실을 알 까닭이 없는 그 여인의 언니가 동생의 재산을 전부 가로챘다는 거야. 그런데 여기서부터가 쫑이하고 조금 비슷하거든. 그 죽은 여인에게는 언니에게 맡겨진 딸이 하나 있었다는 거야. 그리고 그 딸은 쫑이처럼 집을 나가 버려 행방을 알 수 없다지 뭐야. 어때, 비슷하지? 게다가 찾는 딸의 이름도 당신하고 똑같애."

"그래서요?"

하련은 심드렁한 어투로 되물었다.

"글쎄 들어 봐. 그 여인의 애인이 녹음 테이프를 틀어 보았더니 재산을 부탁한다는 내용이었다는 거야. 다른 건 내가 잘 몰라도 이모네 집에서 살다 집을 나온 거나, 이유는 잘 모르지만 엄마가 캐나다에서 돌아가셨다는 게 쫑이하고 너무도 비슷해서 혹시 쫑이가 아닌가 하는 생각이 들더라구. 쫑아, 어떻게 생각해?"

"음…… 조금 비슷하긴 하지만 우리 엄만, 비행기 사고로 돌아가신 게 아닌데요, 뭘."

그녀는 처음엔 남편이 술에 취해 떠드는 말이려니 했는데 점점 자신의 처지와 너무도 비슷해 보이자 혹시 엄마가 비행기 사고로 돌아가신 건 아닌가 하는 의혹이 생기기도 했다. 그러나 한편으론 그런 꿈 같은 이야기가 자신의 얘기일 리가 없다며 고개를 저었다.

"비행기 사고 말고는 쫑이하고 너무 비슷하지 않아?"

"글쎄…… 그럼 그 딸은 성이 뭐래요? 성도 나하고 똑같아요?"

"아니, 그건 모른다는데. 하지만 확인은 한번 해볼 만하지. 어쩌면 쫑이가 어려서 잘 몰랐던 건지도 모르니까."

재혁은 기적 같은 일이 그녀에게 일어나기를 바라고 있는 사람처럼 두 눈을 번뜩이며 크게 관심을 쏟고 있었다.

"그랬으면 오죽이나 좋겠어요? 우리 엄마가 돌아가신 해가 벌써 십 년 전 일인데 이제 와서……."

그녀는 잠시 엄마의 얼굴을 떠올랐다. 참으로 보고 싶은 사람이었다. 그토록 애지중지 아껴 준 사람은 엄마뿐이란 생각에 눈이 축축이 젖어 들었다.

"어쩌면 이모가 거짓말을 한 건지도 몰라. 보상금 욕심에……. 생각해 봐. 장모님이 돌아가신 해가 그 사고가 난 해란 말이야."

"아무려면 남도 아닌 이모가 그랬겠어요? 괜한 생각 말고 그만 자요."

하련은 남편의 말을 가로채 잘라 버리듯이 말했다. 하지만 재혁은 고개를 갸우뚱거리며 무언가를 곰곰 생각하는 모양이었다. 그녀는 남편의 이야기를 애써 무시해 버렸지만, 자신이 생각해도 이상한 일이라는 느낌이 들지 않는 건 아니었다. 내심으로는 너무도 엄청난 일이어서 가슴이 뛰고 있었다.

"아닐 거예요. 그게 언제 일인데 이제 와서…… 그렇잖아요, 그 사고로 엄마가 돌아가신 거라면 그 즉시 이모한테 연락이 왔든가, 나를 찾든가 했어야 하는 거 아니에요? 괜히 허황된 생각하지 말고 잊어버려요."

"하긴 나도 그 점이 의문스럽긴 해."

그녀는 요행을 바라다가 시들어 버린 채 코를 골며 잠이 든 남편의 얼굴이 가엾게 보이기까지 했다.


그날 밤 하련은 전전긍긍하며 잠을 이룰 수가 없었다. 술기운에 곯아떨어진 남편은 깊은 잠에 빠져 있었다. 남편에겐 부정적으로 잘라 말했지만 사실은 자신도 마음 한 구석에서 맴도는 의구심을 떨쳐 버릴 수 없었다. 무엇보다도 행방불명된 딸이 성은 몰라도 이름이 자신과 같다는 게 영 마음에 걸렸다. 하련은 남편의 이야기가 마치 자신의 과거를 말하는 것 같은 느낌에 가슴이 두근두근하기까지 했다. '정말 내가 그 여자의 딸이라면? 아니야, 우리 엄마는 비행기 사고로 돌아가신 게 아니잖아.' 그녀는 뭐가 뭔지 갈피를 잡을 수 없었다.

어린 시절의 일이 떠올랐다. 한 달에 한 번씩 매번 찾아오던 엄마가 몇 달째 소식을 딱 끊어 버렸다. 어린 하련은 엄마가 보고 싶어서 남몰래 훌쩍이던 나날이 얼마나 괴로운 시간이었던가. 이모는 하련이 엄마 얘기를 꺼내는 걸 무척 싫어했다. 그런 어느 날, 이모는 양미간을 잔뜩 찌푸린 얼굴로 차갑게 말했다. 엄마가 죽었다고…… 이젠 기다리지 말고 잊으라고……. 하련은 이모가 무슨 말을 하는 건지 어리둥절할 뿐이었다. 이제 와 생각해 보니, 그때 어려서 아무것도 알아보지 않았던 것이 너무도 후회되었다. 정말 어리석었다. 철이 들고 나서도 하련은 이모의 구박과 매질이 무서워 엄마 얘긴 한마디도 꺼내지 못한 채 가슴속에 묻어 두어야 했다. 엄마가 죽었다면 왜 죽었는지, 캐나다 어디쯤에 묻혀 있는지……. 지금의 하련이라면 이모의 시퍼런 서슬에도 주눅 들지 않고 이것저것 알아낼 것은 다 밝혔을 것이다. 불쌍한 엄마의 무덤에 꽃이라도 한 송이 놓아 드리고 실컷 울기라도 할 텐데……. 하련은 한숨이 절로 나왔다.

"엄마, 미안해요. 이 못난 딸이 엄마를 잊고 있었어요. 그 머나먼 곳에서 엄마 혼자 얼마나 외로웠을까."

그녀는 엄마에 대한 죄책감에 눈물 젖다가 날이 밝을 무렵에서야 잠이 들었다.

안개비가 흩어져 내리는 숲속에서 그녀를 부르는 소리에 달려가 보니 저 만치에 엄마가 서 있는 것이었다. '아, 엄마…….' 그녀는 두 팔을 벌리고 달려가 힘껏 끌어안았다.

"엄마! 얼마나 보고 싶었는데…… 왜 이제야 오셨어요, 엄마."

"사랑하는 내 딸 하련아. 어서 너를 찾고 있는 그 사람을 만나거라. 꼭 만나야 한단다, 꼭……."

"엄마, 그 사람이라니요? 엄마! 엄마! 엄마!"

하련은 엄마를 부르며 허우적거리다 눈을 떴다.

꿈이었다. 그녀는 별 이상한 꿈이 다 있다고 생각했다. 아무래도 지난 밤에 엄마 생각을 골똘히 했더니 꿈에까지 연속이 된 모양이라고 흘려 버렸다. 그런데 다시 돌이켜보니 신기하게도 현실처럼 생생한 꿈이었다.

그녀는 꿈 이야기를 아무에게도 말하지 않았다. 그저 마음속에 담아 놓고 몇 번이나 곱씹어 보았다. 일을 하면서도 줄곧 그 생각뿐이었다. 그녀는 점심 시간이 되자 식당으로는 가지 않고 공중 전화를 찾았다.

"네, 화곡동입니다."

해선의 목소리가 엷게 들려 나왔다.

"언니야? 나, 하련이야."

그녀는 낮게 깔린 목소리로 말했다.

"어머! 너, 이 시간에 웬일이니? 어디 아프니? 목소리가 어째 기운이 없는 것 같다, 하련아."

해선은 언니답게 목소리만 듣고도 하련이 어떤지 살필 줄 알았다.

"아니야, 언니. 아픈 데는 없어. 언니두 별일 없지?"

"그래, 니가 걱정해 주는 덕분에 아무 일 없이 잘 지내고 있어. 그래, 점심은 먹었니?"

"아직……."

하련은 무슨 말부터 어떻게 꺼내야 할지 몰라 망설이고 있었다. 아니, 말도 안 되는 소리인 것 같아서 그냥 전화를 끊어 버리고만 싶었다. 사실 지난 밤 곰곰 생각한 끝에 당장이라도 이모를 찾아가 엄마의 죽음에 대해 알아봐야겠다고 마음을 다졌다. 그러나 아침이 되자 그런 생각은 물거품처럼 희미해져 버렸다. 이모 앞에서 당당하게 따져 물을 자신이 서질 않았다. 생각다 못해 우선 해선 언니와 상의라도 해보자는 심정으로 전화를 한 것이다.

"하련아, 너 나한테 할 말이 있구나, 그렇지? 할 말이 있으면 서슴지 말고 해봐, 어서."

해선은 그녀를 너무도 잘 알고 있었다.

"응? 아니. 그냥……. 저기…… 사실은 어젯밤에 그이가 형부한테서 들은 거라면서 얘기한 건데……."

"형부가?"

해선은 무슨 소린가 싶어 눈을 동그랗게 뜨면서 침을 한 번 꿀꺽 삼켰다.

"응, 언니. 다름이 아니고 형부가 지금 맡고 있다는 고소 건에 관한 건데 혹시 그 여자, 비행기 사고로 죽었다는 여자 이름을 알 수 있을까 해서……."

하련의 말을 듣고 있던 해선은 순간 무언가가 퍼뜩 하고 떠오르는 게 있었다.

"가만, 가만 있어 봐. 그러니깐 하련아, 우리 그이가 찾고 있는 딸이 너라는 얘기니?"

해선은 흥분하고 있었다.

"아니, 그렇다기보다는 무슨 일인지 좀 궁금하기도 하고, 나하고 비슷한 점도 많은 거 같으니까 혹시나 해서……."

"아니야, 그럴 수도 있어. 사실 형부한테서 그 얘길 듣고서 나도 혹시나 했었거든. 니 엄만 비행기 사고로 돌아가신 게 아니라서 너한테 말하지 않고 망설였지만……."

해선은 무슨 큰 잘못이라도 저지른 사람처럼 이러쿵저러쿵 말을 둘러대기에 바빴다.

"하련아, 이럴 게 아니라 내가 지금 바로 형부한테 전화해서 자세하게 알아볼게. 아니다, 알아보고 말고 할 게 아니라 그 여자 이름이 뭔지만 알면 되겠구나. 너 퇴근하는 대로 우리 집으로 와, 알았지?"

해선은 자꾸 가슴이 뛰었다. 그녀가 전화를 해 물어 볼 정도로 관심을 갖고 있다면 뭔가가 있는 거라고 여겨졌다. 여자의 직감이란 동물적일 정도로 빠른 법이다. 정말 그럴 수도 있다는 느낌이 들자, 더욱더 마음이 다급해지고 있었다.

"응, 그렇게 할게."

"아, 잠깐! 하련아, 근데 니 어머니 성함이 뭐였더라?"

하련이 수화기를 내려놓으려는데 해선이 다급하게 물었다.

"응, 심 아 영."

하련은 한 자 한 자 끊어서 또박또박 일러 주었다. 해선은 알았다면서 전화를 끊었다. 다시 일터로 향하는 하련의 발걸음은 왠지 무겁기만 했다.

해선은 즉시 남편에게 전화를 넣었다.

"어머, 사모님, 안녕하셨어요? 변호사님 지금 자리에 안 계시는데, 어떡하죠?"

애교가 철철 넘치는 여직원의 말이었다.

"아, 그래요. 그러면 들어오시는 대로 집으로 연락 좀 달라고 전해 주시겠어요?"

그녀는 조급했던 마음과는 달리 순간 자신의 입장을 생각해서인지 차분한 목소리로 말했다. 그리고는 맥이 풀린 듯 수화기를 내려놓고는 혼자 골똘히 생각에 잠겼다. 찾고 있는 주인공이 정말로 하련이라면 얼마나 좋을까. 그녀는 꼭 그렇게 되었으면 하고 마음속으로 빌었다.


원식은 저녁때가 다 되어서야 집으로 전화를 했다.

"늦어서 미안해. 전화했었다면서?"

"네, 점심때쯤……. 근데, 여보! 그 비행기 사건은 어떻게 잘 되고 있어요?"

해선은 조심스럽게 말을 꺼냈다.

"지금 그 사람을 만나고 들어오는 길이야. 서로 상의할 것도 있고 해서. 근데 그 이모라는 사람, 정말 나쁜 사람이더구먼. 거의 재산을 매도한 상태야."

원식은 한숨까지 내리쉬었다.

"그래요? 그런데 사고로 죽었다는 그 여자 이름이 뭐예요?"

"그건 왜?"

"실은 낮에 하련이하고 통화를 했거든요. 그런데 하련이가 묻더라구요."

"하련이가?"

원식은 순간 가슴이 철렁 내려앉는 것 같았다. 정말 하련이가 행방불명된 딸일지도 모른다는 생각이 부지불식간에 그를 압박해 왔다. 이름도 같고 이모 문제나 가출도 엇비슷하지 않는가. 게다가 본인이 재혁의 애길 듣고 의문이 생겨 전화까지 해왔다면 분명 뭔가가 있는 거야. 그렇지, 진작 왜 그걸 생각해내지 못한 걸까. 하련의 엄마 이름과 죽은 여자, 그리고 이모의 이름을 맞춰 보면 쉽게 확인해 볼 수 있는 걸 왜 몰랐지. 하련의 사연이 그 딸 이야기와 비슷하단 생각만 했지, 확인을 해보려 들지 않은 게 뒤늦게 후회되었다.

"당신, 혹시 하련이 어머니 성함이 뭔지 알고 있어?"

"예, 심아영이라고 하던데요."

원식은 깜짝 놀랐다. 이런, 이런 일도 다 있나? 원식은 저도 모르게 자리를 박차고 일어나며 버럭 소리를 지르듯이 말했다.

"하련이, 하련이 지금 어딨지? 빨리 만나야겠어!"

해선은 당황스러웠다. 너무 흥분된 남편의 목소리에 수화기를 잡은 손이 바르르 떨렸다.

"하련이가 퇴근하고 집으로 온댔어요. 이제 곧 올 거예요."

해선은 빠른 말투로 대답했다. 뭔가 일이 잘 될 것 같다는 예감이 더욱 가슴 떨리게 했다. 그러나 애써 흥분된 기분을 누르며 침착해지려고 애썼다.

"알았어. 지금 빨리 들어갈게."

원식은 서둘러 사무실을 나왔다. 택림이 묵고 있는 호텔로 가려다가 집을 향해 차를 몰았다. 택림은 호텔에 없는 모양이었다. 몇 번이나 전화를 했지만 어디서 하련을 찾아 헤매고 있는지 연락이 되질 않았다.

일단은 먼저 하련을 만나고 나서 택림에게 연락을 하는 수밖에 없었다.

"빨리 왔네요. 하련이도 좀전에 도착했는데."

해선이 집안으로 들어서는 원식을 반갑게 맞아 주었다.

"형부……."

하련은 엉거주춤한 자세로 서서 인사만 건넸다. 그리고는 쏟아지는 눈물을 감추려는 듯이 고개를 돌렸다. 해선의 두 눈이 붉게 충혈된 걸로 보아 하련의 어머니에 대한 이야기를 나누고 있었던 모양이었다. 불행하게 살다간 어머니도 어머니지만, 하련이 살아온 날도 그에 못지 않으니 어찌 눈물이 없을 수 있겠는가. 원식은 코끝이 찡해지는 걸 애써 모른 체 무시해 버렸다.

"여보, 어떻게 된 건지 자세히 얘기 좀 해봐요."

원식이 자리에 앉자마자, 해선이 보채듯이 말했다. 그러나 원식은 그보다 먼저 하련의 입을 통해 확실하게 확인해 두어야 했다.

"우선, 처제 어머니 성함이 어떻게 된다고 했지?"

원식은 어느새 말투부터 사무적으로 돌아가 있었다. 그 느낌이 너무 냉랭해서 순간 하련은 찔끔 놀라기까지 했다. 다소 긴장을 했는지 더듬거리며 엄마의 이름을 말했다. 그러자 원식은 다시 이모의 이름을 물었다.

"심, 재, 영."

하련은 이모의 이름을 대면서 겁에 질린 아이처럼 눈을 동그랗게 뜨고는 원식의 표정을 살폈다.

"세상에, 어떻게 이럴 수가 있담."

원식은 내뱉듯이 말을 하면서 혀를 찼다. 등잔 밑이 어둡다더니 이런 경우를 두고 한 말인가. 어떻게 이런 기구한 우연이 다 있단 말인가.

"맞아, 처제가 그분의 딸인 게 틀림없어."

그의 말이 떨어지기가 무섭게 해선은 잘됐다고 소리치면서 하련을 부둥켜 안았다. 그러나 하련은 기분이 이상했다. 머릿속이 텅 빈 것처럼 멍멍하기만 했다. 이제야 엄마의 죽음을 확인하다니. 씁쓸하기만 했다. 아니, 아무도 없는 곳에서 큰 소리로 엉엉 울고만 싶었다.

원식은 그 동안 조사해 온 것부터 시작해 십 년 전 일어난 비행기 사고, 택림이 이제야 하련을 찾게 된 경위 등을 상세히 설명해 주었다. 특히 그는 하련이 이모가 엄마의 재산을 가로채 호의호식하면서 문란하게 살고 있다고 하면서 분개하기까지 했다.

"일단 처제가 캐나다에서 온 분을 만나는 게 좋겠어. 지금 당장이라도 만나자구. 어때? 좋지?"

원식은 일이 잘 풀릴 것 같다는 생각에 좀 흥분한 듯했다. 하련의 의사는 들어 보지도 않고 자기 물음에 스스로 대답을 하면서 전화기를 집어들었다. 택림에게 전화를 넣었다. 그의 방은 몇 번이나 불통이더니 이번엔 전화를 받았다.

"임 선생님, 반가운 소식이에요!"

원식은 애써 흥분을 가라앉힌 목소리로 말했다.

"예? 아니, 변호사님! 무슨 일인데요?"

영문을 모르는 택림은 느닷없는 원식의 말에 놀란 듯 되물었다.

"하련이를 찾았습니다. 하련이가 글쎄 제 처제였지 뭡니까. 지금 저와 함께 있습니다."

원식은 잠시 마음을 가라앉히고는 목메인 목소리로 차분하게 말을 이었다.

"네에? 지금 무어라 말씀하셨습니까? 변호사님!"

택림은 지금 원식이 무슨 말을 하는 건지 잘 몰라 자신의 귀를 의심했다.

"임 선생님, 하련이가, 노하련이가 지금 내 옆에 있단 말입니다."

원식은 그의 심정을 헤아리는 듯 다시 한 번 일러 주었다.

"아니, 어떻게…… 그게 정말입니까?"

택림 역시도 무척 흥분한 목소리였다. 그리고는 마침내 그 동안 가슴을 조여 왔던 서러움이 한꺼번에 터져 버리려는 듯 큰 소리로 울음을 터뜨리고 말았다. 한 많은 눈물이 아니고 무엇이겠는가.

"변호사님, 지금 당장 달려가겠습니다. 거기가 어디죠?"

"아닙니다, 우리가 그쪽으로 가겠습니다."

"그러시겠습니까? 그럼 로비에서 기다리겠습니다."

두 사람은 전화를 끊었다.

"여보……"

해선은 말을 잇지 못했다.

"알아, 안다구. 당신도 어서 옷을 입어. 처제……."

원식은 눈물을 참고 있는 하련의 손을 잡고는 더 이상 말을 잇질 못했다. 그녀에게 무슨 말이 필요하겠는가. 누군가가 먼저 이렇다 할 말을 꺼냈다간 울음바다로 번져 버리고 말 터인데. 그들은 서로의 심정을 너무도 잘 알고 있는 사이였다.


원식은 조금이라도 빨리 호텔로 가려고 급히 차를 몰았다. 차 안은 무거운 침묵만이 감돌았다. 해선은 하련의 손을 꼬옥 잡아 주었다.

호텔에 도착한 그들이 로비에 들어설 때는 이미 늦은 시간이라서 그런지 사람들이 서서히 빠져 나가고 있었다.

택림은 침이 마르도록 초조하게 그들은 기다리고 있었다. 소파에 걸터앉아 있다가는 다시 일어나 서성거렸고, 손을 만지작거리다가는 애꿎은 엄지손가락을 물어뜯기도 하면서 그들을 기다리고 또 기다렸다.

"저기 앉아 계시는 분이야, 처제."

원식이 앞장서며 말했다. 입구 쪽만을 바라보고 있던 택림은 원식을 알아보고는 급히 뛰어나가 손을 내밀며 그들을 반겼다.

"아, 변호사님. 오시느라 수고하셨습니다."

"임 선생님, 오래 기다리셨죠? 이쪽이 하련입니다. 인사드려, 처제."

원식은 아내 옆에 서 있는 그녀를 가리키며 소개를 시켰다.

"처음 뵙겠습니다."

하련은 눈물이 치밀어 오르는 것을 꾸역꾸역 삼키며 목메인 목소리로 얌전하게 인사를 했다.

"그래요, 하련 씨…… 반가워요. 엄마를 꼭 빼닮았네요."

택림 역시도 하련이의 두 손을 움켜잡고는 목이 메여 말을 잇지 못하고 눈시울을 적시고 있었다. 그 누가 그의 심정을 헤아릴 수가 있단 말인가? 졸지에 사랑하는 여인을 잃고 기억 상실증에 시달리다 숱한 세월을 허송으로 보낸 지금에서야 못다 한 여인의 한을 풀어 주려고 달려온 기구한 운명이었다. 하나밖에 없는 피붙이의 행방을 몰라 안타까워하며 그토록 헤매다닌 날들의 한을 그 누가 알겠는가 말이다.

택림은 가슴으로 흐느끼고 있었다. 아영을 힘차게 소리치며 부르고 싶었다. 당신의 딸을 이제야 찾았다고 말이다.

"우리 조용한 곳으로 자리를 옮기죠."

택림은 그들을 스카이 라운지로 안내했다. 가늘게 흐르고 있는 아베 마리아의 곡조는 밤의 적막을 조심스럽게 노크해 가며 한 발 두 발 담을 넘어가고 있었다.

원식은 칵테일을 주문한 후 이야기를 꺼냈다.

"서로가 궁금한 것이 많을 텐데……."

원식은 어색한 분위기를 바꾸어야겠다는 생각에 먼저 서두를 꺼냈다.

"저기…… 어머니 존함이……?"

택림이 입을 열었다.

"심, 아자, 영자, 심아영이라고 합니다."

하련은 또박또박 확실하게 밝혔다.

"맞아요, 심아영 씨지요. ……틀림없습니다, 제가 찾고 있는 사람이 틀림없습니다."

택림은 끝내 울음을 참지 못하고 낮은 소리로 울음을 토해냈다. 그 모습을 바라보고 있던 하련, 그리고 원식과 해선의 눈에도 눈물이 번져 갔다.

"하련 씨, 내가 누구인지 무척 궁금하지요? 이제 이렇게 된 마당에 뭘 속이겠습니까? 고인에게나 저에게나 부끄러운 일도 아니기에 말입니다. 그러니까 우리 두 사람은 서로 사랑하는 사이였습니다."

택림은 이제 안정이 되었는지 차분한 어투로 담담하게 이야기를 시작했다. 그가 하련의 엄마인 아영을 만나게 된 사연은 물론이고 캐나다 사람인 남편과의 이혼, 그리고 하련이 혼자 한국에 있는 이모집에 맡겨지게 된 경위 등에 대해 자신이 알고 있는 건 모두 들려주었다. 하련은 엄마를 죽음으로 몰고 간 비행기 사고와 테이프에 대한 이야기를 들을 때는 눈물을 펑펑 흘리며 슬퍼했다. 엄마가 자신을 보러 한국에 오려다 사고를 당했다니 가슴이 찢어지는 것만 같았다. 택림이 미니 카세트를 꺼내 '엄마가 남긴 마지막 목소리'라면서 테이프를 틀어 주었을 때는 절규하듯이 큰 소리로 울어 버리고 말았다. 몇 번이나 해선이 끌어안고 등을 쓰다듬으며 진정시켜야 했다.

"그런데 왜 이제야 나타난 거지요? 우리 하련이가 얼마나 고생을 했는데……."

해선이 울고 있는 하련을 대신해 물었다. 그녀의 목소리도 울먹이며 목 안 깊숙이 잠겨 들어가는 듯했다.

"죄송합니다. 사실은 그날 아영 씨가 병원에서 숨을 거두던 날, 딸을 부탁한다면서 준 이 테이프를 가지고 집으로 돌아가다가 그만 교통사고를 당해서 기억 상실증에 걸리고 말았지요. 그리곤 십 년이란 세월이 훌쩍 지나가 버린 지금에서야 기억을 찾게 된 겁니다. 하련 씨, 정말 면목이 없습니다. 그 동안 고생이 많았지요? 미안해요."

택림은 손수건을 꺼내어 눈물을 훔쳐냈다.

"아니에요. 너무도 고맙습니다."

그녀는 간신히 울음을 멈추고는 이렇게 말하면서 그의 앞에 무릎을 꿇었다.

"엄마의 마지막 모습을 지켜 주셔서 진심으로 감사드립니다."

"하련 씨, 어서 일어나요, 어서요."

깜짝 놀란 택림은 벌떡 일어나 그녀를 일으켰다.

"하련이는 정말 외롭고 가엾게 자랐어요. 못된 이모 밑에서 견디다 못해 집을 나와 직장을 다니며 학교를 다녔어요. 정말 억척같이 열심히 살아온 자랑스런 동생이에요. 정말이지 아무도 찾아와 줄 사람 없는 고아라고만 생각하고 지금까지 저와 의지하며 살아왔는데, 이렇게 찾아 주시는 아저씨가 계셨다는 것만으로도 하련이는 감격했을 거예요. 고맙습니다. 정말 고맙습니다."

해선도 울고 있었다.

"자, 이젠 됐어요. 다 된 거예요. 이젠 어머니께서 남겨 놓으신 유언대로 해드리는 일만 남았어요."

원식이 모두를 휘둘러보며 다짐이라도 하는 듯이 말했다.

"그렇습니다. 꼭 되찾아야 하고말구요."

택림은 주먹을 힘껏 말아 쥐었다.

"그럼 오늘은 이만 주무시고 내일부터 본격적으로 일을 시작합시다."

"네, 그렇게 하지요. 자, 하련 씨. 오늘은 가서 푹 쉬어요. 모든 건 나한테 맡기고…… 이젠 아무 걱정 말구."

택림은 그녀의 어깨를 정겹게 다독거려 주었다. 그녀는 그런 택림에게서 아버지 같은 따뜻한 정을 느꼈다.

"오늘은 야근도 없다면서 왜 이제 들어오는 거야?"

"……"

재혁의 냉담한 기세에 눌려 하련은 선뜻 대답을 하지 못하고 머뭇거려졌다. 몹시 화가 났는지 재혁의 말투가 딱딱하고 불만이 가득해 보였기 때문이다.

"아니, 직장도 안 가고 여태 어디서 뭐 하다 온 거냐구?"

재혁의 목소리는 점점 거칠어지고 있었다. 그녀는 그러지 않아도 복잡한 생각들로 정신이 없는 지경이었건만 가시 돋친 남편의 말에 신경이 더욱 예민해지고 말았다.

"급한 볼 일이 있어서 좀 늦었어요."

그녀는 샐쭉한 표정으로 쏘아붙이듯이 말해 버렸다. 그러나 곧 남편에게 미안한 생각이 들었다. 아무 연락 없이 늦었으니 화가 날 만도 하겠지. 그녀는 오늘 있었던 일을 얘기하면 남편도 이해하리라 생각했다.

"너한테 무슨 급한 볼 일이 있다는 거야?"

재혁은 그녀의 말에 다짜고짜 버럭 소리를 질렀다. 그녀를 완전히 무시하는 투였다.

"……"

그녀는 하도 어이가 없어서 멀거니 선 채로 그를 바라볼 뿐이었다. 나라고 급한 볼 일이 없겠는가? 내가 누구 하나 찾아와 줄 사람 없는 고아라서 볼 일마저도 없다는 의미인가? 그녀의 가슴속에선 처음으로 남편에 대한 소리 없는 반항심이 소용돌이치고 있었다. 하지만 입을 굳게 다문 채 참아내야만 했다.

그 동안 그녀는 남편의 성격이 갈수록 소극적으로 변해 가고 있다는 걸 느끼고 있었다. 물론 고시 준비 때문에 받는 스트레스가 성격 장애로 나타나는 게 아닐까 하는 걱정이 앞서는 탓에 그냥 이해해 주려 했었다. 하지만 가면 갈수록 심해져서 그때마다 그녀의 가슴속엔 작은 비수가 하나둘씩 꽂히고 있었다. 그러나 그녀의 성격상 감정을 겉으로 드러내진 않았다. 그런 그녀의 심정을 재혁이 알 턱이 없었다.

"죄송해요. 나중에 얘기해요. 오늘은 피곤해서 그만 쉴게요."

그녀는 무표정한 얼굴로 잘라 말했다. 그제서야 재혁은 하련의 태도가 다른 날과 다르다는 걸 느꼈는지 더 이상 큰 소리는 내지 않았다. 혼자서 한숨을 내리쉬며 혼자말로 뭐라고 투덜거릴 뿐이었다. 그녀는 그런 남편을 물끄러미 바라보다가 아무런 대꾸 없이 돌아서 버렸다.


그날 이후로 하련은 줄곧 마음이 편치 않았다. 혹시라도 자신으로 인해 이모가 아무런 죄 없이 잘못되지나 않을까 하는 생각이 그녀를 안타깝게 했다.

'이모가 나한테 심하긴 했지만, 설마 그렇게까지 나쁜 사람은 아닐 거야.'

다른 사람이 뭐라고 하든 하련은 가녀린 실오라기만큼이라도 이모를 믿어 보려고 안간힘을 쓰고 있었다. 그래도 피붙이 아닌가. 그러다가도 이모를 의심하고 있는 엄마의 목소리가 떠오를 때면 어떻게 해야 하는 건지 갈피를 잡을 수 없는 지경으로 빠져들기도 했다. 이런저런 생각에 골몰하다 보니 일도 제대로 할 수 없었다. 며칠 쉬고 싶다는 생각이 굴뚝 같았다.

결국 하련은 회사에다 휴가를 내고 말았다. 아무래도 그냥 이대로는 아무것도 할 수 없을 정도로 몸도 마음도 지칠 대로 지친 상태였다. 그동안 휴가 한 번 얻지 않고 일한 탓에 휴가를 얻어내는 것은 아무런 문제 없이 수월했다. 남편에게는 몸이 너무 피곤해서 며칠 쉬기로 했다고 대충 둘러댔다.

"그래, 잘했다. 신경도 날카로운데 일하다가 무슨 사고라도 나면 어쩌겠니. 정말 잘했다."

휴가를 낸 첫날 해선을 만나러 온 하련에게 해선은 빨간 사과를 돌돌 깎으면서 말했다.

"언니, 난 이대로가 좋을 듯싶다는 생각이 자꾸만 들어. 다 지난 일들인데 이제 와서 파헤쳐 본들 무슨 소용일까 싶어. 이모 입장만 난처해지는 건 아닌지 걱정이야."

어두운 그림자가 짙게 드리워진 그녀의 얼굴은 그새 무척이나 야위어 있었다.

"하련아, 아무 생각 하지 말고 그냥 두 사람한테 맡겨 두자꾸나."

해선은 하련의 손을 끌어당겨 모아 쥐며 다정하게 말했다.

"……"

하련은 선뜻 대답은 하지 않았지만 그녀의 말대로 맡겨 두는 것이 어쩌면 엄마에 대한 도리라는 생각이 들기도 했다. 엄마의 일생이 담겨져 있는 땀방울의 대가를 딸인 자신이 몰라라 해서는 안 될 것 같았다. 또한 며칠 전 엄마가 꿈속에 나타나 설몽을 한 건 모든 걸 자신의 뜻대로 되돌려 놓고 싶어하는 바람을 깨닫게 하려는 건 아니었을까.

해선은 하련의 태도가 못미더운지 연신 이번 일을 냉철하게 바라보라고 당부했다. 마음을 굳게 다져먹고, 다부지게 살아야 한다는 충고도 아끼지 않았다.

"고마워, 언니. 언닐 만나면 고민거리가 술술 풀린단 말야."

하련은 이제야 좀 마음이 놓이는 것 같았다. 어차피 앞뒤 진위는 가

178

려야 할 문제이므로 흘러가는 대로 두고 봐야 할 것이다. 그녀는 오랜만에 해선과 맘을 터놓고 이런저런 이야기를 나누다가 해질 무렵이 되어서야 자리에서 일어섰다. 재혁의 저녁을 챙겨 줘야 한다면서 함께 식사라도 하고 가라는 해선의 권유를 뿌리치고 나선 것이다.

그러나 집에 도착한 하련을 반겨 주는 건 재혁의 신경질적인 타박뿐이었다.

"요즈음 어딜 그렇게 쏘다니는 거야? 직장에라도 나간다면 모를까 오늘부턴 휴가라면서……."

서둘러 집안으로 들어서는 하련에게 재혁은 내뱉듯이 차갑게 말했다. 순간 하련은 눈물이 핑 돌면서 더 이상 참을 수 없는 모욕감이 가슴 밑바닥에서부터 차오르는 걸 느꼈다.

"내가 직장을 나가지 않는 게 그렇게도 맘에 걸리나요? 무슨 말을 해도 꼭 그렇게밖엔 할 수 없는 거예요? 고시 준비는 하지 않고 왜 쓸데없는 일에나 신경 쓰면서 사람을 괴롭히는 거예요?"

그녀는 저도 모르게 그 동안 가슴속에 품고 있었던 말이 불쑥 튀어나오고 말았다.

"뭐라구? 지금 뭐라고 그랬어? 엉?"

재혁은 황당하다는 얼굴로 언성을 높였다. 화가 머리끝까지 치솟는지 벌겋게 달아오른 얼굴로 하련을 노려보았다. 하련은 그런 그를 마주 바라볼 수가 없었다. 불현듯 그가 불쌍하다는 생각이 떠오르고, 자신의 처지가 서럽기만 했다. 눈물 줄기가 주루룩 볼을 타고 흘러내렸다. 그녀는 말없이 고개를 돌리고 말았다. 그제서야 재혁은 기가 한풀 꺾였는지 고개를 푹 떨구어 버렸다.

"……미안해……. 나도 모르겠어, 모르겠다구. 집중도 안 되고 말이야. 이젠 자신도 없어졌어. 미치겠어, 정말 미치겠다구."

재혁은 머리를 쥐고는 마구 흔들었다.

"당신, 왜 이래요. 이러지 말아요. 제발……."

그녀는 재혁을 끌어안았다.

"요즈음 쫑이마저 날 무시하는 것 같아 더욱더 신경이 곤두서서……."

재혁은 그녀의 가슴에 얼굴을 묻고는 자기 설움에 눈물을 흘렸다.

"그렇지 않아요. 내가 왜 당신을 무시한다고 생각해요. 여보, 사랑해요. 당신이 이러면 전 정말 너무 힘들어요. 그러잖아도 지금 난 너무 부담스런 일이 있어서 아무 정신도 없어요."

그녀는 그 동안에 있었던 일들을 그에게 모두 털어놓았다. 나중에 일이 좀 분명하게 드러나면 얘길 하려 했었지만 이젠 별수없이 그도 알고 있어야 한다고 생각한 것이다.

"쫑아! 그게 사실이야? 응? 정말이지?"

재혁은 놀랍다는 얼굴로 반색을 하면서 거듭 다그쳐 물었다. 그녀는 욕구에 타오르는 듯한 느닷없는 남편의 모습이 의아하기만 했다.

그날 밤부터 남편은 아예 책을 덮어 버렸다. 무슨 생각에선지 콧노래를 유달리 흥얼거리며 시간을 보내는 거였다. 틈만 나면 원식에게 전화를 걸어 일이 얼마나 진척이 되었는지 확인을 하곤 했다. 하련은 뒤늦게 남편에게 모든 것을 털어놓는 게 아니었구나 하고 후회를 하였다. 시간이 갈수록 그녀의 가슴속에는 불안과 초조함만이 차곡차곡 쌓여 갔다.


드디어 하련의 이모 재영의 집에서는 한바탕 소란이 일어났다.

"아니, 이게 뭐야? 나보고 출두하라구? 어디서 이런 거지 같은 게 날아온 거야, 재수 없게시리."

재영은 소리소리 지르며 부르르 떨고 있었다. 겉표지에 고소장이라는 큰 글씨가 찍힌 서류는 민사법원에서 날아온 것이었다. 이리저리 뒤적여 보던 그녀는 얼굴이 새파랗게 질렸다. 아무래도 고문 변호사에게 연락을 해서 무슨 대책을 세워야 할 것 같았다. 그녀는 즉시 변호사에게 전화를 걸어 만날 약속을 하고는 외출 준비를 서둘렀다.

"윤 기사! 청담동 박 변호사 사무실로 가요."

그녀는 언제나 그랬듯이 누구에게든 명령조가 입에 붙어 있었다. 기사는 간단하게 대답을 하고는 묵묵히 달렸다. 그녀는 그런 윤 기사가 마음에 들지 않아 갈아치울 마음으로 사람을 구하고 있는 중이었다. 그가 자신의 말에 순종이라든가 아부라도 하려 드는 기색은 전혀 없이 뻣뻣하기만 하다는 게 불만이었기 때문이다.

"어휴, 답답해."

그녀는 혼자말처럼 중얼거리며 차창을 거칠게 내렸다 다시 올리는 등 신경질을 부려댔다. 그때 전화벨 소리가 들려 왔다.

"여보세요. 오, 미스터 췌리?"

그녀는 아주 간드러진 목소리로 전화를 받았다. 그쪽에서 뭐라고 속삭여대는지 연신 깔깔거리며 몸을 비틀어댔다. 그녀는 백미러로 힐끔 쳐다보는 기사를 의식했는지 애써 말을 줄이고 상대방이 하는 말에 짧게 응답만 했다.

"그래요, 그럼 내일 거기서 봐요. ……알았어요."

그녀는 전화를 끊으면서 윤 기사를 힐끔 건너다보고는 자신이 생각하기에도 겸연쩍었는지 창 밖으로 시선을 돌렸다. 벌써 퇴근 무렵이 다 되었는지 거리엔 행인들로 복잡하기만 했다. 그녀는 언젠가부터 사교춤을 배우기 시작하면서 인생의 새로운 맛을 터득하게 되었다. 춤교습실에서 새로운 친구들을 사귀게 되었고, 그들과 함께 캬바레로 전전하면서 인생을 즐길 줄도 알게 된 것이다. 그러던 중에 연하의 남자인 췌리를 알게 되었다. 그녀는 자신에게 다가오는 그를 거부하지 않았고, 이내 가까운 관계로 치닫게 된 것이었다. 하지만 그 관계라는 것은 어디까지나 섹스 파트너에 지나지 않는 거였다. 그런 남자는 돈만 주면 어디에서나 구할 수 있고, 싫증이 나면 언제라도 바꿔칠 수 있는 그렇고 그런 닳아빠진 인간일 뿐이라고 그녀는 생각하고 있었다.

"사모님, 다 왔는데요."

윤 기사의 말에 재영은 퍼뜩 정신을 차리고 자세를 바로잡았다.

"알았어요. 난 여기서 시간이 많이 걸릴 테니, 윤 기사는 먼저 돌아가요."

재영은 차를 돌려 보내고 혼자 건물 안으로 들어갔다.

조용하기 그지없는 복도를 하이힐 구두 소리로 또각또각 울리면서 '박선호 변호사 사무실'이라고 쓰여진 간판을 확인하고는 노크를 했다.

"네, 들어오세요."

안에서 가느다란 여직원의 목소리가 들려 왔다. 그녀는 살며시 문을 열고 안으로 들어섰다.

"변호사님 뵈러 왔는데요."

"아, 어서 오세요."

여직원은 안면이 있다는 듯이 웃으면서 박 변호사 방으로 안내해 주었다. 순간 재영은 가슴이 뜨끔했다. 잠자코 그녀의 뒤를 따라갔다.

"어서 와요. 자, 이리 앉아요."

그녀는 박 변호사가 가리키는 소파에 앉으면서 그를 향해 씽긋 웃어 보였다.

"그 동안 잘 지내셨어요?"

그는 재영이 건네는 인사에는 아무런 대꾸도 없이 여직원을 향해 그만 나가 보라는 뜻으로 손짓을 했다. 훌렁 벗어진 대머리가 형광등 불빛에 유난히 반짝이는 듯했다. 재영은 한번 쓰다듬고 싶다는 충동이 일어나는 걸 꾹 참았다. 참으로 오랜 만이었다. 그 동안 젊은 췌리와 시간을 보내느라 관계가 많이 소원해진 터였다. 그러고 보니 재영을 대하는 박 변호사의 태도가 무척 사무적이고 차갑게 느껴졌다.

"안 좋은 일라도 있어요? 표정이 안 좋네. 연락 안 했다고 화라도 난 거예요?"

재영은 여직원이 문을 닫고 나가자 애교라도 부리는 듯이 호들갑스럽게 말했다.

"쓸데없는 소릴 다하는군. 그래 고소장이 왔다니 무슨 일이라도 있는 거요?"

"큰일이에요. 이걸 좀 보세요."

그녀는 고소장을 꺼내 건네 주며 걱정스런 얼굴로 말했다.

그는 고소장을 쭈욱 훑어보더니 얼굴이 새파랗게 질리고 말았다.

"임택림이 누구지? 혹시 알아요?"

"아뇨, 모르는 사람인데……."

재영은 영문을 모르겠다는 얼굴이었다. 임택림, 임택림이 누구지? 그가 왜 날 고소를 했단 말인가. 재영은 답답하고 기가 차서 할 말을 잃을 지경이었다. 무슨 선처를 기다리는 사람처럼 박 변호사의 얼굴만 넋을 놓고 바라보던 재영은 문득 떠오르는 게 있었다. 아, 그 사람인가……? 언젠가 하련이를 찾아왔던 그 사람이 임택림이라고 했던 것 같은데……. 아니, 그 작자라면 지가 뭔데 나를 고소해? 하련이가 우리 집에 살지 않는다고 분명히 밝혔는데 그 인간이 무슨 자격으로 나를 고소한단 말인가? 그저 아영이의 친구일 따름이고, 또 재산 문제라면 오랜 세월이 지난 지금에 와서 뭘 어쩌라고 고소한 거지?

"이런 큰일낼 사람이구만. 그런 일이 있었으면 진작 말을 해야지. 당신 이러다 콩밥 먹게 되면 어쩔려구 그래. 나까지도……."

박 변호사는 재영으로부터 택림이 찾아왔다는 자초지종을 듣고는 언성을 높였다. 더 무슨 말인가를 하려다가는 바깥에서 들을까 봐서인지 말끝을 흐렸다. 재영은 그의 얼굴이 너무 심각해서 겁이 덜컥 났다. 아, 이를 어쩌지? 그 작자가 기어이 일을 내고 만 걸까?

"이거 얼른 알아보고 손을 써야겠어. 당신은 잠자코 있어요. 그쪽에서 무슨 연락이 오더라도 모른다고만 하고. 내가 다 알아서 하리다."

박 변호사는 누가 들을까 소곤거리며 재영을 안심시켜 주었다. 그녀 성격에 행여라도 섣불리 일을 벌렸다가 더 큰일을 낼까 봐 걱정스러웠다.

재영은 긴 한숨을 푹 내쉬었다.


**재영은 박 변호사와 함께** 사무실에서 나왔다. 근처 레스토랑에서 식사를 하고 나서 그의 차에 올라탔다. 얼마 만에 그와 함께 나서는 길인지 기억이 아득했다. 자신이 그 동안 너무 소홀했구나 하는 생각에 미안한 마음까지 들었다. 환갑을 바라보는 나이였지만 그는 아직은 오십 대 초반 정도로 젊어 보였다. 대머리만 아니었으면 사십대라고 해도 속아 넘어갈 거란 생각에 피식 웃음이 나왔다.

박 변호사는 재영이 오래 전부터 알고 사귀어 온 사이였다. 좀더 정확히 말하자면 동생 아영이 사고로 죽었을 때 전 남편이 누군가에게서 소개를 받아 알게 된 사람이다. 따지고 보면 오늘의 재영이 있게 된 것은 모두 그의 공덕이었다. 처음엔 아영의 사고 소식을 듣고 뒤처리를 어떻게 할 건가 하는 문제로 만나기 시작했다. 그 와중에 재영은 그로부터 적지않은 금액의 보상금이 하련이 앞으로 나온다는 것과 동생 앞으로 생각보다 훨씬 많은 재산이 있다는 걸 알게 되었다. 재영은 갈등했다. 아직 어린 하련이말고는 아무도 없는 동생이었기에 그 재산을 좀 손댄다고 해서 누가 알까 싶었던 것이다. 이런 속마음을 박 변호사

184

는 눈치 빠르게 알아챘다. 그는 재영의 가려운 곳을 살살 긁어 주듯이 이런저런 방법들을 알려주며 유혹해 왔다. 재영은 아무것도 모르는 숙맥인 척 대충 넘어가며 그의 제의를 받아들였다. 그는 일 처리에 아주 능숙했다. 땅문서를 위조하고, 하련이 명의로 된 은행 계좌를 만들어 돈 세탁을 하는 등 주도면밀하게 모든 일을 척척 처리했다. 재영은 그런 그가 너무도 믿음직스럽고 맘에 들었다. 변변찮은 직장에서 벌어오는 푼돈으로 평생 고생이나 시켜 온 남편에 비하면 그는 얼마나 높고 위대해 보였었는지. 그렇다고 해서 재영이 그에게 딴 마음을 품었던 것은 아니다.

두 사람이 가까워진 건 재산 문제가 다 처리되고 나서도 한참 후의 일이었다. 갑자기 돈방석에 앉고 나서부터 남편이 이상해지기 시작한 것이다. 그나마 다니던 직장도 다 팽개쳐 버리고 빈둥거리기 시작하더니, 언젠가부터는 재산을 자기 앞으로 챙기기 시작하는 거였다. 박 변호사를 통해 알아보니 남편은 어느새 어떤 젊은 여자와 딴살림을 차리고 있었다. 재영은 더 이상 두고 볼 것도 없었다. 곧바로 이혼 수속을 밟기 시작했다. 물론 그 일에도 박 변호사가 발벗고 나서 주었다. 그는 남편에게 법을 거들먹거리면서 온갖 공갈 협박을 서슴지 않았다. 그리고 남편에게 한몫 크게 떼어 주게끔 했다. 어차피 같은 배를 탄 공모자로서 남편의 입을 막아야 했기 때문이다. 재영으로서는 여간 속 아픈 일이 아닐 수 없었다. 하지만 어차피 남은 돈이라도 아무 탈 없이 맘 편히 쓰려면 감수해야 하는 것을. 그렇게 이혼 문제가 처리되고 나자 박 변호사는 서울로 집을 옮기는 문제를 제안해 왔다. 외국으로 떠난다면야 더 바랄 게 없지만, 재영이 영 내켜하지 않았으므로 일단은 어디든 부산을 떠나 사는 게 뒤탈이 없을 거란 얘기였다. 그 무렵 박 변호사도 서울로 이주할 준비를 끝낸 상태였기에 재영도 서둘러 이사를 준비했다. 그후로도 재영은 여러 문제로 박 변호사를 만나 이런저런 일들을 상의하게 되었다. 그러다가 어느 순간부터는 저도 모르게 살을 섞는 사이가 된 것이었다.

　재영은 그때 일들을 잠시 떠올리다가 엷은 미소를 얼굴에 피워 올렸다. 그때는 무척 외로웠다. 그리고 순진하기도 했다. 그러나 돈맛을 알게 되고, 돈만 있으면 안 되는 일이 없다는 걸 알기 시작할 무렵부터 박 변호사는 그녀에게 아무런 감흥도 불러일으키지 못했다. 실오라기 하나 걸치지 않은 알몸으로 누워 그 짓을 하는 순간에도 그녀는 아무런 긴장감도 그 어떤 간절함도 느낄 수 없었다. 그보다는 캬바레나 호스트 바의 젊고 싱싱한 것들이 눈앞에 아삼삼하게 떠오르며 오금을 저리게 했다. 그녀는 차츰차츰 그로부터 발길을 드문드문하게 되었다. 그런데도 그는 그녀에게 별다른 반응을 보이지 않았다. 오면 오고 가면 가나 하는 식으로. 단지 '어차피 우린 죽을 때까지 한 배를 탄 사이란 걸 잊지 않는 게 좋을 거야'라고 할 뿐이었다. 그녀는 그런 그가 매몰찰 정도로 차갑게 느껴졌다.

　박 변호사는 재영이 말없이 앉아 있음에도 아랑곳하지 않고 청평 쪽으로 차를 몰고 갔다. 그들이 도착한 곳은 예전에 즐겨 찾던 호텔이었다.

　웨이터는 예약된 방으로 두 사람을 안내했고, 뒤이어 와인이 테이블 위에 놓여졌다. 그들은 웨이터가 나가자 번갈아 가며 샤워부터 했다. 너무 오랜만이라 그런지 좀 서먹한 느낌이 들기도 했다. 그들은 와인잔부터 부딪쳤다.

　"이러고 있으니까, 옛날 일이 생각나는군요."

　재영이 어색하다는 듯이 입을 열었다.

　"옛날 일이라니, 지난번에 만난 게 몇 개월 되지도 않았는데?"

　그의 말에 재영은 '아, 그랬었지' 하면서 온몸을 비틀며 킥킥거렸다. 그리고는 자리에서 일어나 그의 목을 끌어안고는 입술을 갖다 댔다.

그러자 그는 그녀의 팔을 풀고 일어나 그녀를 침대 위로 눕혔다. 그리고는 아직 식지 않은 정열을 과시라도 하려는 듯 거칠게 그녀의 몸을 탐닉해 갔다.

얼마나 시간이 흘렀을까. 한몸이 되어 뒹굴던 그들은 마침내 사슬을 풀고 침대 위에 널브러져 버렸다. 텁텁하고도 후끈 달아오른 방 안 공기가 맨살 위로 미끄러져 가고 비릿한 내음이 코끝으로 스며들어 왔다.

그녀는 담배를 찾아 불을 붙여 물고 한 모금 빨더니 그의 입에 물려 주었다. 자신도 한 대 붙여 물더니, 가슴 깊이 쭉 빨아들였다가 긴 한숨처럼 내뱉었다.

"우리 괜찮을까?"

잠시 동안의 침묵을 깨고 그녀가 혼잣말을 하는 것처럼 입을 열었다. 그는 힐끔 그녀를 돌아보더니 다가와 안쓰럽다는 듯이 그녀를 쓰다듬어 주었다.

"걱정하지 마. 내가 알아서 처리할 테니까. 그깟 민사소송은 아무것도 아니야. 물증만 잡히지 않으면 상관없다구. 내가 확실하게 처리를 해놨으니까 그쪽에서도 쉽진 않을 거야. 게다가 하련이도 사라지고 없으니까."

그의 말에 그녀는 다소 안심이 되었다. 자신의 사타구니를 쓰다듬는 그의 손길을 밀어내면서 몸을 돌려 그의 품 안 깊숙이 안겨들었다. 그녀는 온몸이 노곤해지면서 맘이 한결 편해졌다. 나이 든 남자와의 잠자리는 이런 맛이 좋다고 생각했다. 췌리는 젊고 도전적이라 광적으로 불타오르는 듯한 쾌감이 좋지만 아늑한 맛은 없었다. 오늘 같은 날은 췌리보다 늙은 몸뚱이가 더 살갑고 따뜻하다고 느끼면서 스르르 잠결로 빠져 들어갔다.

시간은 빠르게 흘러갔다.

"좋아, 내일이 재판하는 날이지?"

재혁이 반찬을 만들고 있는 하련에게 물었다.

"네."

그녀는 남편이 이번 일에 신경을 쓰지 않았으면 하고 바라고 있었다. 하지만 안타깝게도 남편은 고시 공부는 뒷전이고 온통 그 생각뿐이었다.

"일이 잘 되어야 할 텐데. 나도 재판장에 한번 가 볼까?"

재혁은 혼잣말처럼 중얼거렸다.

"식사하세요. 전 어서 나가 봐야 하니깐."

그녀는 젖은 손을 수건에 닦으면서 말했다.

"당신도 일만 잘 되면 직장을 그만두어도 될 텐데."

남편은 눈치 없게도 하련이 못마땅해 하는 줄도 모르고 속 긁는 소리만 해댔다.

"그러지 말아요. 왜 앉아서 감 떨어지길 바라는 거예요? 그 일하고는 그냥 무관하게 지내고, 당신 공부에만 신경써요, 제발."

하련은 그 동안 참고 있었던 말을 그만 내뱉어 버리고 말았다. 남편은 그녀의 말에 고개를 숙인 채 더 이상 말이 없었다. 그러한 남편을 등지고 출근을 해야 하는 그녀의 심정은 찢어지게 아팠다.

하련은 먼 산을 바라보며 걸었다. 그리고 속으로 되뇌었다.

'왜 나라고 그렇게 되길 바라지 않겠어요? 나도 얼마나 학수고대하고 있는 일인지 아세요? 하지만 당신이 너무도 약해져 있는 것 같아 걱정이란 말이에요. 그렇잖아요? 만의 하나 이 일이 잘못된다면 그땐 얼마나 실망하겠어요? 그리고 또 당신이 지금까지 쌓아 온 공든 탑은 어디 가서 찾을 수 있단 말이에요. 그 동안 야망 하나로 쌓아 온 인생의 꿈을 하루아침에 몰락시켜 버릴 수도 있다는 걸 왜 몰라요? 난 그게 불

안해 죽겠단 말이에요. 미안해요. 당신의 자존심을 건드려서 정말 미안해요.'

그녀는 코끝에서부터 찡해 오는 서글픔을 느껴야 했다.

드디어 법정 문이 열리는 날이 되었다.

원식과 택림은 일찍이 서둘러 남들보다 앞서 도착을 했고, 뒤이어 재영도 변호인을 끼고 법정에 나타났다. 이런 종류의 재판은 여러 고소건을 연이어 다루기 때문에 법정 안은 많은 방청객과 고소건의 당사자들로 붐볐다. 택림은 앞에 잡힌 고소건이 진행되는 동안 초조한 마음으로 차례를 기다려야 했다.

"원고 임택림과 피고 심재영, 그리고 양측 변호인은 앞으로 나오십시오."

한참 기다린 후에야 서기관의 호명에 따라 택림과 재영이 판사 앞으로 나가 섰다.

"지금부터 원고 임택림이 피고 심재영을 상대로 소의 제기한 '고 심아영의 재산에 대한 무단 도용'에 대한 건을 심리하도록 하겠습니다."

판사는 이렇게 선언하면서 탕, 탕, 탕 하고 법정의 개정을 알렸다.

"두 분은 앞으로 나와 선서하십시오."

판사는 명령하듯 말했다. 두 사람이 선서를 마치고 나자 재판은 빠르게 진행되어 갔다. 판사는 서면 자료에 대한 심리부터 시작했다.

원식이 조사한 바에 따르면 재영은 아영의 사고 보상금을 하련이 수령한 것으로 해놓았고, 부동산 또한 하련이 직접 매각한 것으로 꾸며놓았다. 실로 교묘한 술수가 아닐 수 없었다. 그러나 거기에 자신의 목을 옭아맬 함정이 도사리고 있는 줄 재영은 생각지도 못하고 있었다. 원식은 이 부분을 건드려 재영을 궁지에 몰아넣을 계산이었다. 그는 서면 자료에서 하련이 부동산을 처분한 것으로 되어 있는 것은 재영이 재산을 가로채려고 위조한 것이라고 주장했다. 그러한 증거는 재산을 처분하기 이전에 이미 하련이 행방불명되어 생사를 알 수 없었다는 것과 그 동안 변변한 직업 하나 갖지 않은 재영이 어떻게 어마어마한 재산을 소유할 수 있느냐는 것, 그리고 하련이 직접 매각을 했다면 은행 금고에 있는 부동산 서류를 찾지 않고 그냥 내버려 둔 채 매매 계약을 했을 리가 없다는 것이었다.

이에 대해 재영 측에서는 동생이 그 정도로 많은 재산이 있다는 사실은 알지도 못했으며, 자신의 재산은 부동산업으로 벌어 모은 것이라고 주장했다. 그녀의 변호사는 증거 자료로 재영 앞으로 되어 있는 공인중개사 자격증과 부동산 사업등록증, 그리고 최근 몇 년간의 소득을 증명하는 자료를 제출하는 치밀함을 보였다. 그리고 그들은 하련이 갑자기 가출을 해서 영문을 몰랐는데 엄마가 남긴 재산을 혼자 챙겨 달아난 거란 사실을 이제야 알게 된 거라고 변론했다.

실로 팽팽한 설전이 아닐 수 없었다. 판사는 계속 자료를 뒤적이면서 이것저것 미심쩍은 사항들에 대해 양측의 주장을 물었다. 그때마다 한 발짝도 물러설 수 없다는 듯이 자신의 주장을 내세우며 팽팽히 맞섰다. 판사로서는 매우 난감한 모양이었다.

"지금 상태에서는 양측의 주장이 너무 상반되고, 피고의 과오를 입증할 자료가 불충분하기 때문에 판단을 내릴 수 없습니다. 증거 자료를 좀더 보충해서 본 재판을 15일 후에 속개하도록 하겠습니다. 그날 판결에 도움이 될 만한 증인이 있으면 증언을 들어 보도록 하겠습니다."

1차 재판은 그렇게 끝났다. 서로간의 탐색전에 불과한 재판이었다.

재영과 박 변호사는 택림 쪽을 힐끔 노려보면서 회심의 미소를 띠었다. 그들로서는 재판이 자신들에게 유리한 쪽으로 흘러가고 있다고 판단한 모양이었다. 그도 그럴 것이 판결의 열쇠를 하련에게로 돌려 놓았으니, 하련이 나타나지 않는 한에는 누구도 택림 쪽이 이기리라고 장담할 수 없을 테니까.

재영은 택림을 보고 아는 척도 하지 않았다. 찬바람이 불어대듯 쌀쌀맞은 표정으로 법정을 나섰다. 택림은 그녀의 뒷모습을 멀거니 바라보고 서 있다가 씁쓸한 마음으로 돌아섰다.

원식과 택림은 서둘러 법원을 빠져 나왔다. 저녁때 하련을 만나기로 약속이 되어 있었기 때문이었다. 오늘 있었던 재판 결과도 알려주고 다음 재판을 어떻게 할 건지에 대해 상의하기 위해서였다.

약속 장소에는 해선과 재혁도 함께 나와 있었다. 하련은 재혁이 공부는 뒤로 미뤄 두고 같이 나온다는 게 못마땅하긴 했지만, 그가 재판 결과에 대해 하도 안달을 하며 궁금해 하는 바람에 함께 나올 수밖에 없었다.

"아저씨, 제 남편이에요."

하련은 수줍은 얼굴로 재혁을 택림에게 소개했다. 그러고 보니 재혁과 택림은 첫 대면인 셈이었다.

"아, 이렇게 잘생긴 남편을 꼭꼭 숨겨 두고 있다가 이제야 선을 뵈는구만. 반갑습니다. 임택림이라고 합니다."

택림은 기분이 좋은지 농담을 섞어 가며 재혁과 악수를 나누었다.

"근데 재판은 어떻게 되었습니까?"

더 이상 궁금증을 참지 못하겠는지 재혁이 먼저 말문을 열었다.

"물론 우리가 이기는 건 뻔한 사실이지."

원식이 너스레를 떨며 말하자, 모두 한바탕 웃음이 터져 나왔다. 하련은 실로 오랜만에 웃어 보는 것 같았다. 그 동안 얼마나 마음을 졸이고, 또 이모에 대한 미안함 때문에 얼마나 괴로웠는지 아무도 모를 것이다. 좌중이 조용해지자, 원식은 재판이 어떻게 진행되었는지에 대해 이야기했다. 또한 다음 재판에 대한 계획도 상세히 설명했다. 특히 하련이 해야 할 역할에 대해서도 꼼꼼히 일러 주었다.

"야, 원식이 너 제법인데. 그렇게만 된다면 우리가 이기는 건 문제없을 거 같은데."

재혁이 들뜬 마음에 원식의 어깨를 탁 치며 말했다.

"근데 문제는 이 재판이 민사이기 때문에 법적인 구속력이 약하다는 거예요. 이모 쪽에서 재판에 졌다고 해서 재산을 순순히 내주지는 않을 거라구요. 집달리를 한다고 해도 시간이 너무 오래 걸리고, 벌써 재산을 다른 데로 빼돌렸을지도 모르지요. 제 생각엔 곧바로 형사소송을 걸어서 구속을 시켜야 할 거 같은데요. 그런 사람들은 죄값을 받아야 한단 말입니다."

원식이 하는 말을 잠자코 듣고 있던 하련은 가슴이 아팠다. 이모한테 그렇게까지 해야 하나 하는 생각이 들었기 때문이다.

"선생님 생각은 어떠십니까?"

원식이 택림에게 단도직입적으로 물었다. 그러나 택림은 아직 거기까진 생각하지 않은 모양이었다.

"글쎄요. ……하련 씨는 어떻게 했으면 좋겠어요?"

하련은 택림의 물음에 잠시 머뭇거리다 입을 열었다.

"전 그렇게까진 안 했으면 좋겠어요. 밉긴 해도 이모잖아요. 어찌 되었든지 간에 저를 보살펴 준 분인데 그래선 안 될 거 같아요. 재산도 이모가 살아갈 수 있을 만큼 넉넉하게 남겨 드렸으면 하고요. 아저씨, 그렇게 해주세요."

그녀는 사실 재산을 되찾아 오기가 죽기보다도 싫었지만 그 동안 자신을 위해 애써 준 택림과 엄마의 심정을 헤아려 조금은 찾아야 하지 않겠냐는 생각을 하였던 것이었다. 그러나 이모를 아프게까지 해서 재산을 되찾는 것은 원하지 않았다.

"하련 씬 마음씨도 참 곱군요. 그럼 다른 방법을 찾아보도록 하지요."

택림은 그녀의 어깨를 다독거려 주었다.

**마침내 2차 재판이** 열리는 날이 되었다.

그 동안 택림과 원식은 재판을 준비하면서 승소 후에 재영을 어떻게 할 건지 하는 문제에 대비하느라 바쁜 나날을 보냈다. 반면에 재영과 박 변호사는 혹시 모른다는 생각에 하련을 찾느라 혈안이 되어 있었다. 자신들이 먼저 하련을 찾아내 재판장엔 얼씬도 못 하게 할 속셈이었다. 하지만 하련은 어디에서도 그 흔적을 찾을 수 없었다. 이 정도라면 상대편 쪽에서도 하련을 찾는다는 건 가당치도 않다는 생각을 하면서 조금은 여유 있게 재판일을 기다리고 있었다.

원식은 일단 증인으로 부산의 지점장을 내세웠다. 그녀는 선서를 마치고 증인석에 자리를 잡았다.

"증인은 고인이 된 심아영을 어떻게 알게 되었고, 어떤 경유로 여기 있는 임택림에게 금고를 열어 주었습니까?"

원식이 지점장에게 물었다. 다소 본론에서 빗나간 질문처럼 들렸다. 재영 측에서는 무슨 의도로 저런 질문을 하나 해서 의아했지만 일단은 들어 보자고 잠자코 있었다.

"심아영 씨는 저희 지점의 로얄 고객이었습니다. 그런 분들은 제가 특별 관리를 하기 때문에 개인 신상에 대해 잘 알지요. 캐나다에서 한국에 다니러 오면 저희 은행에 꼭 들러서 금고를 확인하고 가곤 했는데 몇 년을 찾아오지 않아 궁금하던 차에 느닷없이 임택림 씨가 찾아온 겁니다. 그때 고인의 이야기를 듣고는 너무도 많이 놀랐습니다. 그러니까 십 년 전에 고인은 무슨 서류를 작성해 왔습니다. 그걸 저와 두 직원이 입회한 가운데 자신의 금고에다 넣어 두었습니다. 물론 그 금고에는 그전에 보관해 둔 부동산 관련 서류 등이 들어 있었지요. 그때 고인은 만약 자신이 찾아오지 못할 경우에 따님과 같이 동행하는 사람에게 금고 키를 내주라고 했고, 저는 그분의 신상에 그 말을 기록해 두었지요. 물론 지금도 기억하고 있는 말이고요. 그래서 저분이 찾아왔을 때 고인의 말이 떠올랐고, 이게 무슨 운명인가? 하고는 어안이 벙벙했었지요. 그러나 따님과의 동행도 아니고 혼자 찾아온 사람을 믿을 수 없어 보증인 두 사람의 서류를 원했고, 서류를 구비해 온 임택림 씨에게 키를 내주었던 것입니다. 그리고 임택림 씨는 만약을 대비해서라도 누군가의 입회하에 금고를 열고 싶다고 요청해 왔습니다. 그래서 저는 흔쾌히 승낙을 하고는 같이 금고를 열어 보니, 마지막에 넣어 둔 서류는 유서였더군요. 테이프에 녹음된 것처럼 재산 문제에 대해서는 임택림 씨에게 일임한다는 내용이었습니다."

"임택림 씨가 가지고 온 테이프를 어떻게 고인의 목소리라고 믿을 수 있나요? 또 유서대로 따님과 동행을 해야 한다는 고인의 말을 들었음에도 불구하고 키를 내준 증인의 태도에 문제가 있는 건 아닌가요?"

역시 재영 쪽의 변호사가 걸고 나온 말이었다.

"물론 따님과의 동행은 하지 못했습니다만 목소리만큼은 언니인 심재영 씨가 더 잘 아실 텐데요."

택림이 재영을 쳐다보며 말을 받았다.

"글쎄요, 들어 보긴 했는데 비슷한 것 같으면서도 조작한 것 같기도 하니 믿을 수가 없네요."

그녀의 입술은 가냘프게 떨고 있었다.

"그래서 아닌 것 같다는 거예요?"

택림은 원망스런 눈빛으로 그녀를 바라보며 조금 언성을 높였다. 그러자 재영 측 변호사가 잽싸게 말을 받았다.

"물론입니다. 허위 조작일 가능성이 없다고만 할 순 없는 거 아닙니까? 테이프 속의 녹음이 본인이 아닐 수도 있는데 은행 금고에 유서가 있었던들 그걸 어떻게 믿는단 말입니까?"

이때였다. 박 변호사의 말에 힘을 얻었는지 재영이 나서며 단호하게 말했다.

"내 조카 하련이만 옆에 있다면 죽은 동생의 목소리가 아니란 걸 금방 알 거예요. 이모인 내가 이런 모욕을 당하고 있는 걸 그애가 안다면 그 심정이 어떻겠어요? 죽은 내 동생도 하늘에서 울고 있을 거예요."

재영은 서서히 원식이 쳐놓은 함정으로 빠져들고 있었다. 하련이보다도 자신이 더욱더 동생의 목소리를 모를 리 없으련만 조카를 빌미 삼아 빠져 나가려는 것이었다. 그러나 함정은 발버둥칠수록 더욱 옥죄어 오는 법이다.

"그럼 조카의 행방을 알고 계십니까?"

원식은 기다렸다는 듯이 매섭게 사냥감의 목줄을 낚아챘다.

"몰라요. 저 혼자 살겠다고 재산을 정리해서 달아난 애가 어디에 있는지 어떻게 알겠어요?"

"그럼 이 문제는 조카만 있으면 해결된다는 말씀이시군요? 녹음 테이프의 목소리가 누구인지, 유서가 조작된 건지 아닌지?"

"그래요. 하지만 조카의 행방을 모르는데 어디 가서 찾는단 말이에요."

그녀는 순순히 원식이 이끄는 대로 끌려 왔다.

"게다가 조카가 정말 재산을 정리해 갔는지도 확인할 수 있겠군요?"

순간 재영은 얼굴이 굳어지며 대답을 하지 못했다. 그러자 그녀의 변호인이 벌떡 일어나 재판부 쪽에 대고 급히 말했다.

"재판장님, 원고측 변호인이 유도 심문을 하고 있습니다. 심문을 중지해 주십시오."

그러나 판사는 그의 편을 들어 주지 않았다. 미묘한 사안인 만큼 좀 더 들어 보자는 의도였다. 박 변호사는 어이가 없다는 표정을 짓더니 자리에 털썩 주저앉아 버렸다.

"자, 그럼 재판장님! 피고의 조카인 노하련을 증인으로 신청합니다."

원식은 자신감 넘치는 목소리로 크게 말했다. 판사가 증인 신청을 받아들이자, 뒷문이 열리면서 하련이가 걸어들어 왔다. 재영은 놀란 토끼 눈이 되어 입을 딱 벌린 채 온몸을 부들부들 떨며 마치 혼절이라도 할 기세였다.

하련은 앞으로 나가 손을 들고 선서부터 했다. 그녀는 이모의 눈을 의식적으로 피하면서 고개를 숙이고 있었다. 마음 한 구석에서 '그래도 이모인데'라는 아우성이 그녀를 혼란스럽게 흔들고 있었다. 그러나 법정은 냉정한 곳이다. 거짓이 아닌 진실만을 말해야 한다고 마음을 다졌다. 그녀는 원식의 질문에 따라 테이프의 목소리가 엄마라는 걸 분명히 밝혔다. 또한 엄마의 보상금을 수령한 적도, 재산을 처분한 적도 없다고 했다. 그러자 재영 측에서는 하련이 거짓말을 하는 것이라고 주장했다. 또한 그것이 사실인들 무엇으로 증명을 하겠냐고 하련을 압박해 왔다. 그러자 원식은 어떻게 구했는지 부동산 매매 계약서 한 장과 보상금 수령 확인서를 증거 자료로 제출했다. 또한 하련의 자필 서명과 재영의 필체가 담긴 메모지, 그리고 필적 감정서도 함께 제출했다. 이는 재영의 주장을 한방에 묵살해 버리는 결정적 단서가 되었다. 재영은 보상금을 수령할 때와 부동산을 매각할 때 몇 번 자필 서명을 했었다. 물론 하련이 이름으로 된 도장을 갖고 있었지만 마침 도장을 놔두고 왔을 때 경솔하게도 사인으로 계약서에 직접 서명을 했던 것이다. 그걸 어떻게 원고측에서 알아냈는지 재영과 박 변호사는 기가 막힐 지경이었다. 결국 판결은 택림의 승소로 돌아갔다.


다음날 원식과 택림은 박 변호사의 사무실로 갔다. 재영으로부터 한몫 잘 챙겨서인지 사무실이 번지르르했다. 원식이 알아본 바에 의하면 그 건물은 박 변호사의 소유로 되어 있었다. 청담동이라는 비싼 곳에 그 정도의 건물이라면 꽤 고가에 속할 것이었다.

버러지 같은 자식…… 원식은 욕이 튀어나오는 걸 애써 억누르며 사무실로 들어섰다. 그곳엔 재영도 나와 있었다. 이미 자기들끼리 어떤 얘기가 오갔을 거라는 짐작이 들었다.

그들은 서먹하게 인사를 하는 둥 마는 둥하면서 자리를 잡고 앉았다. 이 자리는 박 변호사가 주선을 한 것이었다. 어제 재판이 끝나고 나서 법정을 나서는데 박 변호사가 잠깐 할 얘기가 있다면서 원식을 붙들었다.

"저, 이제 어떻게 하실 작정입니까?"

원식이 보기에 그는 무척 애가 타는 모양이었다. 아니면 자신의 비리에 대해 어느 선까지 알고 있는지를 떠보려는 건지도 몰랐다.

"글쎄요."

원식은 승자의 여유를 맘껏 뽐내면서 데면데면하게 굴었다. 박 변호사는 마른침을 꼴깍 삼키면서 원식의 입에서 무슨 말인가 나오기를 기다리는 표정으로 그의 얼굴만 바라보고 있었다.

"잘 아시지 않습니까? 일이 이렇게 된 마당에 그만 포기하는 게 좋을 텐데요. 저희는 형사 고발까지도 생각하고 있습니다. 생각해 보니까 법에 적용되는 죄목이 많더군요. 문서 위조, 사기, 게다가 변호사님은 뇌물 수수에다 변호사법에도 저촉이 되고. 알아서 하십시오, 재영 씨 쪽에서 어떻게 나오느냐에 따라 우린 움직일 테니."

원식의 말을 들은 박 변호사는 얼굴이 온통 일그러지는가 싶더니 이내 표정을 바꾸고는 만나자는 제의를 했다. 그의 태도가 뭔가를 꾸미고 있는 것 같지는 않았다. 원식은 택림과 상의 끝에 일단 만나 보자는 생각에서 여기까지 오게 된 것이었다.

"저희를 만나자고 한 이유가 뭡니까?"

박 변호사와 재영을 훑어보면서 택림이 입을 열었다. 예전에 만났을 때는 그토록 당당하고 앙칼지기까지 했던 여자였건만 지금은 잔뜩 풀이 죽은 모습이 측은하게 보이기까지 했다. 재영은 하룻밤새에 몰라보게 수척해져 딴 사람 같았다.

"아무래도 이번 일은 좋게 끝내는 게 좋을 듯해서……."

박 변호사가 먼저 입을 열었다.

"사실 이렇게 된 이상 달리 드릴 말씀은 없습니다. 한때 욕심에 눈이 멀어 저지른 잘못입니다. 죄송합니다. 진심으로 사과를 드립니다. 제발 더 이상 일을 키우지 말고 덮어 주시면 안 되겠습니까?"

박 변호사는 착 가라앉은 목소리로 차분하게 말했다. 두 사람에게 사과를 할 때는 눈빛이 가늘게 흔들리기도 했다.

"그럼 어떻게 하겠단 말입니까?"

원식이 사무적인 어조로 짧게 물었다. 그러자 그 동안 잠자코 앉아 있던 재영이 두툼한 서류 봉투 하나를 탁자 위에 힘없이 올려놓았다.

"이게 전부예요. 부동산 등기부하고 통장…… 하련이한테 전해 주세요."

재영은 넋이 나간 사람처럼 맥 풀린 소리로 말했다. 원식은 그녀를 빤히 바라보고 있다가 서류 봉투를 끌어당겨 열어 보았다. 부동산 서류를 뒤적거리며 살펴보고, 통장의 금액도 확인해 보았다. 서류 속에는 재영이 살고 있는 집문서와 박 변호사의 사무실 건물 서류도 들었었다. 그러나 원식은 고개를 설레설레 저었다.

"제가 알고 있는 것보다 훨씬 적은데요. 그 동안 그 많은 걸 다 썼단 말입니까?"

이 말은 그녀가 그 동안 어떻게 살아왔는지를 뒷조사해서 잘 알고 있는 원식이 던진 가시 돋친 말이었다.

"하련이한테 미안할 뿐이에요. 진작 돌려 줬어야 하는 건데, 어쩌다…… 하지만 남은 건 이게 다예요."

그녀는 한숨을 푹푹 쉬어 가며 울먹이듯 말했다. 그녀를 노려보던 원식은 혀를 차며 고개를 돌렸다. 그리고는 택림을 바라보았다. 어떻게 했으면 좋겠냐고 묻는 얼굴이었다.

"전 하련 씨의 대리인에 불과하기 때문에 당장 뭐라고 드릴 말씀은 없습니다. 돌아가서 하련 씨하고 상의를 한 다음에 연락을 드리는 게 좋을 것 같습니다."

택림의 대답은 간결했다. 그는 원식과 함께 서류와 통장을 챙겨 들고 사무실을 나섰다.


해맑은 아침이었다. 하련은 주섬주섬 옷을 차려 입고 일찍이 집을 나섰다. 그녀는 택림에게서 받은 주소와 약도를 들고 이모네 집을 찾아가려는 것이었다.

택림은 이모를 만나러 갈 거란 얘길 듣고는 걱정이 되는지 영 탐탁치 않게 여기는 모양이었다. 그건 재혁이나 원식이라도 마찬가지였다. 사실 그들은 어제 이모를 만나고 돌아와 일을 끝냈다는 기쁨보다는 뭔가 불만족스런 기분에 휩싸여 있었다. 특히 원식과 재혁은 그들이 순순히 다 내놓았을 리가 없다고 주장했다. 형사 고발이든 뭐든 끝까지 밀고 나가야 한다는 것이었다. 택림 역시 찜찜한 구석은 있었지만 하련이 더 이상 이모를 몰아붙이는 걸 원하지 않는 것 같아 아무 말도 하지 않았다.

"이젠 그만 해요. 이 정도 재산이면 제가 평생 펑펑 쓰고도 남겠네요. 그나마 다행이에요. 이모한테 잘못하는 거 같아서 영 마음이 좋지 않았는데 말이에요."

하련은 이제 그만 모든 걸 묻어 두고 싶었다. 그리고 재영이 살고 있는 집 문서와 통장을 뺀 나머지를 택림에게 주면서 말했다.

"이건 아저씨가 맡아서 관리를 좀 해주세요. 전 이렇게 많은 재산은 제대로 간수할 줄 몰라요. 엄마 유언대로 아저씨가 보살펴 주실 거죠?"

택림은 웃으면서 당분간만 그렇게 하자고 했다.

"근데 이건 어떻게 할 건데?"

하련이 빼놓은 문서와 통장을 가리키며 재혁이 물었다.

"이건 제가 따로 쓸 데가 있어요. 나중에 말할게요."

원식과 재혁, 그리고 해선은 영문을 몰라 서로의 얼굴만 쳐다볼 뿐이었다. 택림만이 그녀의 속내를 눈치챘는지 입가에 엷은 미소를 띠운 채 잠자코 있었다.

이모네 집을 찾는 건 그다지 어렵지 않았다. 잠시 망설이다가 차임벨을 눌렀다. 한참 만에야 안에서 착 가라앉은 여자 목소리가 흘러나왔다. 하련은 머뭇거리다가 "이모, 저 하련이에요" 하는 말이 목 안에서 간신히 흘러나왔다. 잠시 후, 대문이 열리더니 이모의 핼쑥한 얼굴이 모습을 드러냈다.

하련은 이모가 문전박대를 하면 어쩌나 하고 걱정을 하면서 왔는데 의외로 순순히 받아 주는 것 같아 다행이었다.

"이모……."

그녀는 작은 소리로 중얼거렸다.

"하련아, 너 볼 면목이 없구나. 이렇게 못난 이모를 찾아와 주다니…… 용서해다오."

재영은 고개를 돌리고 계속 흐느껴 울면서 용서를 빌었다.

"이모, 정말 미안해요. 이렇게 이모를 아프게 하고 싶지 않았었는데…… 용서하세요."

하련은 진심으로 용서를 빌고 있었다.

"무슨 그런 말을…… 용서도 받을 자격이 없는 이모인데……."

"지난 일은 다 잊으세요. 그리고 이거……."

하련은 서류 봉투를 꺼내 이모 앞에 내밀었다.

"아니, 이게 뭐냐?"

재영은 손수건으로 눈을 짓눌러 눈물을 찍어내며 물었다.

"이모 집 문서하고 통장이에요. 이모부도 없이 혼자 계시는데 집 한 칸 없이 어떻게 사실려고 다 보냈어요? 그리구 돈이 필요하면 말씀하세요. 하나뿐인 이모인데 제가 나 몰라라 하겠어요?"

재영은 또다시 눈물을 흘렸다.

"난 이거 받을 자격도 없는 년이다. 내가 이걸 어찌 받누."

하련은 너무 많이 변해 있는 이모를 보면서 몸둘 바를 몰라 했다. 이모는 하련에게 연신 미안하다는 말만 되풀이하면서 긴 한숨만 내쉬었다. 이제야 그 동안 살아온 길을 되돌아보며 회한에 젖어 있는 걸까.

"그래, 그 동안 어떻게 지내고 있었니? 고생 많았지? 이 이모 때문에……"

재영은 눈물을 닦아내며 화제를 바꾸었다.

"저 결혼했어요."

하련은 나지막한 목소리로 대답하였다.

"결혼식장이 쓸쓸했겠구나. 쯧쯧."

"결혼식은 아직 올리지 못했어요. 남편하고 같이 오지 못해서 미안해요. 다음엔 꼭 같이 올게요."

"아니야, 내가 무슨 자격으로 네 남편을 마주 대하겠니. 그래, 신랑은 뭘 하는 사람이니?"

"고시 공부를 하는 중인데, 그게 그렇게 쉽지 않은가 봐요. 몇 번을 낙방했는지 몰라요."

"곧 잘 되겠지. 그나저나 뒷바라지에 네가 힘들겠구나."

재영은 다 자기 탓이라면서 또 눈물바람이었다. 이번에 큰일을 치루면서 사람이 아주 달라진 모양이었다. 하련은 어찌 되었든 천만 다행이라고 생각했다.

하련이 이모집에서 나온 건 어둑어둑해질 무렵이었다. 대문 밖까지 배웅을 나온 이모를 두고 돌아서는 하련은 왠지 마음이 홀가분한 것 같으면서도 무거웠다.

# 둥지 잃은 새

　　　세월은 물 흐르듯 흘러 어느새 일 년 반이란 시간
이 훌쩍 지나가 버렸다. 계절은 어느새 한여름을 향해 치닫고 있었다.

　택림은 한국에서의 일을 마치자마자 하련의 결혼식을 서둘렀다. 하
얀 드레스와 면사포를 쓴 하련은 아버지 대신 택림과 함께 식장에 입
장을 했다. 그는 아버지 역할까지 해주고 나서야 편안한 마음으로 캐
나다로 돌아갔다. 그후로도 이따금씩 전화를 걸어 하련의 근황을 묻곤
했다.

　재혁은 인생을 걸었던 고시를 포기하고는 야망에 찬 경영자로서 자
리를 굳혀 가게 되었다. 그는 고시보다는 사업에 재능이 있다는 걸 뒤
늦게 알고는 사업에 전심을 다 쏟아부었다. 물론 풍족한 자금 덕도 컸
겠지만 그는 뛰어난 경영력을 갖고 있었다.

　그는 늘 입버릇처럼 자신이 운동 부족인 거 같다면서 공부하는 틈틈
이 몸을 놀리며 건강에 신경을 쓰곤 했는데, 그런 생각에서 힌트를 얻
어 스포츠 웨어 사업에 뛰어든 것이었다. 때마침 현대 사회를 살아가

는 사람들에게 스포츠만큼 유익한 즐길 거리가 없다면서 국민 스포츠 바람이 불어 사업에 호기를 맞고 있었다. 그렇듯 쾌재를 부르며 재혁은 성공의 길을 달렸고, 하련 또한 좋은 주택에서 사모님 소리를 들으며 아픈 과거를 덮고 행복한 삶을 꾸려 가고 있었다.

"여보세요! 사장님 좀 부탁해요."

하련은 회사로 전화를 걸어 남편을 찾았다.

"아, 사모님…… 잠깐만 기다리세요."

남편의 여비서는 조금 놀라워하는 듯한 말투였지만 상냥하게 말해 왔다.

"응, 왜? 나 지금 바쁘니깐 웬만하면 집에서 이야기하자구."

재혁은 수화기를 딸깍하고 내려놓았다. 그는 이제 아내에게 늘 그런 식이 되어 버렸다. 그녀가 전화 통화를 좀 하려고 해도 시간을 낼 수가 없을 정도로 바빴다. 그러다 보니 재혁은 아내와 대화를 나눌 시간조차 내질 못했다. 원식과도 두절을 하며 살아갈 정도로 바쁜 것인지 해선의 입에서 흘러나온 말들을 간추리자면 친구들간에도 그에 대한 언성이 높아지고 있다는 거였다.

"지까짓 놈이 언제부터 사장이다 회장이다 하면서 놀았었나? 아니, 그렇게 돈이 많아지면 친구들도 우습게 보인다는 말인가, 안 그러나?"

술이 얼큰하게 취해 있던 한 친구가 동창회에서 하는 말이었다.

"뭐, 바빠서 그러니 용서해 주게나."

원식이 그를 두둔해 주었다.

"아니, 얼마나 바쁘기에 일 년 내내 코빼기도 내 보일 수 없다는 말인가?"

또 한 친구가 내뱉었다. 원식이 재혁을 아무리 감싸 주려고 해도 그들의 화는 좀체 풀리지 않는 모양이었다. 이렇듯 재혁은 남을 의식하지 않고 살아가기를 고집하고 있는 듯 혼자만의 길을 걸어가고 있었다. 하련은 남편에게 주변의 시선이 곱지 않다는 걸 은근히 비추었지만 그는 아랑곳하지 않았다.

"여보, 난 그런 일에 신경쓸 시간조차 없는 몸이야. 그냥 한 쪽 귀로 듣고 한 쪽 귀로 흘려 버리는 게 좋아. 피곤하니 그만 잡시다."

남편은 얼굴을 돌린 채 이렇게 말하고는 침대 속으로 몸을 감추어 버렸다.

"저기…… 여보……."

그녀는 조용히 불렀다. 그러나 이불을 뒤집어쓰고 있는 남편은 아무런 대꾸도 하지 않았다. 그래서 그녀는 할 말도 다 하지 못한 채 자신도 수면에 들어가 버렸다. 매번 이런 식이었다.


　　　　　찌는 듯한 더위가 극성을 부리며 온몸을 에워싸는 계절이 되었다. 사람들은 바캉스를 즐기려 동으로 남으로 떠나갔지만 하련은 그럴 수도 없었다. 남편의 외국 출장이 잡혀 있었기 때문이었다.

"조심해서 다녀오세요."

하련은 조그마한 트렁크를 내주며 남편을 배웅했다.

"응, 다녀올게."

남편은 이 한마디뿐이었다. 하련은 남편의 차가 사라질 때까지 물끄러미 바라보고 서 있다가 집안으로 들어왔다.

하련은 창문을 열고 먼지를 털어 가며 청소를 끝내 놓고는 더위에 지친 화초들에게 목욕을 한껏 시켜 주고는 집을 나섰다.

"선생님, 임신인가요?"

하련은 두 달째 월경이 없자 이상한 생각에 병원에 들른 것이었다.

"부인, 임신은 아닌데요."

오십대 가량의 퉁퉁한 남자 의사는 낮은 목소리로 말을 했다.

"그런데, 왜……."

그녀는 걱정스런 표정을 지어 보였다.

"이유는 여러 가지가 있습니다만, 그 동안 지나치게 피곤하였다거나 아니면 신경을 특별히 많이 쓴 일이라도 있었나요?"

의사는 안경 너머로 눈을 추켜 뜨고 올려다보면서 물었다.

"그다지 피곤한 일은 없었어요. 임신이 되질 않아서 신경쓰이긴 했지만."

사실 그녀는 지금까지 자신이 벌어서 생활을 했기 때문에 임신을 피해 왔지만 이제는 경제적으로 안정이 되었기에 임신을 원하고 있었다. 하지만 쉽사리 애가 들어서질 않아 고민하고 있었다.

"월경할 때 말고 출혈이 있었던 적은 없으셨나요?"

"출혈이었는지는 잘 모르겠지만 월경이 끝난 지 열흘 만에 피가 조금 비친 적인 두 번 정도 있었어요. 그리고 간혹 관계를 가진 다음에 출혈이 비친 적도 있었구요."

"그런 지 얼마나 되었습니까?"

의사는 계속 차트에 기록을 하면서 묻고 있었다.

"좀 되었어요, 한 육칠 개월 정도…… 아니, 일 년 전에도 한 번 비친 적이 있었던 것 같아요. 그리고 어느 때는 한 달 새에 월경을 두 번 한 적도 있었구요."

그녀는 지난 일을 차근차근 더듬어냈다.

"음, 그러면 자궁 검사는 언제쯤 했나요?"

그녀는 머뭇거렸다. 의사는 그녀의 얼굴을 한 번 힐끗하고 쳐다보았다.

"한 번도…… 못 했어요."

그녀는 고개를 떨구었다.

"그 동안 하복부에 통증을 심하게 느끼신 적은 없었고요?"

"한 삼 개월 전에 있었어요."

"그때 바로 검사를 받았어야 했는데……."

"네? ……무슨?"

그녀는 느닷없는 의사의 말이 무슨 뜻인지 몰라 의아해 하면서 조심스럽게 물었다.

"아니…… 다른 의미가 있어서가 아니라 그러니깐 임신 전에는 체크를 받아 두는 게 좋기에 한 말입니다. 에…… 기왕 나온 김에 아예 조직 검사를 하고 가시지요?"

듬직한 아버지의 인상을 풍겨 주는 의사는 자상한 표정으로 말했다. 그녀는 의사의 말에 뭔가 꺼림직한 게 있는 것 같았지만 더 이상 묻지 않았다. 순순히 조직 검사에 응했다.

그녀는 검사대에 올라가 다리를 벌리고 눕는 게 처음이라 그런지 어색하고 부끄럽기만 했다. 눈을 감고는 아무 이상도 없기만을 기원했다.

"결과는 일주일에서 열흘 정도 걸릴 겁니다. 그때 댁으로 연락을 드리지요. 그리고 대하가 좀 심한 편이니 며칠 치료를 받으러 나오시구요."

하련은 병원을 나왔다. 왠지 석연치 않은 기분이 뒤엉켜 가슴을 무겁게 내리누르고 있었다. 절대로 다른 의미가 있어서가 아니라는 의사의 말에 조금은 안심이 되었지만, 그녀는 자꾸만 혹시…… 하면서 좋지 않은 쪽으로 생각이 기울곤 했다.

그날 밤 하련은 잠자리에 혼자 들면서 유별나게도 외롭다는 생각을 했다. 남편은 무사히 도착을 했다는 전화도 없었다. 그녀는 잠을 설치며 불길한 예감 속으로 휘말려 가고 있었다.

**재혁은 파리에서** 모처럼의 여유로운 시간을 보내
고 있었다. 사실 외국 출장이라는 건 아내에게 대충 둘러댄 말이었다.
아내에겐 미안한 일이지만 어쩔 수 없었다. 오래 전부터 미스 나와 함
께 궁리해 온 여행이었던 것이다.

　미스 나는 재혁의 여비서였다. 본명은 나현미. 그들은 언제부터인가
서로의 마음을 터놓고 지내는 깊은 사이가 되었다. 미스 부산으로 발
탁되었을 정도로 화려한 외모를 지닌 그녀는 우연찮게 친구 남편의 소
개로 재혁의 회사에 입사하게 되었다. 작년 연말 전직원이 모두 모인
송년회에서 그는 그녀에게 마음을 빼앗기고 말았다. 생기발랄한 이십
대의 싱그러움이 물씬 풍기는 매력적인 얼굴과 쭉 뻗은 다리를 보는
순간 그는 노을 빛이 온몸을 휘감는 듯 황홀감에 빠져 버린 것이다. 그
녀는 그의 뜨거운 눈빛을 거부하지 않고 순순히 받아들였다. 왠지 그
녀도 그의 눈빛에 빨려드는 것 같은 기분이 싫지 않았던 것이다. 결국
두 사람은 그 순간 저도 모르게 서로에게 끌려 들어가고 있었던 것이
었다.

　재혁은 처음엔 무척이나 괴로워했다. 처음 느껴 본 황홀함을 어떻게
해야 좋을지 몰라 하다가 결국 아내의 눈치를 살펴 가면서 남몰래 그
녀를 사랑하게 된 것이다. 그러면서도 아내에 대한 미안함과 괴로움이
뒤범벅되어 번민의 나날을 보냈었다. 그러나 시간이 흐를수록 그는 자
신도 모르게 걷잡을 수 없이 빠져 들어가 버렸다. 때론 그런 현실이 은
근히 겁도 났지만 사랑을 버릴 용기까지는 없었다. 그저 사랑도 지키
고, 가정도 탈 없이 건사하면 된다고 마음을 추스르고 여기까지 흘러
오고 만 것이다. 단 한 가지 아내에게 소홀해질까 봐 그것이 제일 두려
웠었다. 하지만 아니나다를까? 이렇듯 아내에게 거짓말까지 늘어놓고
는 프랑스로 여행을 떠나와 있으니 말이다. 언제부턴가 여유로울 정도
로 배짱마저 커져 있었고, 이젠 아내로부터 등을 돌리고 잠을 자는 것

208

마저도 이력이 나 있을 정도가 되어 버렸다. 하련은 지금까지 외국은 커녕 국내 관광도 한번 제대로 가 보지 못한 채 그저 남편이 시간을 내 주기만을 손꼽아 기다리고 있을 텐데 자신은 이렇듯 다른 여자의 손을 잡고 뻔뻔스럽게 외국을 돌아다니고 있다니……. 재혁은 담배 연기를 쭉 빨아들였다가 한숨을 쉬듯이 길게 내뱉었다.

"혼자 무슨 생각을 하고 있어요? 나한테는 신경도 안 쓰고."

미스 나는 재혁에게 온몸을 기울이다시피 하면서 팔짱을 끼고는 아양을 떨 듯이 코맹맹이 소리로 물었다. 그녀의 탄력 있는 가슴이 느껴지고 긴 머리카락이 찰랑이면서 감겨들었다.

"여기가 센 리버야, 현미야."

재혁이 선문답을 하는 것처럼 말했다.

"어머나, 여기가 그 유명한 센 강이에요? 와, 빈혈이 날 정도로 운치가 있네."

소매가 없는 하얀 원피스를 입은 그녀는 두 팔을 위로 벌리며 소리를 질렀다.

"우와, 저기 에펠 탑이 보여요, 재혁 씨!"

그녀는 연방 환호성을 질러댔다.

그들은 파리 공항에 도착하자 관광지 쪽으로 숙박을 정하고 여장을 풀었다. 저녁 노을이 질 무렵에서야 호텔을 빠져 나와 간단하게 식사를 하고 거리를 걷다가 센 강까지 흘러 오게 된 것이다.

어둠이 짙게 드리워지면서 하늘엔 별들이 총총총 놀러 나와 있었다. 붉게 타오르고 있는 에펠 탑은 원근감 없이 제멋을 맘껏 뿜어내고 있었다. 불 켜진 에펠 탑은 정말 멋있었다. 그들은 찌든 서울의 거리를 떠나 파리에 와서 느끼는 황홀함과 자유를 극도로 만끽하고 있었다.

"미스 나는 운이 좋은 거야."

재혁은 미스 나의 어깨 위로 손을 얹으며 다정스럽게 말했다.

"운이 좋다니요?"

"에펠 탑에 불이 켜져 있으니까."

"불이 켜져 있는 거하고 운이 좋은 거하고 무슨 상관이에요?"

"매일 에펠 탑에 불이 켜지는 것이 아니거든. 다시 말해서 누구나가 관광을 왔다고 해서 불 켜진 에펠 탑을 볼 수 있는 게 아니란 말이지."

"어머나, 그래요? 나는 정말 운이 좋은 여자네요."

그녀는 습관처럼 두 팔을 벌리고는 뱅그르르 하고 한 바퀴 돌았다. 재혁은 그녀가 즐거워하는 모습을 바라보면서 하얀 원피스에 한 줄로 달려 있는 커다란 검은 단추가 그녀를 더욱더 귀여워 보이게 한다고 생각했다.

"자, 유람선을 타고 에펠 탑을 보러 가자. 센 강을 흘러가면서 바라보는 광경이 환상적이거든."

두 사람은 유람선에 몸을 싣고는 고요한 센 강의 운치를 만끽했다. 잔잔한 센 강을 미끄러지듯 흘러가는 느낌은 지친 마음을 여유롭게 풀어 주고, 얼굴을 가르고 지나가는 밤바람은 향기롭기만 했다. 풀벌레 소리 하나 들리지 않는 강줄기를 따라가다 보니 루브르 미술관이 보였다. 그 유명한 레오나르도 다빈치의 모나리자가 도난당할까 봐 여러 가지 보안 장치를 해놓았다는 건물 전경을 지나가자, 멀리서 에펠 탑이 보이기 시작했다. 밤바람에 흔들리는 나뭇잎들의 이야기 소리를 들어 가며 달리는 센 강은 한없이 길기만 했다. 드디어 불타오르고 있는 듯한 황금빛 에펠 탑이 눈앞에 펼쳐지자, 관광객들은 여기저기서 카메라 플래시를 터뜨려 대면서 환호했다. 그녀는 소리소리 지르며 열광했다. 가까이서 본 에펠 탑은 마치 금덩어리가 하늘로 불타오르고 있는 듯했다. 황금빛이 검은 하늘에 드리워진 노을처럼 멋들어지게 조화를 이루고 있는 모습이 그야말로 장관이었다.

"사장님, 아니, 재혁 씨! 정말이지 파리의 자랑거리인 에펠 탑이네

210

요."

그녀가 호들갑스럽게 말했다.


미라보 다리 아래
센 강은 흐르고
우리들의 사랑도 흘러내린다.


괴로움에 이어서
맞을 보람을
우리들은 꿈꾸며
기다리고 있다.


종도 울리렴.
달도 울리렴.


센 강은 흐르고
따라서,
우리들의 팔 밑으로
사랑도 흘러내린다.


재혁은 「미라보 다리」라는 시를 생각나는 대로 읊어 보았다. 그녀는 "와, 너무도 좋은 시예요" 하고 환호성을 지르며 그의 목을 끌어안고는 입맞춤을 몇 번이고 해댔다.

시간은 깊은 어둠 속으로 쉬지 않고 흘러만 갔다. 두 사람은 이제 그 누구의 간섭도, 그 누구의 시선도 신경쓸 필요 없는 둘만의 자유를 맘껏 누리면서 서로의 깊은 사랑을 맛보는 행복감에 빠져 들어갔다.

**남편 없이 며칠을 지낸** 하련은 적적한 밤을 혼자서 지새우며 그 어느 때보다도 고독감에 시달려야 했다. 병원을 다녀와서 그런지 더욱더 남편이 기다려졌다. 일 주일이 그렇게 길 수가 없었다. 그런데도 남편은 출장을 떠난 지 삼 일 만에 잘 지내고 있다는 말과 함께 서울에 도착하는 날짜를 일러 주는 전화 한 통뿐이었다. 그럭저럭 하다 보니 일 주일도 다 지나가고, 이제 하룻밤만 지나면 남편이 돌아오는 날이 되었다. 남편이 좋아하는 콩비지 찌개와 더덕구이를 준비해야겠다면서 하련은 즐거운 마음으로 잠자리에 들었다.

그런데 시계 바늘이 밤 열한 시 삼십 분을 가리키고 있을 때였다. 꽤나 늦은 밤이건만 느닷없이 인터폰이 울리는 바람에 그녀는 까무라칠 정도로 놀라며 잠에서 깼다.

"아니, 이 밤중에 누굴까?"

그녀는 침대에서 벌떡 일어나 거실로 나왔다. 얼른 인터폰을 들었다.

"응, 나야."

그것은 분명히 남편의 목소리였고 또 인터폰 화면에 비추어진 얼굴 역시도 남편이었다.

"분명히 당신이지요?"

그녀는 믿어지지 않아 의아한 표정으로 다시 물었다.

"그렇다니까, 어서 문이나 열어."

머뭇거리고 있는 그녀에게 재혁은 언짢은 목소리로 역정을 내듯 내뱉었다.

그녀는 멍한 상태에서 인터폰 스위치를 눌렀다. 대문이 열리자, 재혁은 정원을 지나 현관 안으로 터벅터벅 들어섰다.

"어쩐 일이에요? 내일 온다고 하지 않았어요?"

그녀는 양복을 받아 걸면서 궁금하다는 듯이 물었다.

"일이 빨리 끝나서 하루 앞당겨 오게 됐는데 뭘 그렇게 따지고 들어?"

재혁은 버럭 소리를 지르며 화를 냈다. 하련은 깜짝 놀라 신경이 움찔하고 마비되는 것만 같았다.

"미안하오…… 밖의 일이……."

재혁은 그녀의 표정을 읽어내고는 아차 싶어서 얼른 말을 돌렸다.

"아니에요. 당신 기분이 언짢은 줄도 모르고, 미안해요."

그녀는 뭐가 미안한 건지도 모르면서 이렇게 말은 했지만 서글픔이 북받쳐 오르고 있었다. 이제나저제나 남편이 돌아오기만을 손꼽아 기다렸건만……. 하지만 그녀는 서운한 마음을 애써 삭이며 남편을 이해하려 했다. 사업 때문에 스트레스가 쌓여 그런 거라고 말이다.

그러나 재혁은 아내의 표정이 누그러지지 않는 것 같아 맘에 걸렸다. 괜시리 언성을 높여 기분을 상하게 했구나 싶었다. 뭐라고 따뜻한 말이라도 해서 위로를 하려 했지만, 도둑이 제 발 저린다고 왠지 입이 떨어지지 않았다. 대충 눈치를 보면서 욕실로 들어갔다.

사실 재혁은 오늘 내내 기분이 좋지 않았다. 아침 일찍부터 회사에 급한 일이 생겼다는 전화를 받고 부랴부랴 여행 일정을 거두고 돌아와야 했던 것이다. 게다가 꿀맛 같은 밀월 여행을 중도 포기하고 돌아오는 아쉬움에 미스 나는 몹시도 칭얼대며 그의 마음을 괴롭게 했다. 그런 그녀를 간신히 달래 주고 들어오는 길이었으니 그 기분이 오죽하랴. 그렇다고 해서 아무 죄 없는 아내에게 이게 무슨 짓인가. 재혁은 미안한 마음에 슬금슬금 아내의 눈치를 보다가 모르는 척하고 잠자리에 들어가 버렸다.

하련은 등을 돌리고 누워 자는 남편의 뒷모습을 바라보다 한숨을 내리쉬었다. 일에 힘겨워하는 모습이 애처로워 남편의 뒷머리를 쓰다듬고는 조용히 잠을 청했다.

　　　가뭄이 온 건지 비 한 방울 내리지 않는 여름날이
계속 되고 있었다. 작열하는 태양 아래 화초와 나무들이 축축 늘어지
기 시작했다.

　하련은 정원에 나가 감나무와 대추나무, 그리고 여러 화초에 물을 주
면서 콧노래를 흥얼거렸다. 그녀는 어느 날 발견한 이름도 모르는 풀
꽃을 무척 좋아하고 있었다. 그 풀꽃은 잎과 꽃의 색깔이 구분이 안 될
정도로 너무도 흡사했고 또 하늘하늘 부러질 듯한 가느다란 줄기가 가
련해 보일 정도였다. 그녀는 그 꽃에 '가련이'라고 이름을 붙여 주었
다. 그러고 보니 자신의 이름과 비슷하다는 느낌이 들었다.

　그녀는 가끔씩 정원에 나와 이 풀꽃을 찾았는데, 그 꽃을 바라보고
있으면 어릴 적에 엄마가 자신을 무릎에 앉혀 놓고 들려주던 이야기가
떠오르곤 했다.

　하련아, 옛날에 말이야. 어여쁜 소녀가 살고 있었는데 그 소녀는 꽃
을 무척이나 좋아하고 사랑했어. 그 소녀는 어려서 엄마를 잃었지. 그
래서 새엄마가 들어오게 되었대. 그런데 그 새엄마는 팥쥐 엄마처럼
소녀에게 심하게 굴었나 봐. 소녀는 툭하면 마당에 나와 앉아 이름 없
는 풀꽃을 바라보면서 이야기하곤 했었대. 새엄마는 그런 소녀가 못마
땅해서 꾸짖고 마구 야단을 쳤지. 하지만 소녀는 그 꽃을 유난히 사랑
하고 있었기 때문에 새엄마의 눈치를 보면서도 그 꽃을 찾았다는구나.
그러던 어느 날 꽃을 바라보고 있는 소녀를 보고 새엄마는 "야! 잡초처
럼 이름도 없는 그런 꽃도 꽃이라고 바라보고 있냐! 어서 물이나 냉큼
길어 와, 에구 못살아" 하면서 가슴을 마구 쳤어. 새엄마는 소녀를 볼
때마다 그런 말을 했다지. 소녀는 무척 괴로웠어. 그러지 않아도 이름

도 없이 사랑받지 못하는 불쌍한 꽃인데 새엄마가 너무 한다고 생각했지. 그래서 소녀는 그 꽃에게 늘 이렇게 말을 했대. "만약에 너의 잎이 금가루를 갖고 태어난다면 새엄마가 얼마나 좋아할까? 아니, 새엄마뿐만 아니라 누구라도 좋아할 텐데." 그러던 어느 날이었다는구나. 새엄마는 더 이상 꼴도 보기 싫으니 뽑아 버리라고 소리를 질렀대. 소녀는 하는 수 없이 화분에다 옮겨 심고는 뒷간에다 감추어 놓고 몰래 물을 주었대. 언제나 똑같은 말을 반복하면서 말이야. 그렇게 몇 달이 지난 어느 날 소녀는 이상한 소리에 잠에서 깨어났지. 그 소리를 따라가 보았더니 뒷간에 감추어 놓았던 꽃에서 이런 말이 흘러나왔다지 뭐니. "아가씨, 당신의 착한 마음씨에 꽃의 요정께서 감동해서 저에게 금가루를 피우게 하는 잎을 주셨어요" 하고 말이야. 소녀는 깜짝 놀라 자세히 들여다보았더니 정말 번쩍번쩍 빛이 나는 금가루를 머금고는 잎이 계속 피어나고 있더래. 소녀는 눈물을 마구 흘렸대. 소녀는 더욱더 정성들여 그 꽃을 가꾸었는데, 어느 날 새엄마가 그 꽃을 보게 되었다는구나. 너무도 놀란 새엄마는 소녀에게 무척 미안해 했겠지. 결국은 그 꽃이 세상에 알려지면서 소녀의 집은 잘살게 되었대. 그후론 새엄마도 그 꽃을 사랑하게 되었다더구나.

하련은 그 이야기를 생각하다가 방긋이 미소를 띠었다.

"너도 그 꽃처럼 금잎을 피워 보렴."

그녀는 꽃을 어루만지며 속삭이듯 말했다.

잠시 후, 안으로 들어간 그녀는 어제 남편이 선물이라며 건네준 샤넬 스카프를 펼쳐 들고는 거울 앞에 서서 이리저리 휘감아 보다가 아까웠는지 서랍 속에 다시 넣어 놓고는 집을 나섰다. 산부인과에 들러 치료를 받기 위해서였다. 햇살이 따가워서인지 몸이 나른해져 왔다. 병원 앞에 이르자, '하루라도 빨리 임신을 해야 할 텐데' 하는 걱정이 한숨처럼 흘러나왔다.

"냉의 색깔은 변함이 없었습니까?"

의사는 진료대 위에 누워 있는 그녀에게 말을 건넸다.

"색깔은 똑같은 것 같은데 양이 좀 많아졌어요."

그녀는 진찰을 해오는 느낌이 싫었던지 얼굴을 찌푸리면서 대답을 하였다.

"자, 내려오셔도 좋습니다."

"저, 지난번 검사 결과는 언제쯤 알 수 있나요?"

"한 삼사 일 더 걸릴 거예요. 뭐, 너무 걱정하지 마세요."

의사는 별 거 아닐 거라는 듯이 가볍게 웃어 보였다. 그녀는 의사의 말을 뒤로 남기고는 병원을 나왔다.

햇살이 아침보다 좀더 강하게 내리쪼이고 있었다. 이제 오늘이 지나면 달력 한 장이 더 뜯겨져야 하는 팔월의 마지막 날이건만 햇살은 가을이 다가오든 말든 뜨겁기만 했다.

하련은 건널목에 서서 파란 신호등을 기다리고 있었다. 순간 남편의 차가 지나가는 게 눈에 띄었다. 설마하면서도 눈여겨보니 남편의 차가 확실했다. 그런데 조수석에 웬 여자가 타고 있었다. 그 여자는 남편의 어깨에 머리를 기대고 앉아 웃고 있었다. 하련은 자신의 눈을 의심했다. 아니야, 그럴 리가 없어. 아마 잘못 본 걸 거야. 그러나 낯선 여자와 함께 웃고 있던 남편의 모습만은 기억에 생생하게 남아 있었다.

그날 저녁 하련은 남편에게 물었다.

"오늘 점심은 어디서 드셨어요?"

"응? 그건 왜?"

신문을 보고 있던 재혁은 신문지 위로 눈을 추켜 뜨고는 그녀를 올려다보며 물었다.

"아까 낮에 당신 차가 저쪽 큰길로 지나가는 걸 본 거 같아서……"

그녀는 남편의 동정을 살피며 말했다.

"이 그, 근처에? 잘못 보았겠지. 이쪽으로 올 이유가 없는데. 오늘 손님이 와서 하루 종일 회사에 있었거든."

재혁은 다시 신문지 위로 애써 시선을 돌리며 태연한 척 말했다.

"그럼 내가 잘못 본 건가 봐요."

그녀는 하루 종일 회사에서 근무를 했다는 말에 더 이상 할 말이 없었다. 그저 헛것을 본 거라고 생각할 수밖에.


비가 주룩주룩 내렸다. 여름 내내 뜨거운 태양이 한껏 달궈 놓은 대지를 식히기라도 하려는 듯 시원스럽게 내리는 가을비였다.

하련은 남편을 아침 일찍 출근시켜 놓고 다시 병원을 찾았다. 오전 진료를 받으려고 서둘러 달려왔건만 환자들이 많이 몰려 있어서 점심시간이 임박해 올 무렵에서야 진료를 받을 수 있었다.

"아, 오셨습니까? 요즈음 컨디션은 어때요?"

언제나 보아도 친절하기만 한 의사였다. 미소를 한가득 머금은 얼굴로 이렇게 말을 건네며 차트를 들여다보았다.

"요즈음 어지러움증이 심해진 것 같아요."

"예전에도 어지러웠었나요?"

"네, 심하진 않았지만 조금씩 자주 그랬어요."

그녀는 순간 가난했던 지난날들이 주마등처럼 스치고 지나갔다. 한 푼이라도 아끼려고 먹을 것도 제대로 먹지 못하고, 병원이란 데는 상상도 하지 못했던 쓰라린 과거가 머릿속에서 꾸역꾸역 되살아났다. 리어카에서 구워 대는 호떡이 먹고 싶을 땐 침을 한 번 꿀꺽 삼키고는 먹었다고 생각을 하면서 참아내야 했던 지난날들이 그녀의 입가에 씁쓰레한 미소를 짓게 만들었다.

"그럼, 빈혈 증세가 있군요."

의사는 메모를 해서 차트 위에 첨부시켰다.

"허리와 다리는 어때요? 아프지 않아요?"

"요즈음 들어 자주 허리에 심한 통증을 느껴요."

의사는 침울한 표정과 함께 긁적긁적 무엇인가를 적어 나갔다.

"선생님, 검사 결과는?"

그녀의 얼굴색은 노란빛을 띠고 있었다.

"검사 결과는 아직 나오진 않았습니다만 안정을 취하는 것이 제일 필요합니다."

"그럼 언제쯤 와야 하나요?"

그녀는 맥이 빠진 얼굴로 물었다.

"날짜는 확실히 알 수 없고, 나오는 대로 전화를 드릴 거예요. 그리고…… 다음 번에 나오실 때는 부군되시는 분과 함께 오셨으면 하는데요."

의사는 애써 태연한 척하려고 애썼지만 얼굴에 굳은 표정이 완연히 드러나 보였다.

"남편은 왜요?"

그녀는 남편과 함께 오라는 말에 놀란 얼굴이 되어 캐묻듯이 물었다.

"뭐, 특별한 것은 아니지만 성교적으로 주의 설명을 좀 해드릴까 해서요."

의사는 거짓말을 하고 있었다. 검사 결과가 나왔지만 그녀에게 숨기고 있었던 것이다. 그녀는 자궁에 암세포가 퍼지고 있는 상태였다. 그정도라면 통증을 느꼈을 텐데 본인이 아직 자각하지 못하고 있었던 것이다. 물론 콜로스코프 검진에서 자궁 점막의 일부를 떼어 조직 표본을 만들어 현미경으로 세밀히 조사하는 최종적인 진단 과정에 들어갔기 때문에 정확한 상태를 진단하려면 사오 일간의 시일이 더 필요하긴 했다. 그런 사실을 본인에게는 알릴 수가 없을 뿐더러 개인 병원에서는 수술을 할 수 없기 때문에 큰 병원으로 옮길 수 있도록 진단서를 첨부해 주려고 남편을 찾는 것이었다.

그녀는 진찰이 끝나자, 의사의 태도가 뭔가 석연치 않다고 생각하면서 병원을 나섰다. 밖에는 계속 비가 내리고 있었다. 그녀는 우산을 쓰고 건널목에 서서 파란 신호등이 켜지기를 기다렸다. 차도엔 비 때문에 교통 체증이 심한 모양이었다. 많은 차들이 줄을 지어 선 채 밀려 있었다.

하련은 차들을 무심코 바라보다가 저만치에 서 있는 남편의 차를 또 발견하고 말았다. 그녀는 반가운 마음에 소리쳐 부르려고 하다가 그만 손으로 입을 틀어막아 버렸다. 그건 젊은 여자가 옆 좌석에 앉아 활짝 핀 웃음으로 무슨 장난이라도 치고 있는 듯했기 때문이었다. 그 여자는 남편의 비서인 미스 나였다. 게다가 그녀의 볼을 어루만지고 있는 남편의 손이 뚜렷하게 두 눈에 들어왔던 것이다. 하련은 자신의 눈이 의심스러워 두 눈을 거듭 감았다, 떴다 해보았지만 그건 지울 수 없는 사실이었다. 심장이 철렁 내려앉는 순간이었다. 그쪽에서 자신을 알아볼까 봐 우산으로 얼굴을 가리운 채 온몸을 부들부들 떨고 있었다.

파란 신호등이 켜졌지만 그녀는 건널 수가 없어서 한동안 그 자리에 그렇게 붙박혀 있어야 했다. 그녀의 뇌리에는 두 사람의 모습이 뚜렷하게 각인되었다. 열흘 전이었던가? 똑같은 이 자리에서 스쳐 지나갔던 남편의 차 말이다. 하루 종일 회사에 있었다고 부정하던 남편의 표정이 떠올랐다. 그러나 이젠 그것이 거짓말이었다는 게 드러나 버리고 말았다. 가증스러운 남편을 떠올리며 치를 떨었다. 그래서 그리도 차갑게 대했던 것이었을까? 늘 등을 돌리고 잠을 잔 것이었을까? 이젠 어떻게 해야 하는 걸까? 그녀는 실타래가 풀어헤쳐진 것처럼 머릿속이 너무도 혼란스러웠다. 아무 생각 없이 빗속을 걷고 또 걸었다.


　　　　　남편은 그날 저녁 웬일인지 다른 날보다 조금 일찍 귀가를 했다.

"오늘은 일찍 들어오셨네요."

하련은 여느 때처럼 행동하려고 애를 썼다.

"일찍 들어온 것도 불만인가?"

남편의 말 속에는 사사건건 가시가 돋쳐 있었다.

"불만은 누가 불만이라고 그래요!"

그녀는 처음으로 큰 소리로 말대꾸를 했다.

"왜 그리 큰 소리요!"

남편은 두 눈을 동그랗게 뜨면서 언성을 조금 높였다.

"큰 소리가 아니에요. 참, 오늘 낮에 회사에 들렀었어요. 점심이나 같이하려구요."

남편은 또 뻔한 거짓말을 할 거란 걸 알면서도 그녀는 왠지 그가 뭐라고 하는지 듣고 싶었다. 그런 자신이 역겹기만 했다.

"응? 회사에? 밖에 나갔을 적에 왔었나?"

남편은 그녀의 시선을 피하고 있었다.

"미스 나도 자리에 없고 당신도 없던데 점심은 어디서 하셨어요?"

그녀는 천연덕스럽게 남편을 궁지로 몰고 갔다.

"점심도 거르고, 거래처에서 말씨름을 하다가 세 시쯤에 김 과장하고 먹었지. 모처럼 나왔는데 안됐구료. 다음엔 전화하고 나와요."

재혁은 제대로 둘러댔다고 생각했는지 돌아서서 안도의 숨을 몰아쉬고 있었다. 사실 이 근처에 한식을 잘하기로 유명한 음식점이 있는

데 그는 미스 나가 그 집을 좋아하기 때문에 자주 가곤 했다. 그쪽에 아내가 다니는 병원이 있다는 건 까맣게 모르고 있었던 것이다.

그녀는 슬펐다. 차라리 자신이 본 그대로 솔직하게 말을 해주었더라면 이렇듯 가슴이 아프지는 않을 텐데……. 그 어떤 변명이라도 늘어놔 주었더라면 이렇듯 허탈하지는 않을 것이다. 그녀는 더 이상 마음에도 없는 말을 이어낼 수가 없어 입을 다물어 버렸다.

그녀는 남편을 피해 마당으로 나왔다. 달빛이 쏟아져 내리는 정원에는 이름 모를 풀꽃만이 환하게 웃으며 그녀를 반겨 주고 있었다.

"그래…… 너도 나같이 외롭겠구나."

그녀는 구슬 같은 눈물을 뚝뚝 떨구었다. 부군되시는 분과 함께 나오라던 의사의 말이 그녀의 귓전에 맴돌았다. 그녀는 고개를 설레설레 저었다.


다음날 저녁에 하련은 회사 앞에다 택시를 대기시켜 놓고 남편을 기다렸다. 상대는 같은 회사에서 근무하는 비서였기에 기다리는 장소는 정해져 있는 것이나 마찬가지였다.

쓸쓸한 거리였다. 사람들의 옷차림만 봐도 이젠 가을이 왔다는 걸 알 수 있었다. 떨어진 낙엽들은 목적지 없이 여기저기 뒹굴기도 하며 또 구석구석 처박히기도 했다. 차창 밖을 내다보고 있자니 그녀의 가슴속에도 쓸쓸함이 가득 차 올랐다.

시계 바늘이 여섯 시 십오 분을 가리켰을 때 드디어 남편의 차가 모습을 드러냈다.

"저 차를 따라가 주세요."

순간 그녀는 기사에게 명령하듯 말했다. 삼십 중반쯤 되어 보이는 젊은 기사는 그녀의 말이 떨어지기가 무섭게 '쌔앵' 하고 달리기 시작했다. 그러나 앞서 가는 남편의 차는 천천히 달리고 있었다.

"앞차가 빨리 달릴 줄 알았는데 의외로 천천히 달리고 있습니다, 손님."

기사는 무슨 보고라도 하는 듯이 말했다. 그러나 그녀는 제발 아무 소리 말고 그냥 쫓아가기나 했으면 하는 심정이었다.

"앞 차가 섰습니다. ……누굴 태우려는 것 같은데요."

기사는 급 브레이크를 밟고는 머뭇거리다가 천천히 달렸다.

"여자 분이 올라탔습니다, 손님."

기사는 그녀의 생각이 적중한 것 같다는 표정을 지어 보였다. 그는 큰 기침을 한 번 하고서 날쌔게 뒤를 쫓았다.

"이제야 본격적으로 달리시는구먼."

기사는 혼자말처럼 중얼거렸다.

그녀는 속으로 기사의 말대로 정말이지 적중했구나 하고 생각했다. 그러면서도 저 두 사람이 도대체 어디로 가려는 걸까? 하는 의문에 마음을 졸이고 있었다. 제발 최악의 행동만은 하지 말아 주기를 진심으로 기원하고 있었다.

얼마를 달렸을까? 남편의 차는 호텔 레스토랑이라고 쓰여진 찬란한 불빛을 뚫고 안으로 들어가 버렸다. 택시 기사는 이제 갈 길을 잃어 버리게 되자, 그녀의 눈치를 살피며 말을 꺼냈다.

"어떻게 할까요, 손님?"

기사는 백미러로 그녀를 힐끔 쳐다보았다.

"레스토랑에서 식사를 하려나 본데."

그녀는 선뜻 결단을 내리지 못해 망설여졌다.

"아이참, 손님두. 여긴 거의가 호텔을 이용하기 위한 레스토랑이에요."

그녀는 기사의 말을 알아들을 수가 없어 어벙병한 표정만 짓고 있었다.

"제가 한번 들어가 볼까요?"

"얼굴도 모르시면서……."

그녀는 어정쩡하게 말끝을 흐렸다.

"아까 여자가 차에 올라 탈 때 보니까 흰색 옷에 머리가 길었으니까 들어가 보면 대충 알 수 있을 거예요, 잠깐만 기다리세요."

기사가 들어가고 십 분 정도 지나려니까 그 기사는 양쪽 주머니에다 손을 집어넣고는 휘파람을 불며 모습을 드러냈다.

"손님, 레스토랑에는 없었습니다. 그러니깐 호텔로 올라간 것이지요. 어떻게 할까요?"

기사가 묻는 말에 그녀는 아무 대답도 할 수가 없었다. 이게 무슨 말인가? 마지막 바람만은 지켜 주길 기원했건만 어쩌면 이토록 짓밟을 수 있단 말인가? 그녀는 너무도 큰 실망을 안겨 주고 있는 남편이 밉기만 했다. 그들을 끝까지 기다려 보리라 마음을 굳혔다.

"아저씨, 수고비는 충분하게 드릴 테니 이대로 기다려 주시겠어요?"

"네, 그렇게 하지요."

기사는 바로 싸이드를 올려 채우고는 음악을 틀었다. 은은한 멜로디가 울려 퍼져 나왔다. 작은 공간에서 은은하게 흘러나오고 있는 그 음률은 그녀의 마음을 한층 더 착잡하게 만들었다. 한 시간이 흐르고 두 시간이 흐르면서 기사는 리듬에 맞춰 손가락을 가볍게 두드리고 있는 듯하더니만 지쳐 버렸던지 아예 코를 골며 취침에 들어가 버렸다. 그녀는 두 사람의 그림자를 놓칠세라 출구만을 눈이 빠지게 지켜 보고 있었다. 그녀는 피곤에 피곤이 겹쳐 눈알이 벌겋게 충혈되어 있었다. 잠시 등을 기대고 앞 유리 쪽을 바라보고 있으려니 앞쪽에 주차해 놓은 차 속에서 사람의 그림자가 움직이고 있었다. 아마도 시동을 끄고 혼자 운전대에 앉아 있는 저 그림자의 주인공도 어쩌면 자신과 똑같은 처지인가 보다라는 생각을 했다. 그런데 그 모습은 여자가 아닌 덩치 큰 남자였다. 아마도 그쪽은 여자가 바람을 피우는 모양이었다.

시계 바늘은 쉬지 않고 움직이고 있었다. 열 시 그리고 열한 시가 되자, 드디어 두 사람은 모습을 드러냈다. 하련은 저도 모르게 기사를 흔들어 깨웠다. 기사는 입가에 흘러내린 침을 손바닥으로 훔치면서 놀라 눈을 떴다. 남편의 차가 서서히 움직이더니 입구 쪽으로 빠져 나갔다. 기사도 서둘러 시동을 걸었다.

남편의 차는 청담동을 지나 잠실 방향으로 달리고 있었다. 얼마쯤 달렸을까? 삼전동 어느 고급 빌라 앞에 차를 세운 두 사람은 작별의 키스를 정답게 나누고는 헤어졌다.

하련은 그녀의 집이 여섯 세대가 살고 있는 빌라인데도 몇 층에 살고 있는지 확인할 수가 없었다. 집집마다 불이 켜져 있었기 때문이다. 부산 출신인 그녀가 서울에서 독신으로 살고 있는 것으로 하련은 알고 있었기 때문에 분명히 한 세대쯤은 불이 꺼져 있을 것이라고 생각을 했다. 사실 이 고급 빌라는 재혁이 그녀에게 구해 준 것이었다. 그들은 줄곧 이곳에서 밀월을 즐겼지만, 얼마 전 부산에서 남동생이 올라와 있었기 때문에 하는 수 없이 호텔을 찾을 수밖에 없었다. 그래서 그녀의 집에 불이 켜져 있었던 것이다.

"아저씨, 압구정동으로 가 주세요."

그녀는 맥이 풀린 듯 등을 기댄 채 힘없이 기사에게 말했다. 기사도 이젠 지쳐 버렸는지 묵묵히 달리기만 했다.

남편이 도착하기 전에 집에 도착한 그녀는 재빨리 세수를 하고는 침대 속으로 들어가 책을 보고 있는 척했다.

"오늘은 왜 이렇게 피곤하지. 얼른 쉬어야겠어."

남편이 들어오자마자 하는 소리였다.

"회사 일이 고된가 보지요?"

그녀는 아무런 말도 하고 싶지 않았지만 철면피하게 내뱉는 남편의 뒷말이 궁금해서 한마디 내뱉었다.

"조금 골치 아픈 일이 생겨서 지금까지 시달리다 들어온 거야."

재혁은 입었던 옷들을 획획 내어 던지다시피 벗어 놓고는 씻지도 않은 채 그대로 침대 속으로 들어가 버렸다. 그녀는 남편을 바라보며 속으로 코웃음을 쳤다. 샤워를 한 지 불과 한 시간도 지나지 않았으니 다시 샤워를 할 필요가 없겠지.

그녀는 도저히 용서가 되질 않았다. 미스 나의 알몸을 끌어안고 희희낙락하다가 돌아와서는 이러쿵저러쿵 거짓말을 능수 능란하게 해대는 남편에 대한 미움인지 질투인지 알 수 없는 증오심이 솟구쳐 오르고 있었다. 이제 삼사 일 후에는 병원에도 동행해야 하건만 혈색이 좋지 않은 아내의 모습을 보고도 어디가 아프냐는 말 한마디 물어 오지 않는 남편. 그것은 타인의 행동이었다.

그날 밤 그녀는 소파에서 쿠션을 눈물로 적시면서 쪼그린 채 잠이 들어 버렸다.


그날 이후로 사오 일이 지난 쌀쌀한 밤이었다.

재혁은 거래처 사람이 상을 당해 그 집에 가서 밤을 새워야 한다면서 옷을 갈아입으러 저녁에 잠깐 집에 들렸다.

"다녀오리다."

재혁은 검은 넥타이와 검은 양복으로 갈아입고 나가면서 평상시처럼 말을 했지만, 그녀는 그러지를 못했다. 잘 다녀오라는 말도 입에서 나오지 않을 정도로 남편과는 한마디도 하기 싫었다. 남편은 그런 아내의 모습을 보면서도 어디가 아프냐, 뭐가 어떠냐는 등의 말 한마디도 묻지 않은 채 무심하게 현관문을 나섰다. 그녀는 집안에 혼자 웅크리고 앉아 앞으로 어떻게 해야 할까 생각을 뒤적이다가 시간만 흘려 보내고 말았다.

어느새 밤이 꽤 깊은 시각이었다. 문득 하련은 해선 언니의 목소리가 듣고 싶었다. 그녀는 수화기를 들고는 수첩을 뒤적여 해선의 전화번호를 찾았다. 그러나 막상 누르다가는 내려놓고, 또 누르다가는 다시 내려놓았다. 시간이 늦은 탓도 있지만, 지금은 남편 문제 때문에 누구든 피하고 싶은 심정이라 그런지 그녀는 자꾸 망설이고 있었다. 그건 자신이 처한 입장을 남들이 알게 될까 봐 두려웠기 때문이었다. 그러나 손가락은 다시 번호를 누르고 있었다.

"네, 화곡동입니다."

해선의 목소리가 수화기에서 흘러 나왔지만 그녀의 목소리를 듣는 순간 하련은 말문이 막혀 버리고 말았다.

"여보세요? 여보세요?"

해선은 상대가 말이 없자 다시 한 번 불렀다.

"언니!"

"누구야, 하련이구나. 이 밤중에 웬일이야?"

그녀는 변한 것이 하나도 없었다.

"무슨 일이 있는 건 아니지, 그렇지?"

해선은 그녀가 대답이 없자 다그쳐 물었다. 이렇듯 늦은 시간에 하련이 전화를 걸어온 적이 없기 때문에 해선은 당혹스럽기만 했다.

"무슨 일은…… 아무런 일도…… 그냥 언니 목소리가 듣고 싶어서……."

하련은 핏줄을 나눈 형제처럼 걱정해 주는 그녀의 목소리를 듣는 순간 울컥 울음이 솟구쳐 올랐지만 감정을 억누르며 꿀꺽 삼키었다.

"원 애두, 싱겁긴."

해선은 이렇게 말은 했지만 왠지 느낌이 좋지 않았다. 재혁 씨한테 무슨 일이 있나, 아님 싸우기라도 한 걸까?

"그래, 요즈음은 뭐 하고 지내니?"

"요즘? ……병원에 다니고 있어."

"병원, 무슨 병원? 하련아, 어디가 아픈 거야?"

"아니…… 산부인과."

"어머! 너, 임신했구나? 축하한다. 그러면 그렇지. 목소리가 듣고 싶어서 느닷없이 이 오밤중에 전화를 걸 니가 아니지. 재혁 씨가 굉장히 기뻐하겠구나. 정말 축하해, 하련아."

"……고마워, 언니……."

하련은 아무것도 모르는 채 동문서답 같은 말을 해오고 있는 그녀에게 실망을 안겨 줄 용기가 없어 대충 그렇게 대답하고 말았다.

"얘두, 목소리가 왜 그래. 임산부는 밝게 지내야 되는 거야."

"언니, 보고 싶어."

그녀는 더 이상 듣고 있을 수가 없어서 말을 돌렸다.

"그래, 우리 만나자. 그러니까 오늘이 금요일이니까 토요일, 일요일, 월요일? 아니다, 다음 주 목요일 날 우리 밖에서 점심이나 먹자. 내가 맛있는 거 사줄게, 알았지?"

해선은 쾌활하다 못해 방정스러울 정도였다.

"그래, 언니. 그럼 그날 전화할게. 잘 자."

"그래, 너도 잘 자."

하련은 힘없이 수화기를 내려놓고는 가을밤의 정취를 한껏 돋구어 주는 귀뚜라미 울음소리를 벗삼아 홀로 잠을 청했다.


천고마비의 계절이란 말을 실감할 정도로 하늘이 높아진 소추의 아침이었다.

상큼하게 떠올라 있는 해님은 하련의 몸을 따사롭게 감싸주었다. 그

햇살에 나른해지려는 몸을 이끌며 그녀는 다시 병원을 찾았다. 병원 측에서는 보호자와의 동행을 요구하고 있었지만 그녀는 홀로 병원을 찾을 수밖에 없었다.

"어서 오십시오. 근데 보호자 분은?"

그녀가 진찰실로 들어서자 의사는 반갑게 맞아 주었다. 그리고는 역시나 보호자를 찾았다.

"좀 바쁜 일이 생겨서……."

"음, 그럼 부인께서 또 나오시기가 번거로우실 테니까, 오늘 퇴근길이나 내일 출근길에 보호자 분께서만 좀 들러 주실 수 있을까요? 빠를수록 좋습니다, 너무 늦으면……."

의사는 잠시 생각을 하더니 이렇게 말하면서 말끝을 흐렸다.

"선생님…… 저한테 말씀해 주세요. 혹시……."

그녀는 담당 의사의 말이나 표정이 심상치가 않았다. 검사 결과가 나오기로 한 때가 벌써 지났건만 대답을 피하면서 보호자만 찾는 게 이상했다. 게다가 근래 들어서는 허리가 끊어질 듯 아프기도 하고, 아랫배가 아파 잠을 못 이룬 적도 있었다. 아마도 남편 문제로 신경을 많이 써서 그런가 했는데, 그게 아니란 말인가.

"아, 아닙니다. 지난번에도 말씀드렸듯이 좀 주의할 사항이 있어서……."

의사는 하련의 눈을 똑바로 바라보지 못했다. 뭔가 이상이 있는 게 틀림없구나. 그녀는 이렇게 직감하면서 그냥 돌아서 나왔다. 더 이상 의사의 입장을 난처하게 만들고 싶지가 않았기 때문이다. 가슴속에 커다란 바윗돌이 들어앉은 듯 마음이 무거웠다.

병원에서 나온 그녀는 무작정 걸었다. 정처 없이 어디로라도 가고 싶었다.

'무슨 병인데 그러는 거지, 혹시 자궁암?'

그녀는 그렇게 생각이 들면서도 고개를 설레설레 흔들었다. 그러나 다시 '아니야. 좋지 않은 것만큼은 분명해.' 코웃음이 저절로 흘러나왔다. 이까짓 생명, 뭐가 아쉬워 두려울까 마는 고독해지는 것은 무서웠다. 아프다는 것은 사람들로부터 멀어진다는 것이다. 병과 싸우는 것보다 고독감과 싸우는 것이 더 힘들고 두려운 것이다. 이제까지 그토록 삶의 애착을 느끼며 강하게 살아왔건만 지금은 너무도 나약해져 버리고 말았다. 무엇 때문에 이 지경이 되고 만 것인가. 하련은 자신이 구역질이 날 정도로 만신창이가 된 것만 같았다. 자신이 자꾸 싫어졌다. 어디론가 훌쩍 떠나고 싶었다. 깔깔거리며 웃고 지나가는 사람들. 무엇이 그리도 바쁜지 병든 자신을 이리 치고 저리 치며 지나갔다. 사람들로 북적거리는 도심지가 갑자기 싫어졌다.

그런 사념에 휩싸인 채 무작정 걷다 보니 불쑥 시외버스 터미널이 눈에 보였다. 그녀는 아무 생각 없이 시외버스에 몸을 실었다. 목적지도 정하지 않고 올라탄 버스였지만 기분만은 평화로웠다. 한동안 창문에 머리를 기대고 앉아 지친 몸과 마음을 가다듬었다. 창으로 들어오는 햇살이 너무도 강해 커튼을 칠까도 생각했지만 가슴이 답답해서 그만두었다. 그런데 달리는 버스가 어느 경계를 넘어서자마자 갑자기 하늘이 어두워지면서 굵은 빗줄기가 차창을 때리며 흘러내렸다.

'그래, 시원하게 내리렴. 너라도 아픈 내 마음을 맘껏 적셔다오.'

하련은 속으로 중얼거렸다. 그녀는 쏟아지는 빗줄기 사이로 보이는 산등성을 바라보니 답답했던 마음이 그나마 한결 편안해지는 것 같았다.

그녀는 곰곰이 생각해 보았다. 검사 결과를 알려 달라는 말에 답변을 못 하고 시선을 돌리던 의사의 얼굴이 슬그머니 떠올랐다. 그렇게도 중병인가? 그렇다면 어느 정도나 살 수 있는 것일까? 사실 병원에서 나올 때 억장이 내려앉을 정도로 슬픔이 북받쳐 왔다. 그저 표현을 안 했을 뿐 가슴은 찢어지게 아팠고, 통곡이라도 하고 싶을 정도였다. 허무해서, 그리고 너무 억울해서, 아직도 할 일이 너무도 많이 남았는데…… 그녀의 볼 위로 소리 없이 눈물이 흘러내렸다. 순간 지난날 남편과의 추억들이 주마등처럼 스치고 지나갔다. 그녀는 어이없다는 듯이 코웃음쳤다. 영원히 내 곁에? 배신자…… 그토록 믿었건만…….

남편은 자신이 없어도 잘 살 거라고 하련은 생각했다. 어쩌면 좋아할지도 모른다. 아니, 좋아하겠지. 미스 나와 함께. 아랫배가 뻐근해지더니 경련이 일듯이 통증이 간헐적으로 하련을 쿡쿡 찔러 댔다.


버스가 멈추어 섰다. 밖을 내다보니 종착지의 터미널인 모양이었다. 승객들이 하나둘 일어나 주섬주섬 짐을 챙겨들고 밖으로 빠져 나갔다. 그녀는 어느 누구에게도 여기가 어디쯤이냐고 물어 보지 않았다. 버스 앞쪽 바깥에 커다랗게 붙어 있을 터미널 이름도 찾아보지 않았다. 여기가 어디든 어떠랴 싶었다.

하련은 버스에서 내려 발 닫는 대로 길을 따라 무작정 걸었다. 시가지를 한참 벗어나자 한적한 오솔길이 눈에 들어왔다. 왼쪽으로 길게 누운 강둑 너머로 푸른 강물도 흐르고 있었다. 그녀는 소리라도 지르고 싶을 정도로 산천의 풍경이 너무도 아름다웠다. 지금까지 여행 한번 못 했던 그녀였다. 눈앞에 펼쳐진 광경은 감정을 누를 수 없을 만큼 마음을 부풀게 하고 있었다.

소낙비가 내리고 나서인지 주변의 나무들은 방금 샤워를 마치고 나온 살갗처럼 싱그럽기만 했다. 그녀는 시원하게 물결쳐 오는 강바람을 두 팔로 끌어안고는 마음껏 들이마시면서 한참을 돌아다녔다.

그녀는 좀 힘에 부친다 싶었지만 들뜬 마음에 쉴 생각은 하지도 못했다. 그녀는 점심도 굶은 데에다 그 동안 남편 문제로 신경을 쓰다 보니 극도로 피로한 상태였다. 강둑 위로 올라서려는데 갑자기 아찔한 느낌이 들더니 하늘이 노래지면서 몸의 중심을 잃고 비틀거렸다. 급기야는 빈혈 증세인지 눈앞이 캄캄해져 오면서 정신을 잃고 그대로 쓰러져 버렸다. 그녀는 강둑 아래로 나동그라졌다.

"으……."

그때 마침 강둑 위를 걸어오던 한 남자가 쓰러지는 그녀의 모습을 발견하고는 헐레벌떡 뛰어와 그녀를 흔들어 댔다.

"여보세요! 여보세요!"

아무리 불러도 그녀는 아무런 반응이 없었다. 남자는 안되겠다 싶어서 그녀를 등에 들쳐업고 병원으로 냅다 뛰었다.

시내에 있는 작은 종합병원으로 달려온 그는 즉시 응급실로 가서 조치를 취했다. 의사는 다행히 위기는 넘겼다고 일러주었다. 그는 침대 옆에 서서 잠시 망설여졌다. 그녀를 놔두고 그만 돌아가야 할지, 아니면 그녀가 깨어날 때까지 기다려 보는 게 좋을지. 그때 담당 의사가 다가와 물었다.

"남편 되십니까?"

순간 그는 당황스러웠다. 삼십대이긴 했지만 아직 노총각 딱지도 떼지 않았는데 남편이라니. 그는 엉겁결에 말도 제대로 나오지 않았다.

"예? 아, 아……니."

"이쪽으로 잠깐 들어오십시오."

의사는 그를 남편으로 알아들었는지 자기 방으로 이끌고 들어갔다.

"이렇게까지 방치해 두셨다는 게 도저히 이해가 안 되는군요."

의사는 무슨 의미에선지 혀를 찼다.

"무, 무슨 말씀이신지요?"

그는 의사의 말을 알아들을 수가 없어 의아한 얼굴로 물었다.

"자궁암입니다. 처음엔 임신을 한 게 아닌가 했습니다만 진찰해 보니 육안으로도 알아볼 수 있을 정도로 덩어리가 커져 있는 상태예요. 암이 깊어서 손을 댈 수 있을지 뚜껑을 열어 봐야겠지만 일단은 말기에 가까운 자궁암이란 말입니다."

의사는 매우 안타까워했다.

"그럼 죽을 수도 있다는 겁니까?"

"상태를 봐야겠지만 구십구 퍼센트는 그렇습니다."

의사는 거의 가망이 없다는 듯이 이맛살을 찌푸리며 말했다. 그것은 환자의 병이 손을 써볼 수 없는 지경에까지 이르도록 그냥 방치되었다는 것에 대해 의사로서 분통해 하는 것이었다.

그는 묵묵히 말을 잃고 있었다. 가만 생각해 보니, 난처하기만 했다. 그저 나 몰라라 하고 돌아서 갈 수도 없는 일 아닌가. 적어도 정신이 돌아오면 가족에게 연락이나 해주고 돌아가야겠다고 생각했다. 의사의 말을 등 뒤에 남겨 두고 그는 무거운 마음으로 밖으로 나왔다.

그는 병원 안에 마련된 흡연실에서 담배를 피워 물고는 자신도 알 수 없는 기분에 휩싸여 있었다. 인생이란 게 무언지 무상하기만 했다. 젊은 나이에 죽을 병에 걸린 저 여자의 인생도 자신만큼이나, 아니 자신보다도 더 가련하다는 생각에 착잡한 기분이었다. 한참 동안 그런 사념에 빠져 있던 그는 그녀가 누워 있는 병실로 가보았다. 그녀는 아직도 의식이 돌아오지 않고 있었다. 속눈썹만 길게 늘어뜨리고 기운 없이 누워 있는 낯선 여인의 창백한 얼굴을 내려다보면서 무언가 동정심 같은 것을 느끼고 있었다. 이렇듯 젊고 어여쁜 여자가 죽음을 맞이해야 한다니. 그는 왠지 가슴이 저려 오는 것을 느끼며 한없이 서글펐다. 그는 저도 모르게 그녀의 손을 잡아 주었다.

그 순간 하련은 정신이 돌아오는지 눈가가 꿈틀꿈틀하더니 게슴츠레하게 눈을 떴다.

"누구세요, 여긴 어디죠?"

그녀는 개미 소리만한 목소리로 힘들게 말을 꺼냈다.

"아, 이제야 의식이……."

그는 반갑다는 듯이 기쁜 얼굴로 말했다. 그리고는 간호사를 불러 의식이 돌아왔다는 걸 알려 주었다. 그리고는 그녀에게 말했다.

"처음 뵙겠습니다. 저기, 그러니깐 강둑 위에서 바람을 쐬고 있다가 하련 씨가 쓰러지는 걸 보고 병원으로 모셨습니다."

"아, 그랬었군요. 정말 고맙습니다. 그런데 어떻게 제 이름을?"

그녀는 참 고마운 사람이구나 하는 생각이 드는 한편, 정신을 잃었으니 못 볼 꼴을 보인 건 아닌가 해서 부끄러운 생각이 들었다. 그가 자신의 이름을 알고 있다는 것도 뭔가 치부를 드러낸 것 같아 얼굴이 붉어졌다.

"죄송합니다, 허락도 없이 가방을 열어 봐서. 사실은 병원 수속을 하느라 어쩔 수 없이……. 제 이름은 라윤규라고 합니다."

그는 묻지도 않은 이름을 밝히며 어색해 했다. 가방을 뒤진 게 미안해서 그런 건가. 하련은 그런 그가 순박해 보이기까지 했다. 설핏 미소가 떠올랐다. 그녀는 차츰 기력을 찾고 있었다.

"하련 씨, 댁 전화번호 좀 주세요."

윤규의 말에 하련은 놀란 듯 두 눈을 동그랗게 떴다. 그는 별것도 아닌 걸 가지고 놀라는 그녀가 우습다는 듯이 껄껄껄 소리내 웃으면서, 가족들이 와야 집에 돌아갈 게 아니냐고 했다. 그제서야 그녀는 무심한 얼굴이 되어 창 밖으로 시선을 돌렸다. 자신이 낯선 곳에서 이러고 있으니 집에서 걱정할까 봐 연락을 해주려는 모양이었다. 하지만 누구에게 연락을 한단 말인가. 누가 와 준단 말인가. 그녀는 눈시울이 뜨거워지는 걸 애써 억누르고 있었다.

"연락은 나중에 제가 해도 돼요. 그나저나 바쁘신 분이 저 때문에 시간을 빼앗겨서 어쩌죠? 전 이제 괜찮으니까 그만 가보세요."

하련은 고맙다는 표시로 그에게 웃으며 말했다. 그러나 그는 혹시 또 무슨 일이 생길지 모르니까 연락을 해주고 가겠다고 우겨댔다. 하련은 별 수 없이 집이 비어 있는 시간이라 연락이 안 될 거라고 대충 둘러대야 했다. 그제서야 윤규는 한발 물러섰으나, 왠지 불안해 하는 기색으로 병실을 맴돌며 돌아가질 못했다. 하련은 그가 왜 그러는지 짐작이 갔다. 아마 의사한테서 무슨 이야기를 들었을 것이다. 그건 그녀 자신도 느끼고 있는 것이었다. 바보 천치가 아닌들 제 몸에서 일어나는 일을 모르겠는가. 하련은 이제 슬프지도 않았다.

윤규는 시간이 늦었으니 어서 돌아가라는 하련의 성화에 못 이겨 자리에서 일어났다. 그는 몸조리 잘 하라는 말과 함께 돌아서려다가 쭈뼛쭈뼛거리더니 안주머니에서 뭔가를 꺼내 그녀에게 내밀었다.

"혹시 무슨 일 있으면 연락해요. 옷깃만 스쳐도 인연이라는데, 제가 도울 일이 있으면 바로 올게요."

하련은 그의 말에 눈물이 핑 도는 듯했다. 그가 건네 준 건 명함이었다. 〈강촌민박〉이라고 적혀 있었다.

"민박집을 하시나 봐요?"

그는 별 거 아니라는 뜻인지 머리를 긁적이면서 말했다.

"그냥 조그맣게 민박을 치면서 그림 그리는 재미로 살고 있거든요. 필요할 땐 언제든지 연락하세요, 알았죠?"

하련은 그림까지요? 하면서 놀랍다는 얼굴로 말했다. 그리고 거듭 고맙다는 인사도 빠뜨리지 않았다. 그렇게 그가 돌아가고 나자 그녀는 그가 남긴 빈 자리를 바라보며 더욱 외로움에 떨어야 했다. 잠시 머물다 간 사람의 자리가 이토록 큰 것은 자신의 고독이 깊어서인가, 아니면 그의 자취가 너무도 따뜻해서인가. 하련은 담요를 끌어당겨 한껏 뒤집어썼다. 그가 살아가는 모습이 참 아름답다고 느껴졌다.

윤규는 바람이라도 쐴 양으로 밖으로 나왔다.

밤하늘에 무수히 수놓아져 있는 작은 별들은 저마다 빛을 발하고 있었고, 갖가지 풀벌레들은 자신의 목청을 자랑이라도 하는 건지 소리 높여 노래를 불러 대고 있었다.

그는 담배 한 대를 꺼내 불을 당겼다. 메케한 담배 연기를 폐부 깊숙이 빨아들였다. 그제서야 복잡한 심사가 좀 누그러지는 것 같았다. 자신이 왜 이러는지 답답하기만 했다. 그림 작업도 잘 되지 않고 기분은 우울하기만 했다. 방을 찾는 손님이 없어서 그런 걸까. 손님을 받으려면 어제 집을 비우지 말았어야 했다. 가을 바람이 불기 시작하면서 손님이 뚝 떨어지긴 했지만, 그래도 토요일이면 강변을 찾는 연인들이 제법 있기 때문에 매주 두서너 방은 꼭 손님이 들었다. 그런데도 어제는 하루 종일 병원에서 낯선 여인의 뒤치다꺼리만 하고 있었으니 누구를 원망할 필요도 없는 거였다. 그러나 그는 장사에는 그다지 관심이 없는 위인이었다. 민박집으로서는 일 년치 매상을 올리는 피서철에도 그는 종종 문을 걸어 잠그고 어딘가를 며칠씩이나 쏘다니다 돌아오곤 했었으니까. 그는 담배 한 모금을 빨아 길게 내뿜었다. 아무래도 그녀 때문인 것 같다.

그는 알 수 없었다. 병실에 누워 있던 그녀가 왜 자신의 머릿속을 떠나지 않고 맴돌고 있는지. 어젯밤 썰렁한 병실에 그녀를 남겨두고 돌아온 후 그는 잠을 이룰 수가 없었다. 사형 선고를 앞두고 있는 여자. 어여쁜 얼굴에 가득 수심을 담고 누워 빈 허공만 담아내고 있을 슬픈 눈. 윤규는 왠지 마음이 아팠다. 오늘 하루 종일 그녀의 모습이 눈앞에 선해 아무것도 할 수 없었다. 몇 번이나 병원엘 가볼까 말까 하는 망설임에 시달려야 했다. 그럴 때마다 가족이 와 있거나, 다른 병원으로 데리고 갔겠지 하는 생각이 꼬리를 쳐들고 일어났다. 가정이 있는 여자 같던데 벌써 남편이 와서 무슨 조치를 취했겠지 하고 그는 그녀에 대해 무신경해지려 애썼다. 하지만 그것도 잠시였다. 왠지 그녀는 무슨 복잡한 사연을 지닌 것만 같았다. 그렇지 않고서야 그렇게 중증인 몸으로 이 외진 곳까지 흘러왔을 리가 있을까. 게다가 몸이 그 지경이 되도록 내버려두고 있었다는 것도 이상했다. 차림새나 외모에서 풍기는 부유한 느낌 때문에 그런 생각이 더 드는 건지도 몰랐다. 그녀는 집에 연락을 해주겠다고 하는데도 극구 사양하지 않았던가. 어떤 식으로든 뭔가 불행한 사연을 안고 있는 여자인 건 분명해 보였다. 그게 뭘까. 그는 오늘 내내 이런 생각들로 엎치락뒤치락하고 있었다.

그는 한숨을 푹 내쉬면서 먼 하늘을 우러러보았다. 밤하늘에 별들이 총총총 빛나고 있었다.

"별들아…… 가련한 그 여인을 좀 도와 줄 수 없겠니? 별똥 하나가 떨어져 내리면 사람도 그 별처럼 저 세상으로 떨어져 내린다던데……. 그 여인의 별만큼은 떨어지지 않게 너희라도 꼭 붙잡아 줄 수는 없겠니, 별들아?"

윤규는 먼 하늘에 대고 혼자말로 중얼거렸다.

"저, 여보세요. 말씀 좀 여쭈어도 될까요?"

가냘픈 목소리가 고요한 적막을 깨고 윤규의 귓속으로 흘러 들어왔다. 그가 돌아다보니 어둠 속에 웬 여자의 실루엣이 그에게 말을 걸어오는 거였다.

"저, 이 근처에 강촌민박이라고 있나요?"

순간 윤규는 깜짝 놀랐다. 그 여자, 하련이었다. 그는 놀랍기도 하고, 반갑기도 해서 다소 호들갑스럽게 아는 척을 했다. 그녀도 반기는 기색이었다. 밤이 깊어서 찾지 못하면 어쩌나 하고 걱정을 했었는데 마침 그를 만났으니 천만다행이라고 좋아했다.

"저, 여기서 민박 좀 하려구요. 며칠 쉬었다 가려는데 마땅한 곳도 없고 해서 윤규 씨를 찾아왔어요. 저 방 주실 거죠?"

윤규는 어리둥절해 했다.

"물론…… 방이야 많지만……. 근데 몸은 좀 어떠세요, 퇴원을 했으면 집에 가서 쉬시지 왜 아직 안 돌아갔어요?"

그는 그녀를 다시 만난 게 반갑기도 했지만, 의사한테 그녀의 상태를 들어서 잘 알고 있는지라 한편으로는 걱정이 앞서는 거였다. 게다가 아직까지 이곳에 머물고 있다는 건 아직 가족들에게 연락을 하지 않았다는 뜻이었다. 무슨 상처가 깊어 병든 몸으로 떠돌아다니는 걸까. 윤규는 그녀의 속마음이 너무도 궁금하기만 했다.

"덕분에 다 나았어요. 보세요, 아무렇지도 않잖아요."

그녀는 쾌활한 목소리로 그를 안심시키려 들었다. 그런 말이 윤규의 귀에 곧이 들어올 리가 없었다. 하지만 그보다도 밤바람이 제법 쌀쌀하다는 데에 생각이 미치자, 윤규는 그녀를 방으로 안내해 주는 게 더 급했다. 몹시 추위를 느끼는지 그녀는 두 팔로 작은 몸을 감싸고 선 채 오들오들 떨고 있었다.

그는 방안으로 들어서자마자 이불을 깔아 그녀가 앉을 수 있게 자리를 만들어 주었다. 그리고는 얇은 이불을 꺼내다 그녀의 몸을 덮어 주었다. 그녀는 하루 새에 몰라보게 수척해져 있었다. 얼굴은 핏기 하나 없을 정도로 창백하기만 했다. 이대로 그냥 있어도 괜찮은 건지 윤규는 걱정이었다. 병원에서 치료를 제대로 해도 나을지 어떨지 알 수 없는 판에 이러구 있다는 건 삶을 포기하고 있는 거나 다름없는 것 아닌가. 윤규는 그녀가 편히 쉴 수 있도록 자리를 피해 밖으로 나가려다 잠시 멈칫거렸다. 아무래도 이대로 그냥 두어서는 안 된다는 생각이 그를 사로잡고 있었다.

"저, 잠깐 얘기 좀 나누어도 될까요?"

윤규의 말에 하련은 밝게 웃으며 그러자고 했다. 그러나 막상 자리를 잡고 앉았지만, 그는 무슨 말부터 꺼내야 할지 몰라 망설여졌다. 그의 얼굴을 빤히 바라보고 있던 하련은 씨익 웃으면서 먼저 말을 꺼냈다.

"제가 왜 여기에 왔는지 물으시려는 거죠, 집으로 가지 않고?"

하련은 그의 대답을 기다리다 그가 아무 말이 없자, 시무룩한 얼굴로 다시 입을 열었다.

"그냥 며칠 쉬려고 하는데 어디로 가야 할지 아는 데가 없어서 온 거예요. 윤규 씨도 좋은 분인 거 같구 해서 여기 오면 좀 편히 지낼 수 있을 거 같아서요. ……부담스러우시면 그냥 갈게요."

그제서야 윤규는 무겁게 다물고 있던 입을 열었다.

"아니, 그게 아니에요. 부담스럽다니, 그런 말은 말아요. 전 단지 하련 씨가 걱정이 돼서 그러는 거예요. 몸도 성치 않은 것 같은데 병원에서 치료도 받지 않고, 더군다나 집에는 연락이나 했어요?"

하련은 괜찮다는 듯이 씨익 웃었다. 그리고는 무슨 생각을 하는지 잠자코 고개를 숙이고 앉아 있었다.

"혹시 병원에서 제 병에 대해 듣지 않았어요? 병원에 있는다고 한들 무슨 뾰족한 수가 있는 건 아니잖아요."

하련의 목소리는 무겁게 가라앉아 있었다. 그녀의 말에 그는 깜짝 놀랐다.

"아니, 그럼 벌써 알고 있었단 말이에요?"

그의 말에 그녀는 고개만 살짝 끄덕였다. 사실 그녀는 어제 윤규가 돌아가고 나서 담당 의사를 찾아갔다. 자신의 몸 상태를 어느 정도까지는 짐작하고 있었지만, 어디까지 진행된 것인지 정확하게 알고 싶었던 것이다. 의사는 처음엔 밝히기를 꺼려했다. 그러나 그녀가 하도 집요하게 물어오는 터라 어쩔 수 없었다. 의사는 하련의 지금 상태에 대해 자세히 설명해 주었다. 그의 말로는 이미 암세포가 널리 퍼진 상태라 수술을 한다 해도 성공할 수 있을지조차 의심스럽다는 것이었다. 이렇게 버티고 있는 것만으로도 의학적으로는 신기에 가까울 정도로 놀라운 거라고 했다. 그는 시간이 지날수록 통증이 점점 심해질 거라면서 진통제를 처방해 주고 가급적 안정을 취하라고 거듭 일러주었다.

하련은 아주 덤덤하게 모든 걸 받아들이는 표정이었다. 그 모습이 가련하다 못해 무서울 정도로 처연해 보이기까지 했다.

"그럼 앞으론 어쩔 셈이에요? 이렇게 치료도 받지 않고 있다가……가족들은 또 어떻게 하구요."

윤규는 진심에서 우러나오는 걱정을 조용히 털어놓았다. 그러나 그녀는 그의 말에 고개를 설레설레 흔들었다.

"전 돌아갈 곳이 없어요. 얼마 전까지만 해도 내가 안주할 집이 있었고 가족이 있었어요. 근데 어느 날 눈을 떠 보니 거긴 내가 있어야 할 집도, 내가 사랑할 가족도 아니었더라구요. 인생이란 게 다 그런 건가 보죠?"

그녀는 씁쓸한 미소를 지으며 이렇게 말했다. 윤규는 그녀의 말이 무얼 뜻하는지 알 것만 같았다. 내게도 그런 때가 있었지. 산다는 것의 마지막을 본 사람만이 느낄 수 있는 직감이라고나 해야 할까. 그는 왠지 모르게 그녀에게 끌리는 감정을 어쩔 수 없을 것 같았다. 둥지를 잃고 외로움에 떨고 있는 새처럼 애처로운 그녀를 끌어당겨 품 안에 넣어 주어야만 할 것 같았다. 그녀 가까이 다가앉아 그녀의 어깨를 두 팔로 감싸안았다. 그녀는 그가 하는 대로 순순히 따랐다. 깊은 잠에라도 빠져들 듯 그의 가슴에 기대어 두 눈을 감았다. 저도 모르게 뜨거운 눈물이 볼을 타고 흘러내리고 있었다.

# 길 잃은 자의 눈물

하련이 집을 나간 지 일주일쯤 되어 가자, 마침내 재혁은 은근히 걱정이 되기 시작했다.

"도대체 이 사람이 어딜 가서 죽은 거야, 살아 있는 거야. 연락 한 통 없이 답답해 미치겠구만."

집 안으로 들어서자마자, 재혁은 짜증이 나서 투덜거렸다. 벌써 며칠째 아내의 손길이 닿지 않은 집안 곳곳은 엉망이 되어 있었다. 무엇 하나 제대로 놓여 있는 것이 없었다. 그 동안 집 안에서는 손끝 하나 까딱하지 않던 그였기에 불편한 게 한두 가지가 아니었다.

처음엔 화도 났지만, 혹시 아내가 뭔가 눈치를 차린 건 아닌가 싶어 불안하기도 했다. 하련이 집을 나가기 전날, 재혁이 상가집에 간다고 했던 것은 사실이 아니었다. 미스 나와 함께 밤새 즐기고 나서 집에도 들르지 않은 채 출근했다가 밤늦게서야 집에 돌아왔으니 마음 한구석이 찜찜하지 않을 수 있겠는가. 하지만 설마 하는 생각에 곧 돌아오겠지 하고 기다리는 수밖에 없었다. 어느 한 곳이라도 연락을 해볼 만한

데가 없었기 때문이었다. 아내는 집에만 있는 사람이 무슨 필요가 있 겠느냐고 핸드폰도 쓰지 않는 사람이었다. 재혁이 알고 있는 아내의 친구라고는 해선뿐인데, 설령 그 집에 가 있다고 해도 섣불리 전화를 하기엔 켕기는 게 있었다. 만약 아내가 뭔가 알게 되어 집을 나간 거라 면 그들이 자신을 곱게 보겠는가 싶어서였다. 그러나 일이 심상치 않 다는 걸 재혁이 느끼게 된 것은 어젯밤 해선과 통화를 하고 나서부터 이다.

"어머! 안녕하셨어요? 여기 화곡동이에요. 하련이 있어요?"

그녀는 당연히 하련이가 받거니 하고 전화를 걸었는데 느닷없이 재 혁이 받자 좀 놀란 모양이었다.

"화곡동에서 머물지 않았었나요?"

자신도 모르게 불쑥 튀어나온 재혁의 말이었다.

"여기요? 아니요. 하련이가 여기 온다고 그랬어요?"

그녀는 재혁의 느닷없는 말에 놀라 되물었다.

"아, 아니……요. 지금 집에 없는데요."

재혁은 밝히고 싶지 않았던 일이었기에 말을 더듬고 있었다.

"이상하네. 저기…… 사실은 오늘 점심을 같이 하기로 약속을 했었 거든요. 근데 애가 연락이 안 돼서요. 어딜 간 거지? ……네, 잘 알았 습니다."

그녀는 무척 걱정을 하며 전화를 끊었다. 재혁은 아내가 그 집에 없 다는 사실에 왠지 안심이 되면서도, 그렇다면 어딜 간 거지 하는 걱정 이 생겨나기 시작했다. 어찌되었든 무슨 수를 써서라도 빨리 찾아보아 야겠는데 별다른 수가 없어 고민이었다. 그러다 보니 다른 때라면 초 저녁일 시간에 귀가를 해서 아내가 들어왔는지 확인을 하곤 했다. 미 스 나와의 밀회도 자주 가질 수 없었다.

오늘도 집 안은 어둠 속에 묻힌 채 적막하기만 했다. 재혁은 늦은 시간이었지만 잠을 이룰 수가 없었다. 이리저리 뒤척이고 있는데 갑자기 전화벨이 요란하게 울었다.

"여보세요. 당신이야?"

재혁은 다급하게 일어나 전화를 들고는 이렇게 물었다.

"……당신이 아니라서 미안해요."

"현미…… 나 지금 집이야. 아내라도 있었으면 어쩔려구……."

재혁은 누가 듣기라도 하는 것처럼 말소리를 죽였다.

"사모님한테선 아직도?"

"모르겠어, 어딜 간 건지."

"무언 여행이 길군요."

현미는 깔깔거리며 말했다.

"무언 여행?"

재혁은 그 말에 귀가 솔깃해졌다.

"그래요. 무언 여행이요. 여자는 가끔씩 그러구 싶을 때가 있다구요. 너무 걱정 말아요."

현미는 경험자인 양 자신 있게 말했다.

"정말 그럴까? 그렇다면 그럴 만한 이유가 있어야 할 것 아니야."

"물론 이유야 있겠지요. 음…… 우리 사이는 모르고 있을 테니깐 그 이유는 아닐 테고 혹시 냉정하게 대했다던가? 뭐, 그런 거 없었어요?"

재혁은 글쎄 하면서 지난 일을 생각해 보았다. 그런데 자신이 아내에게 함부로 굴었던 게 어디 한두 번인가. 게다가 현미를 사귀기 시작한 다음부터는 늘 그런 식이었던 것 같다.

"응, 그런 게 어디 한두 번인가. 현미하고 지낸 날은 유달리 심했지."

"그것 봐요, 그렇다니까요. 이제 며칠만 더 기다려 봐요. 잘 있다는 전화라도 한 통 걸려 올 테니깐."

재혁은 그녀의 말을 듣고 나니 왠지 한시름 놓이는 것 같았다. 긴 한

숨을 내리쉬었다.

"재혁 씨, 그건 그렇구, 어서 이리 와요. 으응?"

현미는 아양을 떨며 재혁을 부르고 있었다. 하지만 재혁은 별로 내키지 않았다. 오늘은 그냥 쉬라고 잘라 말했다. 그러나 그녀는 막무가내로 떼를 쓰면서 재혁을 원했다. 수틀리면 재혁의 집으로 쳐들어올 기세였다. 부인도 집을 나가고 없으니 어쩌냐는 거였다.

"알았어, 알았어. 내 금방 갈게, 기다려."

"샤워하고 기다릴게, 빨리 와요."

재혁은 마지못한 듯 일어나 나갈 채비를 서둘렀다.


시계 바늘은 쉬지 않고 움직여 밤 열한 시를 알리고 있었다.

해선은 어제 낮에 있었던 재혁과의 통화가 자꾸 맘에 걸렸다. 오늘 낮에도 몇 번이나 전화를 했지만 여전히 받질 않았다. 아무래도 이상해서 남편과 상의해 보려 했지만, 남의 가정사에 상관할 일이 아니라며 나무라는 통에 아무 말도 하지 못했다. 하는 수 없이 혼자 전전긍긍하다가 잠자리에 들긴 들었지만 통 잠이 오질 않았다.

'참, 이상한 일도 다 있네. 약속을 지키지 못할 것 같으면 미리 연락을 했을 텐데 지금까지 연락도 없고. 재혁 씨 말도 좀 이상하고. 우리집에서 머물지 않았느냐는 얘긴 뭐지? 그렇다면 집을 나갔다는 것일까? 아니, 임신까지 한 애가 도대체 어딜 갔단 말인가? 전활 한번 해볼까. 시간이 늦었지만 혹시 들어왔는지 모르잖아.'

해선은 자고 있는 남편 몰래 거실로 나와 수화기를 들었다. 그러나 전화를 받을 리 만무했다. 그저 답답한 것은 해선, 그녀뿐이었다.

해선은 다음날에도 몇 번이나 전화를 넣어 보았지만 받질 않았다. 아무리 생각해도 무슨 일이 있는 모양이었다. 집밖에 모르는 애가 벌써 며칠째 집을 비운다는 게 말이나 되는가. 그렇다고 서울에 자주 찾는 친구가 있는 것도 아니고, 혹시나 싶어 이모댁에도 물어 보았지만 거기에도 오지 않은 눈치였다. 생각다 못해 재혁의 핸드폰에 전화를 넣었다. 그 무렵 재혁은 미스 나의 침대에 누워 느긋한 시간을 보내고 있었다.

"아, 여보세요."

재혁은 낮게 내리깐 목소리로 느긋하게 전화를 받았다.

"여보세요, 화곡동인데요. 저기, 하련이는……?"

해선은 그의 목소리를 듣는 순간 가슴이 떨려 오는 걸 느꼈다.

"아, 예…… 아직…… 아니, 없는데요. 들어오는 대로 전화하라고 할게요."

재혁의 말투는 귀찮아하는 기색이 역력했다. 그러나 해선 쪽에서 전화를 그냥 끊을 리 없었다. 어떻게 된 건지 확실히 알아봐야겠다고 벼르고 한 전화였다.

"저기…… 외람된다고 생각하실지 모르겠지만 지금 하련이 어디 있어요? 혹시 집이라도 나간 거예요?"

해선은 단도직입적으로 따지듯이 물었다. 순간 재혁은 말문이 막혀 아무 말도 할 수가 없었다.

"하련이가 임신을 해서 병원에 다닌다는 말을 했었는데…… 물론 재혁 씬 그 사실을 알고 계시겠지요?"

"네? 임신이요? 그럴…… 리가…… 없는데…….."

재혁은 머뭇거리며 말했다. 아내의 말에 의하면 몇 달 전에 맨스를 한 달 새에 두 번을 하기도 했고 지난번엔 양이 너무 많아 침대에 묻혔다고 미안하다는 말을 했던 기억이 났다.

"그럴 리가 없다니요?"

해선은 역시나 하고는 차가운 말투로 바뀌고 있었다.

"두어 달 전까지만 해도 그것이 있었다는 것을 제가 알고 있었거든요."

"그건 두어 달 전 이야기잖아요. 그후에 임신할 수도 있잖아요."

해선은 신경이 날카로워지고 있었다.

"그럴 리가……."

재혁은 두 달 전쯤에 취기에 아내를 안았던 적이 떠올랐지만 그후로는 아내를 안은 적이 없었기에 설마라고 생각하는 것이었다. 그러면서도 근래 들어 배가 아프다면서 괴로워하는 것 같았었는데 그래서 그런 건가 하는 생각이 들기도 했다.

"그렇게 확실해요? 그럼 산부인과에 다닌다고 말했었는데 임신이 아니라면 무슨 다른 일로?"

"다른…… 일이라니요?"

"재혁 씨가 그럴 리가 없다고 자꾸 그러시니까 그런 말을 한 거죠. 달리 산부인과를 다녀야 할 이유가 없잖아요? 그나저나 갠 지금 어디 있는 거예요?"

해선은 그를 이리저리 몰아붙이면서 집요하게 추궁해 댔다. 재혁도 어쩔 수 없었다. 귀찮다는 투로 심드렁하게 말해 버렸다.

"사실…… 모르겠어요. 아무 일도 없었는데 연락도 없이……. 곧 들어오겠죠, 뭐."

"뭐라구요? 아니 벌써 며칠이나 지났는데 지금까지 그냥 그러구 있단 말예요!"

해선은 너무도 무관심한 재혁의 말에 화가 치밀어 자신도 모르게 언성을 높이고 말았다. 그녀는 짜증스럽게 수화기를 내려놓고는 부랴부랴 집을 나섰다. 택시를 잡아 타고는 하련이 사는 동네인 압구정동으로 갔다.

해선은 하련이가 쉽게 갈 만한 산부인과를 찾아볼 요량으로 하련이 네 집 근처를 둘러보면서 큰길 쪽으로 걸음을 옮겼다. 마침 대여섯 살쯤 된 어린아이를 데리고 슈퍼에서 나오는 젊은 주부를 보고는 달려가 물었다.

"저기 있잖아요, 말 좀 물을게요. 저 동네에서 사는 사람이 만약 산부인과를 간다고 하면 어느 병원으로 갈 것 같아요?"

"네?"

느닷없이 밑도 끝도 없는 말을 물어 오자 애 엄마는 정신 이상자가 아닌가 하는 표정으로 해선을 쳐다보았다.

"제가 지금 이상한 질문을 하고 있죠? 사정이 좀 있어서 그래요. 아주머니 생각으로는 어느 병원으로 갈 것 같으세요?"

해선은 생긋 웃으며 재차 물었다. 그제서야 애 엄마는 손짓을 해가며 설명해 주었다.

"저 길에서 오른편으로 가도 두 군데 있고 왼쪽 편에도 있는데, 사람들이 저기 있는 Y병원이 잘 본다고 많이들 가요."

해선은 고맙다는 인사를 하고는 서둘러 그 병원으로 갔다. 접수 창구로 가서 간호사에게 사정을 말하고 하련이 진료 받은 적이 있는지 알아봐 달라고 부탁을 했다. 간호사는 해선의 표정이 다급해 보였는지 차트를 열심히 뒤적거리며 기록을 확인했다.

"아, 여기 있네요."

마침내 간호사의 들뜬 목소리가 해선의 두 눈을 빛나게 만들었다.

애 엄마가 가르쳐 준 병원이 정확하게 맞아떨어진 것이었다.

"어, 근데 이분은…… 잠깐만 기다리세요."

간호사는 차트를 살펴보더니 고개를 갸웃거리며 원장실로 들어갔다. 순간 해선은 임신일 리 없다던 재혁의 말을 떠올리며 가슴이 철렁 내려앉는 것 같았다. 간호사가 그녀를 원장실로 데리고 들어갔다.

"이 환자분과는 어떤 관계가 되시는지요?"

나이가 지긋하고 의젓해 보이는 의사가 차트를 들여다보며 물었다.

"저기, 언니 되는데요. 다름이 아니라 동생이 왜 병원을 다녀갔는지 궁금해서 찾아뵈었습니다만…… 임신인 거죠?"

차트를 들여다보고 있던 의사는 해선의 마지막 말에 얼굴을 쳐들고 힐끔 쳐다보았다. 해선은 뭔가 심상치 않은 느낌을 받았지만, 의사의 입에서 자신이 바라는 말이 나오길 가슴 졸이며 기다렸다.

"왜 이제야 오셨습니까? 노하련 씨의 보호자 분을 뵙고 싶다고 수차 말씀 드렸었는데 본인이 알리지 않았나 보군요. 참, 안타까운 일입니다. 저도 연락이 없어서 몇 번이고 환자분 댁으로 전화를 드렸습니다만 계속 부재중이시더군요. 늦었지만 잘 오셨습니다."

의사는 소파로 자리를 옮겨 그녀와 마주 앉았다.

"되도록이면 큰 병원으로 빨리 모셔야 했기에 연락을 취했던 것입니다만……."

"무슨 큰 병이라도?"

해선은 가슴이 두근거리는 것을 억지로 눌러 참으며 물었다.

"자궁암입니다."

"네에? 암이요? ……선생님…… 지금 하신 말…… 잘못 말씀하신 거죠, 그렇죠?"

해선은 망치로 뒤통수를 얻어맞은 기분이었다.

"아닙니다, 상태가 무척 깊었습니다. 검사 결과 악성이었고 그래서 저희 병원의 시스템으로는 도저히 무리였기에…… 큰 병원으로 옮기게 해드리려고 그토록 연락을 드린 것이었는데……."

"선생님…… 선생님께서 보신 결과로는……."

그녀는 맥없이 의사의 말을 듣고 있다가 문득 정신을 가다듬으며 일 말이라도 희망적인 말을 듣고 싶어 다시 되묻고 있었다.

"대학병원을 찾는다 해도 수술은 하지 못했을 겁니다. 그 상황에선 메스를 댈 수가 없었다는 것이죠. 하지만 본인의 선택 여부에 달려 있기 때문에 일단 대학병원으로 옮기는 걸 권해 드리려는 것이었습니다. 그러나 성공 여부는 백분의 일밖에는 되지 않는 상황이었습니다. 이제 와서 말씀이지만 어쩌면 수술을 하지 않는 편이 하루라도 생명을 연장하는 최상의 방법이었을 수도 있었습니다."

"선생님, 그렇다면 수술을 하지 않을 경우엔 얼마나 살 수 있을까요?"

해선은 울고 있었다. 주체할 수 없는 눈물이 마냥 흘러내렸다.

"짧으면 이삼 개월, 길면 오육 개월 정도. 체질에 따라 단축될 수도 있고 연장될 수도 있지요."

의사 역시도 침울한 표정을 짓고 있었다.

"그런데 선생님, 지금 그 환자의 행방을 알 길이 없어요. 혹시. 이 사실을 본인이 알고 있나요?"

"글쎄요. 제 쪽에서는 비밀을 지키려고 했었지만 본인이 상식적으로 알고 있을지도 모르는 일이죠."

"잘 알았습니다. 바쁘신데 시간을 내주셔서 정말 감사합니다."

"원 별 말씀을…… 하루 빨리 환자를 찾으시기를……."

의사는 이 말 이외에는 할 말이 없다는 듯이 안타까운 표정을 지어 보였다.

"고맙습니다. 안녕히 계세요."

해선은 다리를 후들거리며 병원을 나왔다.

'역시 내 생각이 맞았어. 그날 전화가 걸려 왔을 때 무언가 할 말이 있는 것 같았는데 바로 이거였어. 계집애 이런 중요한 일을 어떻게 혼자서 삭이려고. 하련아, 도대체 어디에 있니. 어디에 있어.'

그녀는 속으로 엉엉 울면서 남편에게 전화를 걸었다.

"당신 왜 그래, 응?"

원식은 아내의 울음소리에 놀라 다그쳐 물었다.

"여기 당신 회사 지하 레스토랑인데 잠깐 내려오실래요?"

"알았어. 금방 내려갈게."

원식은 전화를 끊자마자 헐레벌떡 뛰어내려왔다. 그녀는 테이블에 앉아서 손수건으로 눈물을 훔쳐내며 울고 있었다.

"아니, 무슨 일이야, 여보?"

원식은 아내의 눈이 벌겋게 충혈되어 있는 걸 보고는 더욱더 놀라 물었다.

"하련이가…… 흐흐흑."

해선은 남편을 보자 더욱더 설움이 북받쳐 올랐다. 말도 제대로 하지 못하고 그만 울음을 터뜨리고 말았다.

"하련이가, 왜? 어서 말해 봐."

원식은 답답했지만 아내가 진정되기를 기다렸다가 물었다.

"하련이가 자궁암이래요. 그것도 말기래요, 여보. 어떡해요, 우리 하련이 정말 어떡해요."

그녀는 남들의 시선이 있어 애써 울음을 참으려고 하니 가슴이 메어지는 것같이 아팠다. 원식 역시도 말을 잃고 있었다.

"당신 먼저 집으로 들어가. 혹시 처제한테서 전화가 걸려 올지도 모르니."

무언가 한참을 생각한 원식은 아내에게 조용한 목소리로 말했다. 그녀는 손수건으로 입을 막고 있다가는 고개를 끄덕거리며 집으로 돌아갔다.

원식은 차를 몰았다. 시선하나 흐트러뜨리지 않은 채 곧은 자세로 운전을 하고 있었다. 무엇을 그리도 골똘히 생각하고 있는 것인지 원식은 입술을 깨물고 있었다.

그 언젠가 동문회에서 친구들의 비방이 하늘을 찌를 정도로 높았을 때였다. 그 다음날 원식은 재혁의 회사 근처에서 일을 보고 나서 그와 얘기를 좀 해야겠다 싶어서 그를 찾아갔다. 그런데 그의 회사 앞에서 우연히 그의 차를 발견하고는 아차 싶어 그를 따라갔다가 불행하게도 못 볼 걸 본 것이었다.

재혁의 옆 좌석에는 여자가 앉아 있었고 그들은 호텔 레스토랑이라고 쓰여진 곳으로 들어갔다. 순간 원식은 어찌할 바를 몰라 얼마간을 망설이다가 안 되겠다 싶어서 확인을 하려고 레스토랑으로 들어가 보았다. 그런데 두 사람은 그곳에 없었다. 주차장에 그의 차만이 덩그러니 내버려져 있었다.

그날의 기억들이 주마등처럼 스쳐 지나가자 원식은 주먹을 불끈 쥐었다. 원식은 남자로서 그를 이해하자고, 아니 긁어 부스럼 만들 필요가 없다는 생각에 모르는 척하고 있었다. 그러나 지금은 그를 용서할 수가 없었다. 그의 대한 미움이 가슴속에 가득 차 불타오르고 있었다.

재혁의 회사 앞에 도착한 원식은 무슨 생각에선지 차를 주차해 놓고는 재혁이 퇴근하기만을 기다리고 있었다. 드디어 재혁의 차가 모습을 드러냈다. 그가 퇴근을 하려면 아직도 한 시간 남짓 남아 있었건만 그는 빠른 퇴근을 하고 있었다. 원식은 미리 오길 잘했다고 생각했다. 재빨리 시동을 걸어 그를 쫓아갔다. 선글라스를 끼고는 그를 놓칠세라 한눈 한 번 팔지 않고 따라 붙었다. 재혁은 삼전동 쪽으로 가고 있었다. 그리 급한 일은 아닌 듯 아주 천천히 달리고 있었다.

재혁은 답답한 마음에 다른 날보다 일찍 회사를 빠져 나왔지만 막상 집으로 들어가려 하니 더욱더 마음이 울적할 것 같았다. 그래서 현미네 집에 잠깐 들렀다 가야겠다고 마음을 먹고 방향을 잡은 것이다. 월차를 낸 그녀는 오늘 하루 집에서 쉰다고 했었다.

재혁의 기분은 착잡했다. 무언가 늘 지니고 있던 것을 잃어버린 듯한 허탈감에 휩싸여 모든 일에 의욕을 잃고 있었다. 아내 문제 때문이었다. 그 동안 내 여자이니깐 아무려면 어때 하는 생각에 무심히 흘려 버렸던 아내의 존재가 이다지도 크게 차지하고 있을 줄은 몰랐다. 그의 가슴속에 일말의 양심이라는 것이 남아 있었는지 그 동안 아내를 하찮게 여겼던 것은 아닌가 하는 죄책감이 그를 괴롭히고 있었다. 앞으로 어떻게 해야 할지도 난감한 문제 중 하나였다.

이런저런 생각을 하다 보니, 재혁의 차는 어느새 그녀의 집 앞 가까이 이르렀다. 창 밖을 살펴보며 주차할 곳을 찾던 재혁은 빌라 입구 쪽에서 벌어진 광경을 보고는 가슴이 철렁 내려앉는 것 같았다. 눈을 씻고 다시 보아도 현미가 분명했다. 아니, 저건 또 뭐야! 자신의 애인이라고 믿고 믿었던 그녀가 다른 남자의 팔뚝에 매달려 있는 게 아닌가. 그는 무슨 장난이라도 치는 듯 그녀의 볼이며 입술 위에다 키스를 해대고 있는 것이 아닌가. 이럴 수가……. 재혁의 눈에서는 불똥이 튀었다.

재혁이 현미에게 갈 때는 늘 습관처럼 미리 연락을 취해 놓고서야 길을 나섰다. 그녀의 동생과 마주치면 곤란했기 때문이다. 하지만 오늘은 이른 시간이라 동생이 있을 턱이 없고, 울적한 기분에 그저 잠깐 볼 양으로 전화도 넣지 않고 오는 길이었다. 손을 흔들어 보이며 돌아서서 들어가는 그녀의 마지막 모습까지 죄다 목격한 그는 천불이 터져 올라 다리가 후들거렸다. 그는 망설였다. 들어가야 하나? 아니면 이대로 돌아가야 하나? 그러나 불타오르는 배신감이 그를 그냥 내버려두지 않았다. 그는 이층으로 마구 뛰어 올라갔다.

뒤따라오던 원식은 갑작스런 재혁의 행동에 놀라워하다가 자신도 모르게 그를 따라 뛰어 올라갔지만 굳게 닫혀지는 문소리에 발걸음을 멈추고 말았다. 원식은 들어갈 수가 없었다. 이미 안에서는 재혁의 큰 소리가 터져 나오고 있었다.

"지금, 그놈 누구야?"

재혁의 눈에선 시퍼런 불꽃이 이글거리고 있었다.

"그냥…… 아는 사람이에요……."

현미는 이렇게 이른 시간에 재혁이 들이닥칠 줄은 예상도 못 했기에 깜짝 놀랐다. 그의 성난 모습에 겁이 났지만 태연한 척하려고 무진 애를 썼다.

"그냥 아는 사람?"

재혁은 옷을 갈아입으려고 바지를 벗고 있는 그녀의 멱살을 움켜잡았다.

"재혁 씨, 왜 이래요?"

현미는 그가 이렇듯 무섭게 화를 내고 있는 모습은 처음 보았기 때문에 파랗게 질려 버렸다.

"이런 화냥년 같으니라구, 에이!"

재혁은 그녀를 침대 위로 내동댕이쳤다. 벌러덩 자빠지는 그녀의 하체엔 검은 팬티가 감겨 있어 허벅지가 더욱더 뽀얗게 드러나 보였다.

"재혁 씨이……!"

그녀는 제 분에 못 이겨 씩씩거리며 돌아서 나가는 재혁을 목타게 불렀다. 재혁은 그녀의 애처로운 목소리가 귓전을 울리자 멈칫하고 그 자리에 우뚝 섰다.

"사랑해요. 아까 그 사람은 내가 사랑하는 사람이 아니에요. 그냥 친구 남편이에요. 그 사람이 일방적으로 좋아하고 있는 것뿐이에요. 용서해 주세요, 재혁 씨. 내가 사랑하는 사람은 당신뿐이에요, 오로지 흐흐흑."

그녀는 흐느껴 울었다. 그러나 재혁은 그녀의 말을 뒷전으로 흘려 버리고 이렇다 할 말 한마디 없이 차갑게 돌아서 버렸다. 현관문을 열고 나가는 재혁을 부르며 그녀는 다급히 쫓아나갔다.

"아니, 원식아?"

재혁은 문 앞에서 서성거리고 있는 원식을 발견하고는 소스라치게 놀라 우뚝 멈추어 섰다.

"재혁 씨…… 흐흐흑……."

현미는 자신의 부름에 그가 멈추어 선 것으로 착각하고는 재빨리 달려가 재혁의 등 뒤에다 얼굴을 묻고는 흐느껴 울었다. 팬티 바람의 여자가 사내의 등에 찰싹 달라붙어 울고 있는 꼴을 보고 있자니 원식은 코웃음이 절로 났다.

"여긴 웬일로……?"

재혁은 뻣뻣하게 굳은 자세로 말을 꺼냈다. 원식은 양쪽 주머니에다 두 손을 묻은 채 그를 조롱이라도 하듯이 빤히 쳐다보고만 서 있었다. 이 순간에 무어라고, 그리고 무엇을, 또 어떻게…… 원식은 말을 할 가치조차 느끼지 못해 그저 사지가 떨리고 주먹이 불끈 달아올라 참을 수가 없었다. 저도 모르게 주먹이 날아갔다. 재혁은 힘있게 올려 붙인 원식의 주먹에 그만 휘청거리면서 얼굴을 감싸 쥐었다. 흐느껴 울던 그녀는 느닷없는 날벼락에 소스라치게 놀랐다. 너무도 당황한 나머지 성큼 뒤로 물러서면서 자신의 나체를 원식 앞에 고스란히 드러냈다.

"철없는 네가 한심스럽다. 와이프가 암으로 죽어 가는 줄도 모르고……."

원식은 계속 말을 하려다 가는 그만 눈물이 쏟아질 것 같아 더 이상 말을 잇지 못했다. 그는 재빠르게 등을 돌려 유유히 걸어갔다.

그의 뒷모습을 바라보고 있던 재혁은 순간 원식의 말을 되새겼다. '자신의 와이프가 암으로 죽어 가는 줄도 모르고' 그렇다면 좋이가? 순간 머리끝이 쭈뼛 하고 솟아올랐다.

"원식아!"

재혁은 돌아서 가는 친구의 이름을 부르며 뒤를 쫓았다. 그러나 원식은 등 뒤에서 오랜만에 들어보는 자신의 이름이 귓전을 때려 왔지만 걸음을 멈추지 않고 그대로 걸었다.

부리나케 달려온 재혁은 시동이 걸리고 있는 원식의 차를 붙들고는 애타게 이름을 불러 가며 그를 세우려 하였다. 그러나 원식은 그를 쳐다보지도 않고 그대로 액셀러레이터를 밟았다.

재혁은 순식간에 사라져 가는 원식의 차를 바라보며 맥을 잃고 그 자리에 주저앉았다.

"도대체 무슨 일인 거야. 암으로 죽어 간다니. 거짓말, 거짓말!"

재혁은 앉은 자리에서 그대로 돌이 되어 버린 듯한 자세로 몸부림을 치며 고함을 질렀다. 오가는 사람들은 그가 미친 줄 아는지 저마다 가여운 눈초리를 던졌다. 그의 마음을 알아줄 그 누구도 그에겐 없었다. 재혁은 두 무릎을 꿇고는 엉엉 소리쳐 울었다.


집으로 돌아온 재혁은 원식의 집에 전화를 걸었다. "여보세요! 저……."

재혁은 말문을 열지 못했다.

"재혁 씨?"

원식이가 아닌 해선이었다. 재혁은 그녀에게도 말이 터져 나오질 않고 있었다. 해선 역시도 무엇부터 말을 꺼내야 할지 몰라 망설이고 있었다.

"죄송합니다. 해선 씨가 알고 있는 대로 좀 상세히……."

"글쎄요, 저도 하련이한테서 별다르게 연락을 받은 건 아니에요. 전에 하련이가 산부인과를 다닌다고 했기 때문에 집에서 가까운 산부인과를 찾아가 알아본 건데……. 얼마나 당황했는지……."

해선은 가슴을 떨며 대충 설명을 했다.

"그 산부인과는?"

재혁은 아무래도 직접 병원을 찾아가 알아봐야겠다는 생각에 병원이 어딘지를 물었다. 해선은 자세히 일러주었다.

"예, 잘 알았습니다. 지금 원식이는?"

재혁은 조심스럽게 원식을 찾았다.

"네, 하련이가 갈 만한 곳을 모조리 찾아보겠다고 나갔는데 아직 안 들어왔어요. 들어오면 전화하라고 전해 드릴게요."

"아, 아니에요. 자, 그럼."

재혁은 찜찜한 기분으로 수화기를 내려놓았다.


**다음날 재혁은** 아침 일찍 병원을 찾아갔다. 의사의 말에 놀랄 수밖에 없었다. 의사는 남편으로서 무심한 재혁을 탓하기도 했다. 재혁은 죄책감과 부끄러움에 얼굴을 들 수조차 없었다. 병원을 나온 그는 무거운 발걸음으로 집을 향해 걷고 있었다.

'죙이야, 아니, 여보······. 왜 나를 울리는 거야? 아무리 내가 무심했다 한들 이렇게 잔인하게 굴어야만 한단 말인가? 용서가 되질 않아. 내 자신이 용서가 되지 않는 것이 아니라 당신이 용서가 되질 않는다고. 진정 죽어야 할 사람은 당신이 아니라 바로 나란 말이야. 내가 죽어야 한다고. 흐흐흑······.'

재혁은 벽에 기대어 서서 큰 소리로 울어 버리고 말았다.

'이젠 모든 것이 끝나 버렸어. 삶의 의욕도 없단 말이야. 이젠 내가 해야 할 일은 오로지 당신을 살려야 하는 것뿐인데 어찌해야 한단 말인가. 도대체 어디서 무엇을 하고 있는 거야. 나에게도 사죄할 시간은 줘야 하잖아. 미안해. 정말 미안해. 그리고 당신을 사랑해.'

재혁의 눈가엔 눈물이 마를 새 없이 흐르고 또 흘러내렸다.

# 두 거북이의 짧은 이별

하련이 윤규의 민박집에 머문 지도 어느새 십여 일이 훌쩍 지나가 버렸다. 그 동안 두 사람은 무척이나 친숙한 사이가 되었다. 윤규는 정성을 다해 하련을 보살펴 주었다. 날이 갈수록 하련의 통증이 심해지자 그는 밤낮을 가리지 않고 잠시라도 하련의 곁을 떠나지 않으려 했다. 어느 날 새벽녘엔 하련이 아파서 잠이 깨 약을 찾고 있었는데, 밤새 그녀를 지키다 곁에 쓰러져 새우잠을 자던 그가 벌떡 일어나 약을 챙겨 줄 정도였다. 그녀는 그가 더할 나위 없이 고맙기도 하고 미안하기도 했다. 남편도 보여주지 못한 정성에 그녀는 이따금씩 눈시울이 젖기도 했다.

그런 어느 날 아침이었다. 커튼 사이로 눈부신 햇살이 스며들고 있을 무렵이었다.

"잘 잤어요?"

윤규는 자고 있는 하련의 얼굴을 말없이 들여다보고 있다가 그녀가 눈을 뜨자, 다정한 말투로 아침 인사를 건넸다.

256

"아이, 왜 창피하게 자는 모습을 들여다보고 있어요?"

그녀는 수줍은 소녀처럼 부끄러워했다.

"너무 예뻤어. 속눈썹을 길게 늘어뜨리고 자는 모습이 마치 한 마리의 새가 둥지에 남아 엄마랑 아빠랑, 그리고 형제들을 기다리다 지쳐 자는 모습처럼 가냘프기도 하고……. 하련 씨, 사랑해요."

윤규는 그녀의 이마에다 입술을 갖다 대면서 사랑한다고 했다. 그 말에 하련은 얼굴이 달아오르며 가슴이 마구 설레었다. 그의 입을 통해 처음 들어본 사랑한다는 말. 그러나 두 사람은 이미 무언의 눈빛과 표정으로 수도 없이 많은 사랑의 느낌을 주고받아 온 터였다. 그 마음이 비로소 입이라는 도구를 통해 말로 빚어져 가슴 떨리게 하고 있는 것이다.

"고마워요. 저도 윤규 씨 사랑해요."

이심전심이라고 하련도 불쑥 속마음을 드러내고 말았다. 윤규는 그녀를 일으켜 한참이나 품속에 안아 주었다. 하련은 정말 이대로 영원히 사랑했으면 좋겠다고 생각했다. 말뿐이 아닌 진짜 사랑을……. 그러면서도 그보다 더한 욕심은 없을 거라는 자책감이 들기도 했다.

"우리 오늘 점심은 계곡에 나가서 해 먹을까요?"

윤규는 싱긋이 웃으며 말했다.

"계곡에서요?"

"응, 여기서 가까운 곳에 작은 산이 있는데, 거기 계곡물이 아주 깨끗하고 제법 운치가 있거든요."

하련은 흔쾌히 좋다고 했다. 정말로 기뻤다. 오늘날까지 이렇듯 자신을 즐겁게 해주려고 배려해 주었던 사람이 있었던가? 남편? 물론 남편을 처음 만났을 때는 나름대로 사랑이라고 믿고 또 믿었었지. 아니, 사랑이었지. 그러나 지금은 아니라고 그녀는 고개를 저었다. 그건 남편의 배반 때문이 아니었다. 사랑의 농도가 다르다는 것이었다. 남편과의 만남은 자신들의 외로움을 이겨 보자는 그 어떤 목적성을 띤 필요에 의해 이루어진 사랑이었다. 그에 비해 윤규는 시들어 가는 여인을 헌신을 다해 보살펴 주는 맹목적인 사랑이란 걸 그녀는 너무도 잘 알고 있었다.

하련은 너무도 기뻐서 춤이라도 덩실덩실 추고 싶은 심정이었다. 아픈 것도 잊어버릴 수 있을 만큼 큰 기쁨이 가슴속에 가득 차 오르는 걸 느꼈다.

"천천히 준비하고 기다려요. 그리고 스웨터는 차에 있으니깐 간단하게 입고……."

윤규는 행여 그녀의 컨디션에 이상이 생길까 염려해 스웨터까지 신경쓰는 자상함을 보여주었다. 하련은 이루 형용할 수 없으리만큼 그가 고마웠고 더 없는 행복을 느꼈다.


낙엽이 바람에 부딪는 소리가 들려 왔다. 새들의 노랫소리도 들려 왔다. 계곡을 따라 흐르는 물소리는 맑고 청아하기만 했다. 이 모든 소리들이 자연의 클래식이 아닐까 하고 그녀는 생각했다.

"와―! 이 맑은 공기."

그녀는 입을 크게 벌리고는 맑은 공기를 깊게 들이마셨다.

"하하하, 공기가 아주 맑지요? 아주 많이많이 들이마셔요."

그녀 때문에 높은 곳까지 올라갈 수가 없어서 윤규는 적당한 곳에 자리를 잡고 짐을 풀면서 화통하게 웃었다. 하련은 그 웃음소리를 들으면서 처음으로 들어보는 우렁찬 웃음소리라는 생각을 했다.

'내가 즐거워하는 모습을 보고서야 터져 나온 저 웃음소리. 그 동안 저 사람의 활기찬 웃음소리를 내가 죽여 놓았구나' 하는 생각을 하니 그녀는 가슴이 저려 왔다.

단풍이 들고 낙엽이 바람에 나부끼다 공중곡예를 돌며 떨어져 내리는 계절이긴 했지만, 아직 나뭇잎에는 푸른 빛깔이 많이 남아 있었다. 그 숲 속에서 쫄쫄거리며 돌 속을 후벼파듯 흘러 내려가는 물소리로 가득한 이 청정한 계곡은 두 사람의 마음을 비우기에는 아주 적절한 장소이기도 했다.

그녀는 흐르는 물을 손으로 떠서 한 모금 마셨다. 이렇듯 맛있는 물을 내년에 또 먹을 수는 없는 것일까? 정말 이렇듯 아름다운 산 속에서 산뜻한 공기를 또 마실 수는 없단 말인가? 나뭇잎에 단풍이 들 듯이 안타까운 마음이 그녀를 붉게 물들이고 있었다.

살고 싶은데…… 정말로 살고 싶은데…… 저렇듯 자상하기만 한 사람과 오래오래 같이 살고 싶은데…… 저 사람 곁에 영원히 머물고 싶은데…… 나에겐 안 되는 것일까? 나는 행복해지면 안 되는 것일까? 저 사람과의 깊은 추억도 만들기 전에 이대로 접어야만 하는 것일까? 나를 언제 보았다고…… 이렇듯 나의 병수발을 불평 한마디 없이 거두어 주는 저 사람에게 무엇으로 보답해야 하는 걸까? 미안해요, 당신을 영원히 사랑할 수가 없어 정말로 미안해요…….

"무슨 생각을 그리 골똘히 하고 있어요?"

윤규는 버너에 불을 당기고 쌀을 씻어 냄비에다 밥을 안치다가 빙그레 웃으며 물었다.

"네? 아, 아무 생각도……."

그녀는 밝은 표정으로 살짝 웃어 보였다.

"내가 맛있는 찌개를 만들어 줄 테니깐 배가 고파도 조금만 참아요, 알았지?"

윤규는 감자를 깎고 양파를 썰어 고추장도 풀고 바쁘게 움직이고 있으면서도 잊지 않고 그녀에게 말을 건넸다.

"걱정하지 말아요. 전 안 먹어도 배가 부를 정도로 행복을 먹고 있으니까요."

그녀는 하이얀 미소 방울을 머금으며 한마디 던졌다.

"지금 뭐라고 했어요? 행복을 먹고 있다고? 그 말 너무도 멋있는데 정말이지?"

윤규는 바지런히 움직이던 손을 멈추고는 하련을 바라보며 물었다.

"물론이에요. 너무도 행복한 걸요."

윤규는 그녀에게 싱긋 웃어 보였다. 그는 다시 부지런히 식사 준비를 했다.

"자, 이제 다 되었으니 먹기만 하면 되는 거야. 어서 이리와 앉아요."

윤규는 돗자리가 작았기 때문에 신문지 몇 장을 더 깔아 조금 넓게 자리를 만들었다. 그리고는 음식을 펼쳐 놓고 그녀를 불렀다.

"와, 맛있겠다."

그녀는 이렇게 말은 했지만 사실은 식욕이 없었다. 조금 전에 통증이 심해져 오는 것 같아 흐르는 물을 손으로 떠서 진통제를 먹어 두었다.

"배고팠지? 어서 먹어."

그때 작은 낙엽 하나가 떨어져 내려 그녀의 밥 위로 살짝 내려앉았다.

"어, 하련 씨처럼 귀여운 낙엽이 먼저 먹겠다고 그러네."

윤규는 그녀의 밥그릇에서 낙엽을 들어내 주며 말했다. 그녀는 작은 미소를 지어 보였다. 그리고는 속으로 이렇게 말했다.

'아닐 거예요. 밥을 먼저 먹겠다고 그런 게 아니고 내 생명도 곧 떨어질 거라고 암시해 주는 거예요. 그래서 내 밥 위에 떨어진 거예요.'

윤규는 배가 고팠는지 허겁지겁 먹기 시작했다. 그녀는 그가 만들어 준 성의가 고마워서라도 맛있게 먹어야 했는데 잘 넘어가질 않아 눈치를 살펴 가며 조금씩 삼키고 있었다.

식사를 마친 두 사람은 따끈한 숭늉을 끓여 커피를 대신해 마셨다. 그는 밥을 짓느라 조금 피곤했는지 팔베개를 하고 옆으로 길게 몸을 눕혔다. 하련은 숭늉을 한 모금 마시고 나서 입을 열었다.

"한 가지 궁금한 게 있어요."

그는 누운 채로 뭔지 말해 보라는 듯이 하련을 올려다보았다.

"저기, 왜 혼자서 여기까지 오게 되었어요?"

그녀는 벌써부터 묻고 싶었던 말이었지만 그의 입에서 나올 때까지 기다리고 있었다. 그러나 그다지 중요한 얘기도 아니었기 때문에 생각난 김에 한번 꺼내 본 것이다. 그는 자리에서 몸을 일으켜 앉으며 말했다.

"그래요, 얘길 잘 꺼냈어요. 언젠가는 나에 대한 이야기를 들려주어야겠다고 생각은 하고 있었는데."

그녀는 그런 그의 심정을 헤아려 주지 못한 것 같아 미안했다. 그의 표정은 굳어지고 있었다. 하련은 그의 심각한 표정을 느끼고는 괜히 말을 꺼냈다고 후회했다.

"지나간 일이지만, 나한테 사랑하는 사람이 있었어요. 정말 예쁜 여자였는데, 우린 무척이나 사랑했었지……."

윤규는 아픈 상처를 다시 끄집어내는 게 고통스럽다는 듯이 이맛살을 찌푸리며 과거 이야기를 들려주었다. 그는 그녀를 무척이나 사랑했다고 했다. 물론 그녀 역시 마찬가지인 줄 알았다. 나중에 알고 보니 그녀는 그와 사랑을 나누어 온 몇 년 동안 이중생활을 하고 있었던 것이었다. 어느 사업가와 동거를 하다시피 하고 있었다는 걸 그 혼자만 까맣게 모르고 있었던 것이었다. 그 사실을 알게 된 것도 그 사내가 부인과 이혼을 한 후 다시 그녀와 정식 결혼을 올리게 되어 모든 게 밝혀진 것이었다. 그는 황당할 정도로 큰 충격을 받았지만, 어쩔 수 없이 그녀를 잊어야만 했다. 그러나 그게 쉽지가 않았다. 잊으려 하면 더욱 또렷하고 절실하게 떠오르는 그녀를 어찌해야 할지 알 수 없었다. 무엇보다도 그를 괴롭힌 건 그녀의 몸을 탐하고 있을 그 사내에 대한 미움과 저주였다. 언제부턴가는 그녀가 시집간 집 주위를 미친 사람처럼 배회하기 시작했고, 급기야는 그에게서 그녀를 찾아와야 한다는 생각에만 몰두하게 되었다. 이를테면 복수를 하기 위해 흉기를 들고 담을 넘어 들어가 행패를 부리게 되었다. 그러다 그는 그들의 고소로 몇 번이나 감옥을 드나들어야 할 정도로 망가져 버렸다. 결국 그는 삶의 회의와 자괴감에 빠져 살아야 했는데 피폐해질 대로 피폐해진 정신은 세상의 벽을 이겨내지 못하고 자살까지 시도하게 되었던 것이다. 죽음의 문턱을 넘지 못하고 다시 살아 돌아온 그는 변심한 여자가 살고 있는 서울, 그녀와의 온갖 기억들을 고스란히 담고 있는 서울이 싫어서 이곳으로 온 것이다. 맑은 공기와 푸른 산천을 바라보면서 상처받고 병든 마음을 깨끗이 씻어낼 수 있을 것 같아서였다. 그림도 그 무렵부터 배우기 시작한 것이다. 아직은 아마추어에 불과하지만, 언젠가는 나름의 일가를 이루어 볼 꿈과 희망을 품고 산다는 것이 자신에게 힘이 되어 줄 것 같았기 때문이다.

"그랬군요. 그런 아픔이 있었는지 몰랐어요."

윤규의 이야기를 다 듣고 난 하련은 깊은 한숨을 내쉬었다. 그녀의 눈이 축축히 젖어 있었다. 마치 자신의 이야기를 되짚어내고 있는 듯이. 그런 그녀를 윤규는 가만히 들여다보고 있었다.

"그런 일을 겪은 탓에 하련을 처음 보고 마음을 빼앗긴 건지도 모르겠어요. 솔직히 내가 뭔가 도와주지 않으면 나처럼 모진 고통 속에서 신음할 것 같은 느낌이었으니까요."

하련은 그의 말을 듣고 있다가 가만히 그의 어깨에 머리를 기댔다. 이윽고 그의 손길이 그녀의 등을 부드럽게 쓰다듬어 주었다. 그가 없었다면 자신은 지금 어떻게 되었을까. 비록 얼마 남지 않은 목숨을 간신히 부지하고 있긴 하지만, 지금의 자신에게 윤규는 너무도 큰 힘이란 생각에 하련은 그가 너무 고마운 것이다.

"하련 씨, 내가 부탁할 게 있는데 들어줄래요?"

윤규는 시선을 멀리 던진 채 조심스럽게 말을 꺼냈다. 그녀는 밝게 웃으면서 들어줄 수 있는 건 무엇이든 다 하겠다고 했다.

"다른 게 아니라 집에다 연락을 하는 거예요."

윤규는 말을 하면서 그녀의 눈치를 살폈다. 며칠 전 그녀에게서 남편 문제에 대해 들었기 때문에 조심스럽기만 했다. 역시나 그의 말에 하련의 얼굴이 몹시 굳어졌다. 그건 생각하고 싶지도, 아니 말도 꺼내기 싫었기에 정색을 하고 만 것이었다.

"하련, 내 말대로 해요."

윤규는 한번 더 조용히 말했다. 그러나 그녀는 그의 품에서 몸을 빼내 자세를 바로잡으며 싫다고 고개를 설레설레 저었다. 그리고는 일언반구도 하지 않고 먼 곳으로 시선을 옮겼다. 그의 심정을 헤아리는 듯 한참을 생각하고 있었다.

"지금 당장 대답하지 않아도 돼요. ……얼굴색이 많이 안 좋아 보이는데. 몸이 불편한 것 같아. 이제 그만 내려갑시다."

윤규는 늘어놓았던 그릇들을 주섬주섬 챙겨 배낭 속을 채웠다.

"미안해요. 으음……."

그녀는 아픔을 참아 가며 그의 부탁을 들어주지 못하는 걸 사과했다.

"많이 아파요?"

윤규는 놀라 큰 소리로 물었다.

"아니에요."

그녀는 몸도 몸이었지만 사실은 마음이 더 아팠다. 불과 세 시간 전에 진통제를 먹었건만 약효가 이렇듯 빨리 떨어진다는 것이 놀랍기만 했다. 한편으론 저 사람 곁을 떠나야 할 시간이 임박해 오고 있다는 사실에 마음이 뼈저리게 아픈 것이었다. 혼자만의 아픔으로 간직하고 떠나가고 싶었건만 왜 이리도 추한 꼴을 보여야 할 정도로 아픔이 솟아오르는 것인지 그녀는 안타까울 따름이었다.

"조금만 참고 내 등에 업혀요."

윤규의 이마는 식은땀이 번질거리고 있었다. 윤규의 태도 하나하나가 그녀의 심금을 울려 왔다. 사실 암이라고 선고받은 날로부터 언제나 죽음이라는 단어 앞에 속박되어 삶의 의미를 잃고 지내 왔건만 지금 이 순간만큼은 삶의 애착이 샘솟고, 추할 정도로 목숨을 구걸하고 싶었다. 살고 싶다. 정말로 살고 싶다. 사랑하는 저 사람과 일 년만이라도 아픔 없이 살고 싶다. 아니, 살점들이 도려져 나가는 아픔이 있다 해도 생명을 연장시킬 수만 있다면 참을 수 있을 것 같은 심정이었다. 윤규 씨…… 흐흑……. 그녀는 눈물을 속으로 삭이려다 그만 그의 등에 얼굴을 묻고 울음을 터뜨리고 말았다.

"하련……."

윤규는 그토록 서럽게 흐느껴 우는 그녀를 처음 보았다. 몸을 돌려 그녀를 품에 안고는 굳어 버린 듯 말을 잇지 못했다. 알 것만 같았다. 아니, 알 수 있었다. 그녀의 체취 속에서 갑자기 끓어오르는 정열의 냄새가 풍겨 나왔다가 다시금 맥없이 사라져 버리고 마는 걸 느낄 수 있었다. 그녀의 비정상적인 상태가 뼈아프기만 했다. 그녀의 아픔이 곧 자신의 아픔처럼 느껴져 두 눈에서 삐져 나오려는 눈물을 억지로 입술을 깨물며 참았다. 그러나 끝내는 윤규의 눈에서도 눈물이 흘러나오며 소리내 흐느끼기 시작했다.

마치 덫에 걸려 몸부림쳐 대는 산짐승처럼 온 산야를 뒤흔들어 메아리치도록 울부짖었다. 그 소리는 그녀의 가슴을 갈가리 찢어 놓았다. 온 마음에 시퍼렇게 멍이 드는 것 같았다. 돌 틈 사이로 흘러내리는 물

줄기는 이들의 슬픔을 같이하려는 듯 언제 모여들었는지 굵은 폭포수
처럼 몰아쳐 흘러내렸다.


　　　　　밤 공기는 몹시 차가웠다. 초겨울로 접어드는
마지막 가을의 밤바람이라 그런지 제법 옷깃을 여며야 할 정도로 쌀쌀
했다.

　하련은 낮에 윤규가 부탁한 말을 되새기다 보니 자정이 넘도록 잠을
이루지 못하고 있었다. 정녕 돌이키고 싶지 않은 뒤안길이건만 그의
부탁을 저버릴 수가 없어 전전긍긍하고 있었다.

　윤규는 가을 소풍이 고되었는지 세상 모르게 곤히 잠들어 있었다. 그
녀는 그가 깰세라 조심스럽게 일어나 남편에게 편지를 썼다.


　아빠별.

　그리고 엄마별.

　그리고 또 아기별.

　하늘엔 무수히도 많은 별들이 살고 있지요.

　세월 역시도 그 별들 이상으로 많이 흘렀구요.

　그 동안 어려웠던 날들도 많았지만 즐거웠던 날들도 많았답니다. 그
러나 돌아누운 자리엔 정녕 나의 별은 없었지요. 아니, 별똥으로 사라져
흘러간 별이었던 것을 깨닫기에는 그리도 많은 시간이 필요했나 봅니
다.

　별똥은 인간의 눈에 간혹 띄었다가 순간의 감탄사로 짧게 남겨질 뿐
입니다. 그 어느 누구의 가슴속에도 남아 있질 못하고 그저 시간 속을
흐르다 떨어져 버리고 마는 가엾은 별이기도 하지요. 하지만 그렇게 떨
어져 내려야만 했던 하찮은 별이라 하더라도 그 나름대로는 꿈도 있고

희망도 있었을 것입니다. 그러나 혼자서 떨어져 내려야 하고 남몰래 사라져 가는 그 별똥처럼 나도 그렇게 사라져 가겠지요. 어쩌면 그렇게 쉽게 잊혀질지도 모른다는 생각이 이제야 서슴없이 드는군요.

그래요.

별똥이라고 한다 해도 볼 수 있는 눈을 지녔을 것이고, 느낌도 있었을 것이고, 그리고 어떤 판단도 했을 것입니다. 그러나 때로는 눈을 뜨지 말았어야 할 때가 있었건만 안타깝게도 눈을 뜨고 당신의 배반을 목격했습니다.

하지만 이젠 괜찮습니다.

이렇게 늦게나마 알게 해주어서 한편으론 고맙기도 하구요.

그리고 지금의 내 별똥은 이러하지요.

하늘에선 살 수 없게 되었지만 새롭게 떨어져 내린 땅 위에서 못 다한 사랑의 뿌리를 내리고 있답니다.

진정한 사랑을 그려 가며 황홀한 추억의 작품을 만들려고 말이에요. 그것도 아주 열심히……

저를 찾지 마세요.

하련으로부터

## 다음날도 눈이 부시도록 화창한 날씨였다.

하련은 편지를 부치러 우체국엘 갈 생각이었다. 그런데 윤규가 극구 말리는 거였다. 몸도 성치 않은데 어딜 혼자 가느냐고 자신이 대신 다녀오겠다고 했다.

"그럼, 이거 좀…… 어젯밤에 몇 자 적었어요."

그녀는 하얀 편지 봉투를 건네 주었다.

"언제 편지를 다 썼어요?"

윤규는 자신이 세상 모르게 자고 있었기에 그녀가 편지 쓰는 걸 전혀 몰랐다는 생각을 하며 계면쩍어했다.

"잠이 오질 않아서요. 윤규 씨 부탁도 있고 해서 몇 자 적은 거예요. 어서 빨리 다녀오세요."

하련은 몹시 재촉했다. 윤규는 서둘러 집을 나서야 했다. 그는 그녀의 태도가 이해할 수 없었다. 어제까지만 해도 연락을 하지 않겠다고 고집하더니 하룻밤 새에 이렇듯 다급한 편지로 둔갑한 것이다.

그러나 하련이 다급하게 서두른 것은 편지 때문이 아니었다. 그것은 통증 때문이었다. 그녀는 아픔이 몰려오는 것을 억지로 참으려니 식은 땀이 솟아올랐고 무척 견디기 어려웠던 것이다. 그녀는 윤규 앞에선 최대한 아픔을 보이지 않으려 했다. 그러기 때문에 그는 그녀가 얼마나 아픈지 잘 모를지도 모른다. 그녀는 정말이지 고통스러울 때가 한두 번이 아니었다. 그럴 때마다 그녀는 수시로 약을 입에 털어 넣었다. 그러나 그 동안 먹던 약은 이젠 들질 않고 있었다. 좀더 효력을 발휘할 수 있는 약이 필요했건만 윤규 모르게 병원에 갈 기회가 좀체 나지 않았다. 그래서 우체국에 간다는 핑계로 병원을 다녀올 생각이었는데 이렇게 되고 만 것이다.

그녀는 윤규의 모습이 사라지자 아픔을 이겨 가며 병원을 찾아갔다. 병원은 그다지 멀지 않았건만 그녀에게는 무척이나 멀리 있는 듯했다.

"이 약은 몰핀에 가까운 약이긴 하지만 주사만큼의 효력은 없을 거예요."

의사의 처방은 간단했고 간호사도 서슴없이 약을 내주었다. 그녀는 그들의 행동에 허탈감을 느꼈다. 이제 죽을 날도 얼마 남지 않은 환자이기에 두말 없이 내주는 것이라고 말이다.

그녀는 집으로 돌아와 그가 돌아오기 전에 약을 먹어 두었다.

한편, 우체국에 도착한 윤규는 편지를 빠른등기로 보내려고 하는 순간 겉봉투에 민박집의 주소가 적혀 있지 않은 것을 발견했다. 윤규는 잠시 그녀의 얼굴을 떠올리며 조금 망설였지만 결국은 볼펜을 꺼내 주소를 적어 주었다. 그녀의 남편에게 주소를 알리지 않는다면 결코 편지를 보내는 의미가 없는 것이나 마찬가지일 터였다.

윤규는 우체국을 돌아서 나왔고 그 편지는 곧 서울을 향해 바쁘게 달려갈 것이다.


며칠 후, 밖에 나갔다 돌아온 윤규는 떡볶이와 케익과 귤을 풀어 헤쳐 놓았다.

"어머나, 뭘 이렇게 많이 사왔어요. 내가 좋아하는 것만 골라 온 것 같네요."

그녀는 너무도 그리웠던 음식들이라 반겨 맞으며 다가앉았다.

"하련 씨가 음식을 놓고 이렇게 좋아하는 모습은 처음 보네."

윤규는 입을 벌리고 멍하니 쳐다보다가 이렇게 말했다.

"그랬어요?"

그녀는 윤규의 말대로 그렇게 보여졌는지는 모르겠지만 자신만은 언제나 밝은 모습으로 그를 대했다고 믿고 있었다.

"자, 그럼 지금부터 초를 꽂아야지. 열 살, 스무 살, 서른 살, 그리고 한 살짜리 네 개를 꼽고 이렇게 불을 붙히게 되면…… 자! 하련, 오늘이 생일 맞지요?"

윤규는 어떻게 알았는지 그녀의 생일을 기억하고 있었다.

"생일? 고마워요. 제 생일까지 기억하고 있었다니."

그녀는 아침에 눈을 뜨면서 자신의 생일이란 것을 알고 있었다. 그러나 기구한 운명으로 태어난 것을 원망하고 있는 날이기에 되새기고 싶지 않았던 것이었다. 그저 잊고 싶을 뿐이었다. 어차피 죽어 가는 목숨을 되돌려 기억하고 싶지 않았기에 모르는 척 넘기고 싶었던 그녀였다. 그런데 그런 날을 이렇게 기억해 주는 고마운 사람이 있어 그녀의 마음을 북받치게 하고 있었다.

"어서 촛불을 꺼야지."

그녀는 눈을 동그랗게 뜨고는 말없이 그를 쳐다보았다. 무슨 뜻인지 몰라 어리둥절하는 그에게 하련이 말했다.

"축하송도 부르지 않고?"

"축하?"

순간 윤규는 눈물이 핑하고 돌았다. 물론 축하해야 하는 날이지. 그러나 그녀의 마지막 생일이 될지도 모르는데 뭘 축하하란 말인가? 윤규는 그저 그냥 지나칠 수 없어서 케이크를 사 온 것뿐이었다고 마음속으로 마구 울부짖었다. 그녀는 윤규의 눈을 바라보다가 그냥 말없이 촛불을 껐다.

"자, 떡볶이부터 먹을 거야? 케이크부터 먹을 거야?"

윤규는 어색해진 분위기를 바꾸려는 듯이 쾌활한 목소리로 말했다.

"물론 순서는 떡볶이죠."

그녀는 이쑤시개로 빨간 떡볶이 한 개를 콕 찍어 자그마한 입 속으로 쏙 하고 집어넣었다. 오랜만에 먹어 보는 것이기도 했지만 왠지 먹을 수 있을 것 같아 그 자리에서 다섯 개를 먹어 치웠다

윤규는 놀란 눈으로 그녀를 걱정스럽게 바라보며 "괜찮아?" 하고 물었다. 그녀는 고개를 끄덕여 보이고는 다시 매운 입을 달래기 위하여 케이크 한 쪽을 마저 입에다 집어넣었다.

"그렇담, 이젠 귤을 드셔야겠지요?"

윤규는 괜찮다는 그녀의 말에 안심이 되었는지 말장난까지 건넸지만 속으론 그녀의 태도가 이상하다고 느끼고 있었다.

"물론이죠" 하고는 그녀가 귤을 집으려 하자, 윤규는 "잠깐!" 하면서

품속에서 귤을 꺼냈다.

"호호호, 무슨 요술을 부리는 거 같네요."

"응, 아주 따뜻하게 만들어내는 요술이지."

윤규는 귤이 너무 차가웠기 때문에 자신의 체온으로 녹여서 그녀에게 건네준 것이었다. 하련은 오물거리던 입을 다물고는 고개를 떨구었다. 어떻게 이런 자상한 면이 있을까? 그저 지나가다 주운 쓰지 못할 몸뚱이에게 어떻게 이런 사랑어린 정성을 자아낼 수 있을까? 눈물이 솟구쳤다.

"하련, 너무 애쓰려 하지 마. 무언가 이상해. 하련의 태도가 말이야. 나는 지금 그대로가 좋아. 당신이 기운이 없고 먹지 않는다고 해서 내가 싫어할 것도 아닌데 그렇게 애쓰는 모습이 나를 더욱더 애처롭게 한단 말이야."

윤규의 눈에선 눈물이 주루룩 흘러내렸다. 그러나 그는 그것이 그녀의 마지막 식욕이란 걸 느끼지 못했다.

"미안해요. 하지만 맛있었어요. 그래서 먹은 거예요."

그녀는 울음 섞인 목소리로 말했다. 사실 아까는 왠지 음식이 구미에 당겼다. 그것이 지상에서 마지막으로 느낄 수 있는 식욕이란 걸 그녀는 직감할 수가 있었다. 너무도 갑자기 입맛이 살아나서 순간적으로 생명을 다시 얻을 수 있게 되는 건 아닌가 하는 기분이 들었지만 고개를 설레설레 저어야 했다. 새로 받아온 약이 그다지 큰 효과를 보이지 않았기 때문이다. 약을 먹어야 하는 시간 간격이 갈수록 좁아지고 있었다. 그런 탓에 그녀는 저승길에 갈 때 배가 고플까 봐 마지막으로 배를 채우게 하는 식욕이라고 직감한 것이다. 그녀는 죽음의 노예가 되어 있는 줄도 모르고 삶의 애착에 매달려 목숨을 구걸하는 자신을 느끼고는 눈물이 쏟아질 것만 같아 마구 떠들며 먹어댄 것이다. 또한 맛있게 먹는 모습을 보여주는 것이 그를 위하는 마지막 길이란 생각에 즐겁게 먹은 것이었다.

그런 하련의 맘을 알길 없는 윤규는 생각할수록 하련의 행동이 이상하게 여겨졌다.

"먹으면 토한다고 거의 먹지 않던 사람이 오늘은 정말 이상해."

그날 밤, 하련이 예상했던 대로 운명의 어두운 그림자가 서서히 찾아들고 있었다. 윤규는 다른 날보다 일찍 잠자리에 든 하련을 지켜 보다가 자신도 깜빡 잠이 든 모양이었다. 밤이 얼마나 깊었을까. 윤규는 이상한 소리에 퍼뜩 잠에서 깨어났다.

"으…… 으……."

그 소리는 바로 하련이 내고 있는 신음소리였다. 그녀는 잠결인데도 아픔을 참지 못해 신음을 토해내고 있었던 것이다.

"왜 그래? 하련, 많이 아픈 거야, 응?"

윤규는 소스라치게 놀라 그녀를 흔들어 깨웠다. 그러나 그녀는 얼마나 아픈지 정신도 차릴 수 없었다.

"약, 어디 있어, 응? 여기 있네. 그렇게 아프면 얼른 약을 먹어야지. 그냥 참지 말고."

윤규는 컵에 물을 따르고 약봉지를 벌렸다.

"아, ……그 약…… 말고…… 저…… 어…… 기……."

하련은 가방 밑에다 감추어 놓았던 다른 약을 가리켰다.

"응? 약이 또 있어? 이거 무슨 약이야?"

윤규는 봉투에 쓰여진 날짜를 확인하고는 얼굴색이 변했다. 그러나 일단 그녀에게 약을 먹였다. 그녀는 눈살을 찡그리며 바닥에 엎드린 채 고통을 참아내야 했다.

윤규는 차라리 자신이 아팠으면 싶었다. 너무도 가여워서 차마 눈뜨고는 지켜 볼 수가 없었다. 가슴이 찢어지고 져며 왔다. 이젠 그녀의 아픔을 그 누구도 낫게 할 수가 없었기에 '하느님' 하고 속으로 마구 외쳤다.

"으…… 으…… 으!"

그녀의 고통은 좀체 사그러들 줄 몰랐다. 아파하는 그녀를 더 이상
볼 수가 없어 윤규는 창 밖으로 얼굴을 돌렸다.

첫눈이 내리고 있었다. 이리 저리 바람에 엇갈리며 질서 없이 흩날리
고 있었다. 펑펑 내리 쏟는 함박눈이었다. 첫눈이 많이 내리면 그해는
풍년이라는데…… 나에겐 무엇이 풍년이 되어 돌아올까? 사랑하는 사
람을 멀리 보내는데 그 어떤 풍년이 온다 한들 무슨 소용이 있단 말인
가?

"윤규 씨, 미안해요."

하련은 아픔이 조금 가셨는지 윤규를 향해 이렇게 말했다. 윤규는 그
저 창 밖만을 내다볼 뿐 아무런 반응도 보이지 않았다. 그는 아마 울고
있으리라. 어깨가 여리게 흔들리는 걸 보고 하련은 두 눈을 감아 버렸
다.


윤규는 쓸쓸한 기분으로 혼자 걸어서 병원을
찾아갔다.

"언제든지 모시고 오십시오."

의사는 흔쾌히 하련의 입원을 허락해 주었다.

지난밤의 고통을 겪고 나자, 하련은 한시바삐 병원으로 가려 했다.
윤규에게 입원이 가능한지 빨리 알아봐 달라고 재촉을 했다. 처음에
그는 얼마나 고통이 심했으면 입원을 결심했을까 하는 마음에서 하련
이 여간 측은한 게 아니었다. 그러나 뼈만 앙상할 정도로 밤새 몰라보
게 수척해진 그녀를 보는 순간, 혹시 그녀가 죽음을 대비하고 있는 게
아닌가 하는 생각이 들어 가슴이 철렁 내려앉는 듯했다. 집을 나서서

병원으로 오는 내내 가슴이 찢어질 듯 아팠다. 어디 산 속에라도 들어가 엉엉 울고 싶은 심정뿐이었다.

병원을 나온 윤규는 지난밤부터 쏟아져 내려 제법 쌓인 눈을 밟으며 천천히 걸었다.

첫눈 오는 거리를 이렇듯 혼자서 쓸쓸히 걷고 있자니 청승맞은 것인지, 아니면 서글픔이 밀려오는 것인지 가름을 할 수 없을 정도로 눈물만이 쏟아져 내렸다.

이제 얼마 남지 않은 성탄절이건만, 하련은. 그날을 맞이할 수 있을는지. 신의 명령을 그 누가 거역할 수 있을까 마는 그때까지만이라도 살게 해주었으면 좋겠다고 그는 빌고 또 빌었다. 그러다가도 고귀한 생명이 이렇게 헌신짝처럼 내버려져야 한다는 것이 어리석게도 납득이 가질 않아 하느님을 원망하기도 했다.

윤규가 집에 돌아와 보니, 하련은 힘없이 벽에 기대앉아 맞은편 빈 벽만 뚫어져라 바라보고 있었다. 그가 돌아온 기척에 얼굴을 돌리고 힘없이 미소를 지어 보였다. 그리고는 짐을 챙겨 달라고 부탁했다. 윤규는 그녀가 시키는 대로 순순히 짐을 챙겼다.

"하련."

눈을 감고 있는 그녀를 나즈막이 불렀다.

"네."

그녀는 준비가 다 되었다는 뜻인지 알고 있었기에 가볍게 대답을 하고는 몸을 일으켰다. 하련의 기분으로는 병원에 가지 않고 그의 집에서 그냥 지내고 싶었다. 그러나 몸의 징후가 심상치 않다 보니 아무래도 병원에 가 있어야 할 것 같았다. 만약 무슨 일이 생긴다면 그 혼자 어쩔 것인가. 그를 위해서라도 병원으로 가는 편이 나을 듯싶었다.

"그냥 그대로 있어요."

윤규는 하련에게 다가가 그녀를 번쩍 들어 안았다.

"괜찮아요. 걸어서 갈 수 있어요."

그녀는 윤규의 목을 팔로 감으면서 말했다.

"내가 안아 주고 싶어서 이러는 거예요."

윤규는 그녀의 볼에 입맞춤을 했다.

"무척 가벼워졌지요?"

하련은 당연히 가벼울 거라고 생각을 하고는 물었다.

"아니, 무거워……."

윤규는 며칠 전보다도 더욱 가벼워졌음을 느낄 수가 있었다. 윤규는 그녀를 차에 태우고 시동을 걸었다. 길이 미끄러워 조심조심 운전을 해서 병원으로 갔다. 그녀는 뒤를 돌아다보며 두 번 다시 못 올 곳이라고 마음속으로 곱씹으며 〈강촌민박〉을 뚫어지게 바라보았다. 따뜻한 손길을 온몸으로 받아 가며 사랑했던 기억들을 되새기며.


하얀 병실을 다시 찾은 하련은 마음이 놓였는지 연신 잠만 자고 있었다.

"하련."

그가 조용히 깨웠다. 그러나 그녀는 흔들어 깨우는 소리에 눈을 뜨긴 했지만 아무 대답 없이 멍하니 윤규를 바라만 보았다.

"왜 그래요? 나야, 윤규."

그녀의 초점 없는 시선에 놀란 그는 큰 소리로 그녀를 흔들어 깨웠다.

"어머, 윤규 씨."

그녀는 뒤늦게 정신을 차리고 그를 알아보았다.

"나, 알아보겠어?"

"네."

그녀가 가볍게 대답은 했지만 윤규는 미칠 것만 같았다. 그녀의 정신이 오락가락하는 것 같아 자신마저도 가슴이 턱 막히고 정신이 아득해지는 것 같았다.

"뭐 마실 것 좀 줄까?"

"아니요."

그녀의 말 속엔 기운이 하나도 없었다.

"말하기가 힘들면 말 안 해도 괜찮아."

그녀는 고개를 끄덕이고는 다시 잠을 청하려고 했다.

"아까도 잤으면서 또 자려고?"

윤규는 그녀를 잠들게 하고 싶지가 않았다. 왠지 그녀가 눈을 감으면 영원히 다시 뜨지 않을 것만 같은 두려움을 떨쳐 버릴 수 없었기 때문이었다.

"자꾸만 눈이 감겨요. 미안해요. 안 잘게요."

그녀는 약을 먹고 아픔이 가시면 이렇듯 졸음이 오고 있는 것이었다.

"일주일만 있으면 크리스마스 이브야. 우리 파티를 해야지."

윤규의 눈에선 맑고 엷은 눈물이 번지고 있었다. 입술을 깨물면서 삭여야만 했다. 그런데 그의 마음은 한없이 낭떠러지로 떨어져 내리고 있었다. 왠지 그녀 앞에서 눈물을 참기 힘들 것만 같았다.

"벌써 그렇게 됐어요? 나도 꽤 많이 살았네요. 어서 그날이 되어 성탄을 축하하면서 멋있는 파티를 해야 하는데."

그녀는 다가올 그날을 미리 상상이라도 하고 있는 것인지 혼자 빙긋이 웃었다.

윤규는 주전자에 물을 받으려고 복도로 나왔다.

그때 간호사가 윤규를 불렀다. 담당 의사가 보자고 한다는 것이었다. 윤규는 가슴이 철렁하고 내려앉는 것을 느꼈다. 아니, 숨통이 '콱' 하고 막히는 것 같았다.

"오늘을 넘기기 힘들 것 같습니다. 가족 되시는 분들께 연락을 취하시는 것이 좋을 듯해서 뵙자고 했습니다."

의사는 단칼에 잘라내듯이 말했다. 모든 내장이 산산조각으로 흩어져 날아가 버리는 듯한 어마어마한 위력의 말이었다.

밖으로 뛰쳐나온 윤규는 주전자를 내동댕이쳐 버리고 그 자리에 주저앉아 드디어 울음을 터뜨렸다.

"하련, ……으흑, 으흑, 으흑…… 으흐흐흑……."

그의 울음소리는 천둥이 치는 듯 울려 퍼져 나갔다.


       **한편 재혁은 아내의 행방을** 알아낼 방도가 없어 무작정 기다리며 괴로운 나날을 보내고 있었다. 해선과 원식 역시도 그저 탄식만을 할 뿐 그 어떤 좋은 수가 없어 속수무책의 나날을 지키고 있었다.

하루를 제외하고 연이어 내리는 눈 때문에 대문 밖에서는 눈들을 치우느라 시끌벅적했다. 재혁은 출근도 하지 않은 채 집에 있었다. 아내가 사라진 후로 그는 혹시라도 어딘가에서 연락이 올지도 모른다는 생각에 자주 집에서 지내는 시간이 많아졌다.

인터폰이 울리자 재혁은 얼른 거실로 나가 보았다.

"누구시오?"

재혁은 무뚝뚝한 목소리로 물었다.

"민재혁 씨 계십니까? 등기입니다."

우체부가 큰 소리로 말했다.

"아, 곧 나가겠습니다."

재혁은 등기 우편을 받아들고 들어와 누가 보낸 건지를 확인했다. 순간 재혁은 깜짝 놀라고 말았다. 보낸이 주소란에 아내의 이름 석 자가 적혀 있었던 것이다. 다급하게 편지를 뜯었다.

재혁은 편지를 읽고는 차가울 정도로 삭막하기 그지없는 내용이라고 생각했다. 비유법을 사용해 쓴 내용인지라 확실하게 의미를 터득하진 못했지만 느낌만은 삭막하다고 느꼈다. 그러나 그건 문제가 되질 않았다. 아내가 아직 살아 있고, 거처가 확인된 것만으로도 재혁은 감지덕지할 뿐이었다.

그는 달렸다. 아무런 준비 대책도 없이 그저 달려야만 했다. 눈이 내리고 있어 길도 미끄럽고 앞도 잘 보이질 않아 운전하기가 여간 곤혹스런 게 아니었다. 그런데도 눈송이는 자꾸만 커져 갔다. 달리는 앞 차창에 부딪친 눈송이들이 윈도우 부러쉬에 밀려 옆쪽으로 쌓이면서 서로가 한데 엉켜 몸싸움을 하고 있었다. 재혁은 아무래도 좋았다. 이 눈들이 얼음으로 변해서 빙판길을 만든다 해도 아내에게 달려가고 있는 동안 만큼은 관계치 않았다. 재혁은 더욱 속력을 올렸다.

그런데 재혁은 아내의 편지가 왠지 조금 이상하다는 생각이 들었다. 편지 끝에는 자신을 찾지 말라고 쓰지 않았던가? 그런데 겉봉투에는 주소가 적혀 있었으니 이상하지 않은가. 재혁은 고개를 갸우뚱하고는 주섬주섬 편지를 꺼내 봉투의 글씨를 확인했다. 글씨가 전혀 달랐다. 그건 곧 누군가가 아내 몰래 주소를 써넣은 것이라고밖에 볼 수 없었다. 또한 그것은 아내가 자신을 용서하지 않고 있다는 증거이기도 했다. 지금까지도 주소를 알리지 않으려 하는 아내의 자신에 대한 미움을 이해하고도 남음이 있었다. 아내의 병이 깊어 가는 줄도 모르는 채 자신의 즐거움만을 찾아다녔던 지난날을 한없이 후회하고 있는 재혁이었다.

'여보, 미안해. 날 용서해 줘. 용서를 빌 자격도 없는 놈이지만 그래도 용서를 받고 싶어. 여보, 조금만 기다려. 죽지 마, 제발. 죽지만 말아 줘.'

　　　　하련은 남편, 재혁이 가까이 다가오는 줄도 모르
는 채 곤히 잠들어 있었다. 그러다 갑자기 눈을 뜨더니 천장을 바라보
며 가느다란 신음을 토해냈다.

"하련, 왜?"

그녀는 윤규가 무어라 말을 해도 대답은커녕 그저 멍하니 바라보고
만 있을 뿐이었다.

"하련, 나야, 윤규."

그녀는 정신을 차리지 못하고 있는 듯했다.

"나라구, 나 알아보겠어? 응?"

윤규는 미칠 것만 같았다.

"윤, 규, 씨……."

그녀는 그제서야 정신이 돌아왔는지 그를 알아보았다.

"응, 그래, 하련. 이제 알아보겠어?"

윤규는 그제서야 안심이 되었는지 한숨을 몰아쉬며 그녀의 손을 잡
았다.

"지금…… 몇 시……예요?"

그녀의 얼굴빛은 노랗다 못해 하얗게 바래 있었다.

"응? 아홉 시 십 분 전…… 시간은 왜?"

윤규는 사사건건 의문이 들었다.

"목이…… 말라요."

"응, 물, 여기 있어."

윤규는 숟가락으로 물을 떠서 그녀의 입에 넣어 주었다. 그녀는 두
모금을 맛있게 받아 마셨다.

"맛있어?"

그녀는 짧게 응 이라고 대답을 하고는 또다시 잠을 쏟아내고 있었다.

"자지 마, 하련!"

"자꾸만…… 졸음이 와요……."

윤규는 그녀의 애처로운 목소리를 듣고 있으려니 가슴이 찢어지는 것 같았다.

"눈을 떠야 돼. 눈을 감으면 안 돼."

윤규는 눈물이 자꾸 치솟아 올라 입술을 깨물었다. 의사의 말에 의하면 오늘밤이 고비라는데 이대로 보낸다는 것은 너무도 억울했다.

"저절로…… 눈이 감겨요……."

그녀는 목소리까지도 기운이 없었다.

"그래도 눈 감지 마, 하련. 나를 위해서라도 제발 눈은 감지 마. 내 얼굴 잊어버리면 어떡해. 그러니까 제발……."

"윤규 씨의…… 얼굴 안 잊어버려요. 그리고 눈을 감는다 해도 내 곁에 있어 줘요."

그녀는 말 한마디 하는 것도 너무 힘들어하고 있었다.

"걱정 마. 영원히 당신 곁에 있을 거야."

윤규는 그녀의 손을 감싸 쥐고는 눈물을 삼켰다. 이렇게 아름다운 사람을 손 한번 쓰지 못하고 이대로 멀리 보내야만 한다는 자신의 무능력함이 저주스러워 눈물이 더욱 솟구치고 있는 것이었다. 이대로 보내기에는 너무도 억울해. 사랑다운 사랑도 많이 주지 못하고 해주고 싶은 것도 많은데. 하련…… 어떡하면 좋을까? 어떡하면 좋아…… 으흑, 으흑.

윤규의 심정은 서산 너머 지는 해의 노을 빛처럼 쓸쓸함과 허전함으로 물들어 갔다. 그녀가 숨을 거둔다 해도 영원히 옆에 둘 수는 없는 것일까? 그는 갑자기 무서워졌다. 그녀의 죽음이 코앞에 다가왔다는 느낌이 들자 두렵고 무섭기만 했다.

"안 자는 거지? 응?"

윤규는 잠시 자신의 넋두리에 정신을 잃고 있다가 눈을 감고 있는 그녀를 흔들어 깨웠다.

"으응……."

그녀는 잠을 피하느라 안간힘을 쓰고 있는 듯했다.


하련이 생사의 경계를 넘나들고 있을 무렵, 재
혁은 겨우 〈강촌민박〉에 도착했다. 그러나 민박집 대문은 굳게 잠겨 있
었다. 이웃집에 물어 보니, 투숙객이 아파서 급히 종합병원으로 옮기
느라 주인이 함께 가 집이 비어 있다는 거였다. 재혁은 그 투숙객이 아
내가 틀림없다는 생각에 다시 부랴부랴 병원으로 차를 몰아야 했다.

왜 이다지도 길이 험하단 말인가? 이렇듯 가까이 와 있으면서도 주
변만 맴돌고 있어야 한다니 자신이 한심하기 짝이 없었다.

드디어 병원이 보였다. 재혁은 뛰었다. 간호사가 몇 호라고 일러준
병실을 찾아 단숨에 날아갈 듯 뛰었다.

"여보!"

재혁의 목소리는 울음에 떨고 있었다. 그것은 간호사에게서 오늘밤
이 마지막일 거라는 말을 듣고 올라가는 중이었기에 더욱더 눈물로 범
벅이 된 채 병실 문을 열었다.

"이럴 수 없어, 여보. 이건 말도 안 돼, 여보."

재혁은 알아볼 수도 없을 정도로 야위어진 아내의 손을 잡으려 했다.
그 순간 그녀는 남편의 손을 피해 윤규의 손을 원했다.

"윤, 규, 씨."

윤규는 그녀의 손을 힘껏 잡았다. 그런데 윤규의 손 안에 무언가를
쥐어 주고 있는 것이 있었다. 그건 딱지 모양으로 접어진 메모지였다.

"여, 보."

재혁은 아내의 차가움에 너무도 놀랐다. 그러나 이런 지경에 이르고

보면 누군들 자신을 배신한 부도덕한 인간을, 설령 남편이라고 한들 반기겠는가. 재혁은 남편의 자리를 윤규라는 낯선 사내에게 빼앗긴 채 그의 등 뒤에서 멀뚱히 아내를 내려다보고 서 있을 수밖에 없었다.

"윤규 씨…… 진심으로…… 고마웠어요. 저 같은…… 그 누구도 주워 가지…… 않는 병든 나를…… 이렇듯 끝까지…… 돌보아 주신…… 당신의 사랑에…… 정말로 눈물겹도록…… 고개 숙여…… 감사드려요. 윤규 씨…… 사랑해요."

그녀는 남편 앞에서 당당하게 윤규를 향한 사랑을 확실하게 표현했다. 재혁은 이게 어떻게 된 일인지 몰라 어안이 벙벙할 뿐이었다. 그녀는 다시 젖 먹던 힘까지 쥐어 짜 마지막 말을 남겼다.

"다시…… 이…… 세상에…… 태어날…… 수…… 있었으면…… 좋겠어요. 당신을…… 영원히…… 사랑할 수 있도록…… 말이에요. 몸과…… 마음을…… 다…… 바…… 쳐…… 서…… 정…… 말…… 로…… 당신……을…… 사…… 랑…… 했…… 어요……."

그녀는 스르르 눈을 감았다. 두 번 다시 눈을 뜨지 않으려는 듯 아주 꼬옥 눈을 감아 버렸다. 윤규는 그녀가 영원히 돌아오지 못할 곳으로 가기 위하여 눈을 감을 것이라는 것을 미리 알 수가 있었다. 윤규의 손을 쥐고 있던 가냘픈 그녀 손의 박동이 희미해지면서 스르르 힘이 빠지더니 한 번 움찔하는 것을 느꼈기 때문이었다.

윤규는 그녀의 손을 쥐고는 속으로 울고 또 울었다. 마음 같아서는 그녀를 끌어안고 큰 소리로 울고 싶은 심정이었다. 끝내는 애써 참으려 했지만 북받쳐 오르는 감정을 참을 수 없어 그녀의 손을 자신의 입술에 가져다 마구 비벼 대면서 서럽게 울고 말았다.


재혁은 뒤늦게 아내가 운명하였다는 것을 느끼고

는 다리를 어루만져 가며 눈물을 보였다.

"여보, 여보! 으흐흐흑 여보."

사랑의 눈물인지 참회의 눈물인지 그건 알 수 없었지만 뜨겁게 흘리고 있는 눈물인 것만큼은 확실했다. 이러한 재혁의 옆에서 하련의 손을 어루만지고 있던 윤규가 입술을 깨물며 울음을 참고 고개를 들었다.

"하련 씬 무척 괴로워했습니다."

윤규의 차가운 첫마디였다. 그러나 재혁은 한마디 대꾸도 없이 완전히 무시하고 있었다. 윤규는 그런 재혁의 태도에 잠시 머뭇거렸지만 다시 입을 열었다.

"그녀는 자신의 병든 몸을 아무에게도 알리지 않고 홀로 가기를 원했습니다."

마치 범죄자로 몰린 억울한 누명을 벗겨 주기라도 하려는 듯 사유를 또박또박 해명하고 있는 윤규였다. 그러나 재혁은 고개 하나 까딱 하지 않았다.

"늦게나마 인사드리죠."

"듣기 싫네."

윤규는 눈을 감고 말이 없는 그녀를 위해 무언가 전달을 해야만 했거늘 그만 박대를 당하고 만 것이었다.

"아무 소리 하지 말고 여기서 나가 주시오."

재혁은 곧은 자세로 서서는 무겁게 한마디 던졌다. 윤규는 두 눈에 별똥이 번쩍 튀었지만 기가 막혀 할 말을 잃었다. 그토록 사랑하는 여인의 체온이 채 식지도 않았건만 이대로 내버려 두고 나가라니 기가 막힐 노릇이었다. 윤규는 가슴속으로 그녀의 이름을 부르며 분노를 삭여야 했다.

"어서 돌아가 주시오, 어서!"

재혁 역시도 소리치고는 있었지만 응어리진 가슴을 풀지 못해 속으로 울부짖고 있었다.

"물론 돌아가라면 돌아가야겠지요. 하지만 이 말만은 전해야겠습니다. 하련 씨는 당신의 외도를 확실하게 알고 있었습니다. 외람되겠지만 마지막 가는 사람 앞에 거짓 변명만은 하지 않기를 바라겠습니다. 그것은 나의 연인에게 멍에를 짊어지게 하는 것일 테니깐."

윤규는 냉정하게 내뱉고는 천천히 뒤돌아서며 '하련, 미안해. 당신을 버려 두고 떠나야 하는 내 심정을 헤아려 주길 바라오.' 그는 소리 없는 아우성으로 몸부림치듯 울부짖으며 말없이 누워 있는 그녀의 입술 위에 마지막 키스도 안겨 주지 못한 채 용 무늬가 수놓아진 푸른 청잠바의 뒷모습만을 남겨 두고는 쓸쓸히 걸어 나갔다.

"여보, 미안하오. 당신을 사랑했오. 당신을 사랑하오."

재혁은 말이 없는 아내의 시신 앞에서 통곡을 하며 외쳐 댔다.

윤규는 뒷통수를 때려 대는 재혁의 통곡 소리를 들으면서 홀연히 걸어갔다. 저토록 슬피 울어대는 밤벌레 소리는 그녀를 진정으로 사랑했을까? 그토록 아내를 사랑했다면 꺼져 가는 생명의 불씨를 안고 허우적거리고 있는 줄도 모르는 채 다른 여자를 품에 안고 아내를 등한시했단 말인가? 자신의 아기를 갖고 싶어하는 아내에게 등을 돌리고 무시했어야 했단 말인가? 사랑한다니, 뚫린 입이라고 무슨 얼토당토 않는 망발이란 말이냐? 그는 코웃음이 저절로 터져 나왔다.

하련. 나의 사랑, 하련. 미안해요. 당신의 남편을 두고 빈정거려서 말이요. 하지만 그러고 싶을 만큼 지금 나는 무척이나 화가 나 있단 말이요. 그러나 이젠 모든 것이 다 소용없어져 버렸어요. 당신도 없는데 화가 치밀면 무엇하고, 당신이 내 곁에 없는데 치고 받으면 뭘 하겠어요. 그저 예쁘고 착한 당신만을 기억하리다. 그는 그녀를 떠올리며 그녀가 남겨 준 메모지를 꺼내 들었다. 첫 장에 그려져 있는 네 잎 크로바가 가슴을 찡하게 만들고 있었다.

그녀는 그림에 소질이 있었던 모양이다. 그 네 잎 크로바 그림 밑에
는 이렇게 쓰여 있었다. 사랑의 마크인 하트 두 개가 합쳐서 행운의 네
잎 크로바가 된 것이니, 그것은 윤규 씨의 사랑과 하련의 사랑이 합쳐
진 행운의 크로바라며 가슴에 고이 간직해 달라는 글이었다. 윤규는
메모지를 가슴에 묻었다. 그리고 다음 장을 넘겼다.

윤규 씨.
사랑해요, 진정으로.
처음으로 따뜻한 가슴을 알았어요. 그건 언제부터인가 갈망하고 있었
던 아주 포근한 가슴이었어요. 추위에 떨다 얼어 버린 얼굴을 묻으면 금
방이라도 녹아 버리는 불덩이 같은 뜨거운 가슴이었어요. 윤규 씨는 아
주 넓고 편안한 가슴이었어요. 짧은 시간이었기에 조금밖에 채울 순 없
었지만, 정말이지 많은 시간이 나에게 주어졌더라면 아주 많이, 아주 많
이 사랑했을 거예요.
미안해요. 당신을 끝까지 지켜 드리지 못해서 정말로 미안해요. 지금
마구 아픔이 밀려오고 있어요. 하지만 혼자만의 아픔으로 충분해요. 당
신이 걱정할까 봐 아픈 모습을 보이지 않으려고 많이 애썼는데……
윤규 씨, 당신을 만난 날부터 전 살고 싶어졌어요. 그런데 세상은 제
가 있고 싶어하는 곳에 머물게 해주질 않아요. 그래서 너무도 당신에게
미안했어요. 만약에 내가 삶을 선택할 수만 있다면 영원히 당신을 놓지
않을 거라고 맹세했었어요.
윤규 씨, 몸이 떨려 와요. 너무도 아파요. 많은 글을 남기고 싶었는데
견딜 수가 없어 이만 줄여야겠어요.
당신의 입김 어린 하얀 사랑을 포근히 안고 갈게요. 그리고 많이 울지
않겠다고 약속해 줘요. 사랑해요. 안녕.

당신의 하련

**윤규는 그녀의 편지를 읽으면서** 그녀가 살아나 눈앞에 앉아 있는 듯한 착각이 일 정도였다. 저도 모르게 눈시울이 뜨거워졌다. 그녀가 보고 싶어 견딜 수가 없었다.

하련, 그래요. 울지 않겠다고 약속할게요. 꼭 약속을 지킬게요. 당신과의 고귀했던 사랑을 난 버릴 수도 잊을 수도 없어요. 지금은 비록 떨어져 있지만 언제까지나 영원할 것을 굳게 약속할게요. 하련, 보고 싶어요. 나, 이제 어떻게 살아야 하지요? 당신 없이 어떻게 살아가야 하냐구요? 자그마한 당신을 언제나 나의 주머니 속에 넣고 다녔었는데. 이젠 자신이 없어요. 정말 살아갈 자신이 없어요, 하련…….

윤규는 먼 산을 바라보며 애절한 마음으로 울부짖었다. 멀리 보이는 산봉우리엔 하얀 눈이 얼음으로 변하여 번들거리고 있었다. 주변엔 앙상한 나무와 인적 없는 한산한 거리일 뿐이었다. 차가운 겨울 바람을 가르며 걸어가는 윤규의 발걸음 역시도 죽은 도시와도 같은 음산함에 마치 쇠사슬이라도 달린 듯 가도가도 무겁기만 했다.

한참을 걷다 보니 윤규는 강을 가로지르는 다리 위에 이르러 있었다. 발 밑으로 흐르는 강물을 내려다보다 걸음을 멈추었다. 아직은 얼음으로 채워지지 않고 있어 묵묵히 추운 겨울을 이겨내며 흘러가는 강물을 볼 수가 있었다.

외로웠다. 윤규는 바윗덩어리로 짓누르는 듯한 혼자라는 외로움을 이겨내려 애쓰고 있었다.

"하련, 당신이 없는 겨울은 너무 추울 것 같은데. 당신이 가고 없는 빈자리가 너무도 크기만 한데. 우린 언제까지나 같이 있어야 했다는 것을, 혼자가 아닌 둘이라는 것을 뼈저리게 느끼게 하고 있어. 어서 내 손을 잡아 줘. 어서……."

나뭇가지 사이로 빠져 나오는 바람 소리가
귓전을 싸르르 흔들고 지나가는 한겨울의 일요일 정오였다.

　집집마다 가족들이 따뜻한 아랫목에 한데 모여 구운 고구마를 벗겨
가며 오손도손 이야기꽃을 피우고 있을 휴일이었다. 한창 피어나는 소
년, 소녀들은 휴일도 추위도 아랑곳하지 않은 채 강가로 나와 뛰어놀
고 있었다.

　"어머, 저기 물 위에 떠 있는 게 혹시 사람 아니니?"

　흐르는 강줄기를 따라 걸으며 대화를 나누고 있던 소녀들 중의 한 소
녀가 손가락으로 가리키며 하는 말이었다.

　"어디, 어디?"

　소녀들은 눈을 동그랗게 뜨고는 강 쪽을 쳐다보았다. 한 소녀는 열심
히 손가락으로 가리키며 친구들에게 알려주었다.

　"어머, 정말 사람이야, 어떡해!"

　소녀들은 일제히 손으로 입을 막았다.

　"빨리 경찰에 신고해야 되겠어."

　소녀들은 분주하게 호들갑을 떨었다.

　잠시 후, 앵앵거리는 싸이렌이 울려 퍼졌다. 역시 추운 날씨 탓인지
사람들이 그다지 몰려들지는 않았다. 대여섯 명의 구경꾼들만이 모여
들어 수군거렸다.

　구조 대원들의 손에 들려 나온 사람은 남자였다. 그는 용 무늬로 수
놓아져 있는 푸른 청잠바를 입고 있었다.

　"에구, 아까운 나이에 자살을 하다니. 쯔쯔쯧."

　"그러게 말이여. 죽을 용기로 살아야지, 죽긴 왜 죽어."

　구경꾼들은 저마다 나름대로의 결론을 내리고는 하나둘 흩어져 갔
다. 강 얼음 위에 앉아 있던 철새 한 마리가 어디론가 훨훨 날아가고
있었다.